Ingrid Noll

Kuckuckskind

Roman

Diogenes

Umschlagillustration:
Georges de la Tour,
›Der Falschspieler mit dem Karo-As‹,
1634–35 (Ausschnitt)
Foto: Copyright © Artothek / Peter Willi

I

Früher hatten mir das Singen im Chor und die wöchentlichen Proben sehr viel bedeutet. Es war eine nette Gemeinschaft, die sich da einmal in der Woche zusammenfand, außerdem konnte ich mein musikalisches Wissen erweitern und einen Abend lang alle Probleme vergessen. Die Konzentration, die für zwei Stunden nötig war, machte mich nie müde, sondern gab mir Kraft. Beschwingt und in bester Laune kam ich dann nach Hause zurück.

Bis zu jenem schwarzen Montag, als die Probe ausfiel, ohne dass man uns vorher benachrichtigen konnte. Wir standen schon im Vereinsraum vor dem Flügel herum und schwatzten, als die Frau des Chorleiters hereinstürzte und uns mitteilte, ihr Mann habe einen Unfall gehabt. Die meisten von uns zogen in eine Kneipe weiter. Vielleicht hätte ich ihnen besser folgen sollen, doch ich beschloss, den frei gewordenen Abend daheim zu verbringen. Gernot würde sich bestimmt freuen.

Als ich mein Fahrrad abgestellt hatte und unsere Haustür aufschloss, tönte mir Musik entgegen. Ich lauschte verwundert: *Je t'aime – moi non plus...*

Diese alte Aufnahme von Serge Gainsbourg und Jane Birkin hatte ich mir während eines Studienaufenthaltes in Frankreich zugelegt. Seltsam, dachte ich und setzte erst einmal Teewasser auf, denn ich fror ein wenig. Draußen war es herbstlich kühl geworden, und ich hatte nur eine Strickjacke übergezogen. Ob Gernot litt, wenn er jeden Montagabend allein war? Tröstete er sich mit erotischen Chansons? Wir hatten schon lange keinen Sex mehr gehabt.

Anscheinend hatte er mein Kommen nicht bemerkt. Ein leiser Argwohn bewog mich, die Schuhe auszuziehen, über den Flur zu schleichen und durch einen Türspalt ins schummrig beleuchtete Wohnzimmer zu spähen.

Zuerst konnte ich nicht richtig erkennen, was sich da auf unserem Sofa abspielte. Aber es waren unübersehbar zwei Personen, die dort stöhnten.

Ich weiß wirklich nicht, wie lange ich regungslos zuschaute. Leider – oder besser Gott sei Dank – hatte ich keine Erfahrung, was in einem solchen Fall zu tun ist. Sollte ich mich blind und taub stellen, einfach verschwinden und erst wie erwartet kurz nach zehn Uhr zurückkommen? Sollte ich mich vor ein

Auto werfen oder Feuer legen? Hineinstürmen und einen hysterischen Anfall kriegen? Oder gar alle beide erschießen?

Doch anstatt in irgendeiner Form einzugreifen, trat ich völlig verstört, aber lautlos den Rückzug in die Küche an. Das Wasser kochte schon eine Weile, ich selbst brauchte anscheinend etwas länger, bis mein Blut zum Sieden kam. Wie in Trance hängte ich einen Teebeutel in die Kanne und goss das sprudelnde Wasser darüber. Den Deckel schob ich beiseite. Dann stellte ich zwei Tassen, die Zuckerdose und den Tee auf ein Tablett und startete die Attacke.

Mit flinken Schritten näherte ich mich dem Sofa, erstarrte plötzlich wie unter Schock, hielt das Tablett sekundenlang schief und ließ die volle Kanne über die Sünder kippen. Gernot und seine Gespielin fuhren in panischem Schreck auseinander und brüllten vor Schmerz.

Der kochend heiße Tee hatte zu großflächigen Verbrühungen geführt, zumal er hauptsächlich auf nackte Bäuche traf.

Meine Angst vor einer Strafanzeige war groß, da es sich um einen klaren Fall von Körperverletzung handelte und der Notarzt beide ins Krankenhaus einwies. Gernot erklärte die Verbrennung mit einem selbst verschuldeten Unfall, weil er die heikle Situation nicht im Detail schildern mochte; auch bei der Scheidung kam die Sache nicht zur Sprache. Und von mir wird sowieso niemand erfahren, dass ich mit voller Absicht Vergeltung geübt habe.

Am besagten Abend rief ich zwar die Rettungsstelle an, sprach aber kein Wort mit meinem Mann. Als der Krankenwagen abfuhr, packte mich ein Weinkrampf. Keiner konnte mich trösten, denn von da an war ich allein.

Gernot musste nicht lange im Krankenhaus bleiben. Nach seiner Entlassung fand er unser Häuschen unbewohnt vor. Ich hatte in der Zwischenzeit das Nötigste gepackt und war in ein Hotel gezogen. Bereits nach einer Woche bot mir ein Makler meine jetzige möblierte Wohnung an. Ohne sie vorher zu besichtigen, sagte ich zu, denn ich brauchte eine Übergangslösung. Leider ist es bis heute dabei geblieben, weil ich seit unserer Trennung wie gelähmt bin.

Wahrscheinlich schleppt jeder Erinnerungen mit sich herum, die nicht zu verdrängen sind und das gesamte Leben belasten, ein Gemisch aus Scham, Zorn, Peinlichkeiten und Trauer. Meine Rolle bei unserem Ehedrama war alles andere als rühmlich gewesen und hatte auch meinem Mann einige Narben zugefügt. Und ich bin seitdem regelrecht süchtig geworden. Bei diesem Wort denkt man an Drogen oder Alkohol. Nein, darum geht es nicht, obwohl ich kurz nach meinem Auszug jeden Abend eine Flasche Wein leerte. Doch dieses Problem bekam ich schnell wieder in den Griff.

Ich bin sudoku-süchtig. Inzwischen kennt ja fast jeder das Spiel mit neun Quadraten, bei dem es auf Konzentration und Logik ankommt. Das erste Rätselheft lag monatelang in meinem Arbeitszimmer herum, ohne dass ich es auch nur anrührte. Meine Mutter hatte es mir geschickt, und ich war eher verärgert als erfreut über ihr Geschenk. Rechnen lag mir nicht, wie ich dachte, doch später merkte ich, dass es darauf überhaupt nicht ankam.

Immerhin steckte ich in den Pfingstferien – auf meiner ersten Städtereise als Single – das Heftchen ein. Bei dieser Gelegenheit wollte ich die beliebten Rätsel einmal ausprobieren und dann endlich wegwerfen. Doch o Wunder: Die stumpfsinnige Zeit im Airport und in der Luft verging beim Raten so schnell, wie es sich gehört – im Fluge.

Die einsame Reise war zwar eine einzige Pleite, aber bereits am dritten Tag in Budapest kaufte ich mir ein neues Sudoku-Heft, und schon konnte ich nicht mehr damit aufhören. Die simplen Aufgaben für Anfänger ließ ich bald links liegen, die mittleren löse ich inzwischen perfekt. Nur die schweren schaffe ich noch nicht mit dem Kugelschreiber, nehme lieber Bleistift und Radiergummi, um eine falsche Zahl verbessern zu können.

Irgendwann wurde mir bewusst, dass ich den Anschluss an meinen Freundeskreis verlor, die Chor- und Yogastunden aufgab und die Klassenarbeiten viel zu lange unkorrigiert auf immer größeren Stapeln liegenließ. In jeder freien Minute greife ich nach einem Sudoku, kaufe Zeitungen und Illustrierte nicht mehr nach dem Inhalt, sondern nur nach der Qualität der Rätselangebote. Auch mein Computer, den ich früher wenig nutzte, dient mir zum Herunterladen immer neuer Variationen.

Ich weiß selbst nicht, was ich eigentlich davon habe, wenn ich möglichst schnell und fehlerfrei mit dem Ausfüllen fertig werde. Ein Glücksgefühl stellt sich nie ein, eher das dringende Bedürfnis, sofort mit dem nächsten Sudoku zu beginnen. Ich habe ein schlechtes Gewissen bei meinem neuen Hobby, falls man es noch so nennen kann. Im Grunde schäme ich mich dafür, und ich mag keinem Menschen davon erzählen. Wen würde das auch interessieren? Als Deutschlehrerin fällt mir sofort die Zeile eines Gedichtes ein:

Du wirst vergehn, und Deiner Füße Spur
Wird bald kein Auge mehr im Sande finden.

Eines Tages bemerkte ich während einer zäh sich
ziehenden Deutschstunde, dass ein Schüler ganz
ungeniert Zahl um Zahl in ein Sudoku eintrug.
Hinterrücks näherte ich mich seinem Platz und
schnappte mir das Blatt. Während ich die Klasse mit
einer schriftlichen Aufgabe beschäftigte, füllte ich
es vollständig aus und gab es dem Jungen am Ende
der Stunde kommentarlos zurück.

Ich habe Manuel zwar keinen Verweis erteilt, ihm
aber bewiesen, dass ich schneller bin als er. In meinem Unterricht hat er es nie mehr gewagt, Zahlen-
reihen auszutüfteln, doch seitdem verbindet uns unsere geheime Leidenschaft. Schon länger war mir
aufgefallen, wie geistesabwesend der pubertierende
Junge ist. Meistens hängt er teilnahmslos in seinem
Stuhl und zwirbelt mit der linken Hand eine Lo-
ckensträhne um den Zeigefinger.

Im Lehrerzimmer wird oft getratscht, meistens
über Belangloses. Zum Beispiel lassen sich meine
männlichen Kollegen immer wieder abfällig über
die kleinen Lolitas aus, wie sie nabel- und nieren-
freie T-Shirt-Trägerinnen nennen. Vielleicht wollen
sie ja durch ihre gehässige Kritik die eigene Lüs-

ternheit vertuschen. Ich mache mir lieber im Stillen Gedanken.

Die Mode der Jugendlichen ist immer freizügiger geworden, nicht zuletzt, um die Erziehungsberechtigten zu provozieren. Tätowierungen, Piercings, Sticker, Brandings, herunterrutschende Hosen, zu enge, zu weite oder zu offenherzige Shirts, das reizt nicht nur die Mädchen, auch ein paar Jungen wollen auf ähnliche Weise auffallen. Andere Jugendliche laufen wie angehende Banker oder artige Klosterzöglinge herum. Am Ende wächst sich das alles aus. Die wadenlangen bestickten Inderkleider, die ich in meiner Schulzeit schön fand, gefielen leider auch meiner Mutter so gut, dass sie sich ebenfalls eins kaufte und sie mir damit gründlich verleidete. Vielleicht wäre das ja ein Tipp für geplagte Eltern, sich wie ihre Kinder tätowieren und löchern zu lassen, um es ihnen zu vergällen.

In meinen Augen ist Manuel anders als die laute Clique, mit der er in der Pause herumalbert. Wie fast alle trägt er Jeans und Turnschuhe, aber außer einem überlangen Schal und einer winzigen kreisrunden Brille nichts Modisches und auch keinen Körperschmuck.

Julian, sein bester Freund, verhält sich ähnlich. Wegen seiner Altstimme nennen ihn seine Mitschüler »Tante«. Sein Organ ist im Stimmbruch, hört sich hoch und heiser an. Man könnte meinen, es sei eine ältere Frau, die da spricht. Vielleicht liegt es ja auch daran, dass Julian bei seiner Großmutter aufwächst und sich ihr angepasst hat. Seine Oma ist eine ungewöhnliche Frau. Sie gehört zu den Altgrünen, engagiert sich bei *attac* und wurde auf dem letzten Elternabend einstimmig (wie so oft ohne Gegenkandidaten) zur Sprecherin gewählt. Gleichmütig nahm sie die Wahl an und strickte dabei unbeirrt an einer schwarz-roten Jacke, die sie *Lumberjack* nennt. Ich hörte heraus, dass sie regelmäßig mit Julian und Manuel die Hausaufgaben durchgeht und sie gelegentlich zur Rebellion anstiftet.

Wieso sich Manuel gerade mit Julian angefreundet hat, ist unschwer zu erraten. Es wird diese wunderliche Großmutter sein, die ihn fasziniert. Sie ist es auch, die für ihren Enkel und seinen Freund die noblen Schals gestrickt hat: nicht aus Wolle, sondern aus Seidengarn in sehr aparten Farben.

Manchmal möchte ich zu gern über Manuels dunklen Lockenschopf streichen, ob sich nicht vielleicht ein Ansatz von kleinen Hörnern finden lässt. Er erinnert mich an ein Bild im Schlafzimmer meiner Mutter: einen bocksbeinigen Pan, der sich im Schilf an die Nymphen heranmacht.

Ich könnte durchaus seine Mutter sein. Aus irgendeinem Grund lebt die leibliche Mama in einer anderen Stadt. Manuels Vater hat mir das auf einem Elternsprechtag erzählt. Im Gegensatz zu seinem Sohn ist er eine Spur untersetzt und vielleicht etwas älter als die meisten Väter. An beiden Händen trägt er Ringe. Mit dem Charme seines Sprösslings kann er zwar nicht ganz mithalten, aber er ist äußerst liebenswürdig.

Klassenlehrer müssen sachlich bleiben. Über Manuels Verträumtheit im Unterricht sprach ich nicht mit seinem Vater. Es ging bei unserer Unterredung einzig um die schulischen Leistungen, die in manchen Fächern dürftig sind. Ob ich seinem Sohn Nachhilfeunterricht in Französisch geben könnte, fragte er. Ich lehne das bei Schülern, deren Klassenlehrerin ich bin, grundsätzlich ab, weil leicht eine allzu private Atmosphäre entstehen und man mir am Ende Begünstigung vorwerfen könnte. Außerdem geht es keinen etwas an, wie ich wohne. Manuels Vater leuchtete meine ablehnende Antwort nicht ganz ein, er konnte mir aber auch wenig entgegenhalten. Ich empfahl ihm eine Kollegin.

Birgit übernahm die zusätzliche Einpaukerei nicht ungern. Ich erinnere mich noch genau, wie ich ihr Manuel ans Herz legte. Es war ein warmer Frühsommer, und Birgit war bereits appetitlich gebräunt und duftete nach Maiglöckchen. Sie trug ein helles neues Kleid, dessen provokante Korsage die Männer wohl unwillkürlich ans Aufnesteln denken ließ. Zum Glück saßen wir nur auf ihrem luftigen Balkon. Am nächsten Tag hatte sie das Miederkleid allerdings auch in der Schule an, wo die Kollegen Stielaugen machten.

Wir sind im gleichen Alter, doch ich bin geschieden, während Birgit mit Steffen Tucher verheiratet ist. Unsere Männer verstanden sich so gut, dass wir früher gemeinsame Urlaube in der Provence verbrachten, wo wir Lehrerinnen vor Gernot und Steffen mit flüssigem Französisch glänzten. Unter uns gesagt ist mein Wortschatz allerdings größer als der meiner Kollegin. Doch mit den gemeinsamen Unternehmungen war es nach meiner Scheidung leider vorbei, denn welche Alleinstehende mag schon gern mit einem Paar verreisen?

Fast bin ich ein wenig eifersüchtig, dass Birgit von nun an zweimal in der Woche meinen kleinen Faun in ihrem Arbeitszimmer sitzen hat.

»Na, läuft es jetzt besser?«, frage ich ihn eines Tages, als Manuel nach der Deutschstunde noch als Einziger im Klassenzimmer herumtrödelt.

Er sieht mich verständnislos an.

»Ich meine, ob die Nachhilfe in Französisch etwas bringt?«, erkläre ich.

Manuel zuckt mit den Schultern. »Das weiß ich noch nicht«, meint er und kramt weiter in seinen Heften. »Sie haben das Sudoku sehr schnell gelöst«, sagt er schließlich, wird rot und grinst verlegen. »Anscheinend haben Sie Übung!«

Ich lege den Finger an die Lippen. »Das bleibt unser kleines Geheimnis«, sage ich und grinse verschwörerisch zurück.

Manuel rührt sich immer noch nicht von der Stelle.

»Die Pause ist bald vorbei«, sage ich und greife nach meiner Tasche. »Ein bisschen frische Luft schadet dir ganz bestimmt nicht. Oder gibt es noch etwas, was du loswerden willst?«

»Wenn Sie schon so direkt fragen«, sagt er und verstummt wieder.

Ich warte.

»Wie heißt der Mann von Frau Tucher mit Vornamen?«, fragt er.

»Er heißt Steffen«, sage ich, »warum willst du das wissen?«

»Nur so«, sagt er und geht.

Als kleines Kind habe ich oft die Großeltern besucht oder wurde bei ihnen abgeladen. Beide waren zu alt, um meinen Bewegungsdrang nach langem Stillsitzen und ausgiebigem Vorlesen zu befriedigen. Spaziergänge zum Spielplatz waren ihnen zu weit, aber sie dachten sich etwas aus, um mich auch körperlich zu ermüden. Ihr großer chinesischer Teppich war das blaue Meer, die eingestreuten Ornamente und Blumenmedaillons ragten aus dem Wasser hervor. Stundenlang hopste ich von einer dieser Inseln zur anderen und fiel dabei gelegentlich mit einem spitzen Schrei ins Meer. Mein Opa rettete mich dann vor dem Ertrinken und trug mich aufs Festland, wo die Oma bereits mit Russischbrot und Kakao auf mich wartete. Von Sprudel bekäme man Läuse im Bauch, behauptete sie, wenn ich nach Cola verlangte.

Noch als ich mit Gernot zusammenlebte, ertappte ich mich manchmal bei dem Versuch, den ererbten blauen Teppich nur auf den bunten, inzwischen ziemlich abgewetzten Mustern zu betreten. Auch bei unseren Fünftklässlern bemerke ich gelegentlich, dass sie auf den Schulkorridoren die Fugen der schwarz-grünen Fliesen nicht berühren. Falls doch, drohen wohl schlechte Noten oder ähnliches Unglück. Als ich sogar Manuel bei diesem Spiel entdeckte, musste ich lächeln. Er fühlte sich völlig unbeobachtet, während seine Schritte mal kleiner, mal größer ausfielen. Er ist noch ein Kind, dachte ich und fand ihn hinreißend.

Die meisten Pädagogen haben selbst eine Familie. Gernot und ich wünschten uns auch ein Baby, aber es wollte und wollte nicht klappen. Letzten Endes war dies wohl auch der Grund für unser allmähliches Auseinanderdriften. Der jahrelange Druck, Sex nach dem Kalender praktizieren zu müssen, hat uns zermürbt; schließlich resignierten wir und ließen es ganz bleiben. Meine Gynäkologin konnte keine Ursache finden, warum ich kinderlos blieb, und auch bei Gernot sah es nicht aussichtslos aus.

Birgit hat ebenfalls keine Kinder, aber bei ihr ist es angeblich gewollt. Gelegentlich redet sie von Adoption und davon, dass es heutzutage genug Kriegswaisen gebe. Entsprechende Schritte hat sie aber nie unternommen, und ich kann mir kaum denken, dass ihr Mann dafür zu begeistern wäre. Bei unseren zurückliegenden Urlauben wurde dieses Thema immer totgeschwiegen.

Birgit und ich engagieren uns für unsere Schüler leidenschaftlicher als die meisten Kollegen. Bei mir liegt es mit Sicherheit am unerfüllten Kinderwunsch, bei Birgit mag es ähnlich sein, nur gibt sie es nicht zu. Überhaupt weiß ich wenig über ihre Gefühle, weil wir meistens nur über Alltagsdinge spre-

chen oder ein bisschen blödeln. Wenn ich niederge-
schlagen bin, gehe ich ihr eher aus dem Weg.

»Macht Manuel Fortschritte?«, frage ich, als wir
eine gemeinsame Freistunde im Lehrerzimmer verbringen.

Birgit nickt, schlürft erst einen Rest Kaffee und
behauptet dann: »Aber klar doch, ich tu schließlich
was für mein Geld! Er sagt jetzt immer ganz artig:
›J'ai compris, Madame!‹, wenn er etwas kapiert hat.«

»Redet er manchmal über private Probleme?«,
frage ich sie weiter aus.

»Nicht viel. Aber du weißt ja sicher, dass seine Eltern getrennt sind. Keine Ahnung, ob Manuel darunter leidet. Der Vater soll jedenfalls völlig in Ordnung sein. Leider ist er zurzeit arbeitslos.«

»Er ist Chemiker, nicht wahr?«

Birgit nickt, während sie in ein dick mit Teewurst
beschmiertes Laugenhörnchen beißt. Seit ich sie
kenne, isst sie fettreich, treibt keinen Sport und
bleibt trotzdem schlank. Dann greift sie nach einer
Papierserviette, wischt sich den Mund ab und will
plötzlich wissen: »Wie nannte man eigentlich früher
einen metrosexuellen Mann?«

»Ganz altmodisch vielleicht Beau oder Geck«,
sage ich. »Oder auch Stenz, Stutzer, Snob, Gentle-
man oder Dandy? Reicht dir die Auswahl?«

»Anja, du bist unschlagbar!«, sagt sie. »Ich wette, so viele Synonyme stehen noch nicht mal im blauen Duden! Steffen hat mich gestern gefragt, was der Ausdruck heißt, und ich konnte es nur umständlich erklären: Der Lebensstil nicht schwuler Männer, die sich auf weibliche Art besonders fein machen und…«

»Das trifft es doch haargenau«, sage ich. »Um welchen Mann handelt es sich denn?«

»Um den Gecko natürlich«, flüstert sie, und wir müssen beide kichern. Diesen Spitznamen haben wir dem neuen Schulleiter unseres Heinrich-Hübsch-Gymnasiums verpasst.

2

Am Anfang lief die Stunde wider Erwarten ganz gut. Meistens interessieren sich unsere Schüler herzlich wenig für Barockdichtung, aber schließlich kann man den Lehrplan nicht völlig ignorieren. Das Gedicht *Abend* von Andreas Gryphius ist ein harter Brocken, und ich hatte mich auf eine gelangweilte und unaufmerksame Klasse eingestellt. Aber diesmal hatte ich zwei Tage zuvor die Arbeitsbogen für den Unterricht ausgeteilt, weil ich zu faul war, sie nach dem Kopieren in mein Fach zu bringen oder in meiner ohnehin vollgestopften Tasche mit nach Hause zu nehmen. Das war ein Fehler, aber wer konnte schon ahnen, dass genau dieser Text im Internet bestens interpretiert und für den Unterricht aufbereitet worden war.

Der schnelle Tag ist hin,
die Nacht schwingt ihre Fahn

Fast alle meldeten sich zu Wort. »Nacht« sei gleichbedeutend mit Tod, das wollten sie unbedingt anbringen. Und so ging es weiter. Sie wussten, dass es sich um ein Sonett handelte, sie sprachen vom Drei-ßigjährigen Krieg, als wären ihre Eltern dabei gewesen, warfen mit Begriffen wie »Vanitas« um sich und schilderten die Hoffnung leidgeprüfter Menschen auf ein besseres Leben im Jenseits. Ich konnte kaum so schnell fragen, wie die Antworten kamen. Vierzehnjährige Schüler, denen man sonst die Würmer aus der Nase ziehen musste, verblüfften mich mit profundem Wissen.

Nach dieser außergewöhnlichen Deutschstunde seufze ich mit Gryphius: »Wie ist die Zeit vertan!«
Aber Birgit sieht das ganz anders. Wir hocken wieder auf unseren unbequemen, orange lackierten Holzstühlen im Lehrerzimmer und trinken kalten Tee. Einmal mehr ist die Kaffeemaschine defekt. »Ist doch egal, wo sie es abkupfern«, meint sie, »immerhin haben sie sich Mühe gegeben. Und wahrscheinlich wissen sie jetzt eine ganze Menge über das barocke Feeling!«
Es ist ein altes Spiel zwischen Birgit und mir, dass wir an Ausdrucksweisen herummäkeln.
»Liebste Birgit, Anglizismen wie ›Feeling‹ würde ich meinen Schülern niemals durchgehen lassen. Und wann kapierst du endlich, dass ich diesen Stoff erarbeiten und mir nicht von zweiundzwanzig Papageien vorbeten lassen will?«

»Liebste Anja, was redest du für Unsinn! Papageien können zwar nachplappern, aber bestimmt nicht beten!«

»Doch!« Ich richte meinen gespitzten Schnabel himmelwärts und falte meine Krallen, um einen betenden Papageien darzustellen, und wir kichern wieder einmal zu laut. Der strebsame Referendar in der hintersten Ecke bedenkt uns mit einem vorwurfsvollen Blick. Zum ersten Mal seit Monaten bin ich wieder etwas heiter gewesen, deswegen ist es mir egal.

Die meisten Kollegen hier im Raum sind nicht gut gelaunt, denn uns erwartet eine Konferenz, die müder machen wird als fünf Stunden Unterricht. Birgit und ich haben beide einen Stoß Grammatiktests vor uns liegen, die wir eigentlich jetzt korrigieren sollten.

»Ich geh noch mal auf den Balkon«, sagt Birgit. Seit es kein Raucherzimmer mehr gibt, stellen sich qualmende Lehrer gelegentlich auf einen kleinen Austritt, der von keiner Seite einsehbar ist. Ich folge ihr, weil man dort ungestört reden kann.

»Dein Manuel hat übrigens die längsten Wimpern, die ich bei einem Jungen je gesehen habe«, sagt Birgit und inhaliert ihre blaue *Gauloise*.

»Ja, er ist wirklich ein hübsches Kerlchen«, sage ich. »Die Ohren sind allerdings ein bisschen groß geraten. Neuerdings scheint sich die magersüchtige Vanessa aus der Zehnten für ihn zu interessieren, leider ist sie einen Kopf größer als er.«

»Große Ohren sind ein Zeichen von Intelligenz. Samuel Beckett hatte ebenfalls gigantische Lauscher«, behauptet Birgit, die auch Englisch unterrichtet.

Wir schweigen eine Weile und schauen den Wolken nach. Ich sehe öfter auf die Uhr, denn vor der Konferenz muss ich unbedingt noch auf die Toilette.

»Heute hat sich ein Schüler aus der sechsten Klasse bei mir beschwert, weil der Gecko ihm das Handy abgenommen und ihn, als er protestierte, mit Kreide beworfen hat.«

»Das darf er doch gar nicht!«

»Natürlich nicht. Übrigens habe ich den Gecko gestern mit seiner Frau im Supermarkt getroffen«, plaudert Birgit. »*What an odd couple!* Du hättest die beiden sehen sollen!«

»Erzähl schon«, sage ich begierig, denn Birgit lästert leidenschaftlich gern und gut. Dafür verzeihe ich ihr auch die angeberischen Zitate.

»Monsieur Gecko sah so aus wie immer, zwar grottenhässlich, aber auf altmodische Art schick. Heller Anzug, Strohhut, Stöckchen mit Elfenbeingriff, wie Thomas Mann am Lido. Raffinement! Madame Gecko hat zwar ein hübsch ordinäres Gesicht, ist jedoch fett wie eine Weihnachtsgans. Und trägt die spießigsten Klamotten, die du dir denken kannst!«

»Nämlich?«

»Trotz der Hitze hatte sie dunkelbraune, blickdichte Venenstrümpfe an, frisch aus dem Sanitätshaus, und dazu graue Sandaletten. Ihr Rock war viel zu kurz und plissiert, so dass der Michelin um die Hüften zur Geltung kam. Bluse im Siebenbürger Trachtenstil. Kannst du dir vorstellen, wie dieses Paar zueinandergefunden hat?«

»Wahrscheinlich hat Monsieur seine Madame als Trostpreis gewonnen. Außerdem kann nicht jeder so schön sein wie ihr«, sage ich. Birgit und Steffen sind tatsächlich ein attraktives Paar, nach dem man sich schon mal umdreht.

Dann verlasse ich meine klatschsüchtige Kollegin. Wie mag sie wohl über mich und meine fünf grauen Sweatshirts reden? Manchmal würde ich gern über ernstere Dinge mit ihr sprechen, denn meine beiden Schulfreundinnen leben in Berlin und München, haben kleine Kinder und demzufolge andere Probleme als ich. Hier am Ort ist Birgit die Einzige, mit der ich Kontakt habe. Nach meiner Scheidung hat sie allerdings niemals vorgeschlagen, mit mir gemeinsam etwas zu unternehmen, oder versucht, mir über meine unfreiwillige Einsamkeit hinwegzuhelfen. Doch immerhin drängt sie mir auch keine unerwünschten Ratschläge auf oder will Einfluss auf meinen Lebensstil nehmen wie meine Mutter.

Nach der Konferenz ist es fast Abend, aber noch angenehm mild draußen. Ich habe keine rechte Lust auf meine stickige Wohnung. Mit dem Fahrrad fahre ich zum Bahnhofskiosk, um meinen Bestand an Sudokus aufzufüllen. Aus einer spontanen Laune heraus schiebe ich dann das Rad hügelwärts bis zum Marktplatz, wo die Leute unter den Robinien sitzen, Eis löffeln, Bier trinken, Pizza essen und sich lautstark unterhalten. Wegen ihres milden Klimas wird die Bergstraße manchmal Toskana Deutschlands genannt, denn die Saison auf dem Weinheimer Marktplatz beginnt bereits im März. Lange bin ich nicht mehr hier gewesen, doch nirgends erspähe ich einen freien Platz. Resigniert will ich schon aufgeben, als ich meinen Namen rufen höre.

»Anja, nein, so was! Wir haben uns seit einer Ewigkeit nicht mehr gesehen!«

Seit meiner Scheidung bin ich Steffen tatsächlich kein einziges Mal mehr begegnet. Leicht verunsichert nähere ich mich seinem Tischchen, auf dem zwei leere Espressotassen stehen.

»Komm, setz dich her, hier ist gerade ein Platz frei geworden«, sagt Birgits Mann und rückt mir einen Stuhl heran.

Ich zögere immer noch, denn ich will nicht gern an alte Zeiten erinnert werden. Aber schließlich sitze ich neben ihm, und er bestellt zweimal Weinschorle.

»Wolltest du dich hier mit Birgit treffen?«, frage ich, aber anscheinend ist das nicht der Fall.

Steffen sieht so gut aus wie eh und je. Seine Nase ist fast mädchenhaft klein, die Augen liegen weit auseinander, so dass er ein wenig wie ein großer Junge wirkt. Neu ist allerdings, dass er sich sein Haupthaar völlig abrasiert hat, was ihm meiner Meinung nach nicht besonders steht; doch bei näherem Hinsehen versöhnt mich die Sonnenbräune mit seiner Glatze.

»So kennst du mich noch gar nicht«, meint er und streicht sich über den Kahlkopf. »Was starrst du mich so skeptisch an? Im Winter lasse ich sie mir wieder wachsen. Nun erzähl doch endlich, wie es dir geht! Du siehst übrigens blendend aus.«

Wir wissen beide, dass das nicht stimmt. Ich ernähre mich ungesund, esse einen Tag zu viel, einen anderen fast gar nichts, bewege mich kaum – wenn man vom Schulweg absieht – und bin viel zu selten an der frischen Luft. Vor allem schlafe ich zu wenig, denn ich löse Sudokus, bis mir die Augen zufallen.

Eine Weile erzählt Steffen von seinen beruflichen Erfolgen. Er ist Anlageberater bei einer Bank und beschäftigt sich mit Dingen, von denen ich keine Ahnung habe. Irgendwann kommt er auf seine Frau zu sprechen. Er spitzt die Lippen, als er ihren Namen nennt, es klingt fast ein wenig türkisch, etwa wie Bürgüt. »Du siehst sie doch fast jeden Tag«, beginnt er, »und du kennst sie schon seit Jahren. Ist dir in letzter Zeit nichts aufgefallen?«

Ich verstehe nicht, worauf er hinauswill.

Steffen sucht nach den richtigen Worten. Es ist ihm offenkundig peinlich, auf eine lang zurückliegende Affäre anzuspielen, die Birgit mit einem Sportlehrer gehabt hatte. »Damals hat sie sich ähnlich verhalten«, sagt er besorgt. »Abends geht sie oft weg, angeblich zu Elternabenden, eine kranke Kollegin besuchen oder zu einem Vortrag an der Volkshochschule. Sie ist unzuverlässig geworden, stets in Gedanken, gereizt und patzig. Manchmal ertappe ich sie mit einem versonnenen Lächeln auf den Lippen, das ganz bestimmt nicht mir gilt.«

Das alles überrascht mich nicht. Birgit ist bekannt dafür, dass sie nichts anbrennen lässt. Aber aus dem Kollegium kommt keiner in Frage, das hätte ich gemerkt, oder man hätte es mir gesteckt. Auf ihrer letzten Klassenfahrt hatte sie unseren reizlosen Referendar mit, der sicherlich nicht in Frage kommt. Also beruhige ich Steffen erst einmal.

»Sorry, ich wollte dich nicht ausspionieren«, sagt Steffen. »Ich hatte nur für die Sommerferien einen Fortbildungskurs für psychologische Gesprächsführung gebucht, und Birgit hat es abgelehnt, mit nach Rostock zu kommen. Was hast du eigentlich vor, fährst du wieder nach Frankreich?«

Dumme Frage, denke ich. »Meine Mutter hat mich zu zwei Wellness-Wochen eingeladen. Seit dem Tod meines Vaters kommt sie auf merkwürdige Ideen.«

»Wie bitte, dein Vater ist gestorben? Das wusste ich ja gar nicht! War das nicht so ein kerngesunder Luis-Trenker-Typ, ein ewiger Bergsteiger?«

Ich nicke. »Abgestürzt«, seufze ich. Papa ist nach einem Schlaganfall zwar nur aus dem Bett gefallen, aber darüber mag ich jetzt nicht reden.

»Wie verkraftet es deine Mutter?«, fragt Steffen teilnahmsvoll.

»Ganz gut«, antworte ich. »Sie reist viel herum, ist Vorsitzende ihres Wanderklubs geworden und lernt Italienisch. Man kann fast sagen, sie blüht auf. Dabei war es eine vorbildliche Ehe!«

»Sagenhaft!«, meint Steffen, er hat nur aus Höflichkeit zugehört, in Gedanken ist er woanders.

Wir beobachten beide einen Spatz, der sich auf den Nachbartisch traut, einen Weißbrotbrocken erwischt und schnell das Weite sucht. Der holt sich einfach, was er braucht, denke ich.

Irgendwann meint Steffen nun doch, auf unsere zurückliegende Freundschaft anspielen zu müssen. »Es ist so schade, dass wir uns ganz aus den Augen verloren haben«, findet er. »Hast du gelegentlich noch Kontakt mit Gernot?«

Ich schüttele nur den Kopf. Steffen gehen meine Privatangelegenheiten nichts an. Doch wenn er schon so neugierig nachforscht, dann kann ich es auch. »Siehst *du* ihn denn gelegentlich? Wohnt er überhaupt noch in unserem Häuschen?«

»Selbstverständlich, er hat es schließlich von seiner Tante geerbt! Erst am vergangenen Montag bin ich durch die Postgasse gefahren und habe seinen Wagen am Straßenrand stehen sehen. Aber ich war in Eile, sonst hätte ich mal vorbeigeschaut.«

Ich interpretiere seine Worte als leichte Zurechtweisung. Es ist nicht mehr *unser* Häuschen, sondern Gernots alleiniges Eigentum.

Als Steffens Handy klingelt, ist seine Mutter dran. Ich wühle unterdessen in meiner Tasche nach dem Fahrradschlüssel und schreie auf, weil ich mich an etwas Spitzem steche. Mit einer Papierserviette versuche ich, den blutenden Finger zu umwickeln.

Steffen hört sofort auf zu telefonieren und holt ein Pflaster aus dem Verbandskasten seines Autos.

»Wie konnte denn das passieren?«, fragt er, nachdem er mich verarztet hat. »Der Schnitt ist ziemlich tief!«

Vorsichtig packe ich mit der linken Hand meine Tasche aus und lege – bis auf die Sudokus – meinen gesamten Plunder auf den kleinen Bistrotisch. Zuunterst finde ich das japanische Kochmesser von Julian, das ich heute konfisziert habe. Natürlich sollte ich seine strickende Großmutter benachrichtigen, wozu ich wenig Lust habe, denn ich fürchte diese militanten Pionierinnen der Friedensbewegung. Der gutmütige Julian hat bestimmt in aller Unschuld das Messer zum Obstschälen verwendet.

»Ein bodenloser Leichtsinn«, meint Steffen kopfschüttelnd. »Wie kann man nur ein so scharfes Messer einfach in die Tasche stecken!«

Ich nicke verlegen; es ist wieder einmal eine meiner typischen Fehlleistungen, die sich in letzter Zeit so häufen. Natürlich hätte das Messer im Sekretariat bleiben und schließlich einem Erziehungsberechtigten ausgehändigt werden müssen.

Als ich müde zu Hause ankomme, will ich eigentlich ein paar Vitamine zu mir nehmen, aber die Fruchtfliegen haben sich über meine Obstvorräte hergemacht. Also schmiere ich mir ein Brot mit Nougat-creme und löse beim Essen ein Sudoku, das bald immer ekliger aussieht. Ich habe mich bereits ein paarmal vertan, radiere auf dem schmierigen Papier herum und schäme mich plötzlich. Sollte ich nicht besser die Obstschale auswaschen? Doch ich kann mich nicht aufraffen. Die Begegnung mit Steffen hat mich aufgewühlt und alte Erinnerungen geweckt.

Unser geliebtes Häuschen, zum Beispiel. Sicher, es gehörte niemals mir, sondern Gernot. Aber wie viel Arbeit und auch Geld hatte ich hineingesteckt! Das leicht heruntergekommene Bauernhaus war durch meine Initiative zu einem kleinen Schmuck-stück geworden, vor allem der Garten war wun-derschön. Ich hatte den Hof von mehreren Beton- und Schuttschichten befreien und mit Muttererde auffüllen lassen. Dabei hatte ich auch einen alten Brunnen entdeckt und wieder instand setzen las-sen. Schließlich hatte ich niedrige Buchshecken ge-pflanzt und den ehemaligen Hof in einen kleinen Klostergarten verwandelt, der mit schmalen Kies-wegen und Rosenrondellen zu meinem Refugium wurde.

Bestimmt pflegt jetzt niemand mehr den Garten; zwischen den Rosen werden sich Brennnesseln breit-machen, Windenknöterich wird über die Wege wu-chern, Hahnenfuß das Immergrün ersticken. Mir kommen die Tränen. Früher hatte ich stets eine blassrosa Rose auf meinem Schreibtisch stehen, doch bei meiner jetzigen Wohnung ist Hopfen und Malz verloren. Ein Arbeitszimmer besitze ich sowieso nicht mehr, meine Schreibsachen erledige ich auf dem schmuddeligen Linoleum des Küchentischs. Alles ist hier zu eng, zu niedrig, zu finster, zu hässlich. Ich sollte mir lieber heute als morgen etwas Besseres suchen, denn dieses Loch war nur eine Notlösung gewesen. Hier würde wohl jedem die Decke auf den Kopf fallen.

3

Schon oft habe ich mir den Kopf zerbrochen, ob Birgit und Steffen wissen, warum ich mich so plötzlich von meinem Mann getrennt habe. Immerhin sehe ich Birgit fast jeden Tag, aber sie hat mich nie ausgefragt. Sie gab sich zufrieden mit meiner Aussage, dass wir uns auseinandergelebt hätten.

»Kann passieren«, meinte sie. »Fast alle meine Freundinnen haben sich nach einigen Jahren von ihren Partnern getrennt. Es ist eben nicht mehr so wie bei unseren Eltern.«

Wer wohl die Schlampe war, mit der ich Gernot erwischt habe? Ich weiß nicht, ob sie immer noch seine Freundin ist, ob sie damals zum ersten Mal auf unserem Sofa lag oder ob sie inzwischen in unser Häuschen eingezogen ist. Eigentlich will ich es auch gar nicht wissen.

Zweimal war ich noch dort, zu Tageszeiten, wo ich sicher sein konnte, dass Gernot nicht auftauchte. Es sind nicht viele Gegenstände, die ich mitgenommen habe, darunter kein einziges Möbelstück. Alles, was wir uns gemeinsam angeschafft haben, ließ ich stehen, auch das Auto. Nur ganz persönliche Sachen, meine Kleider, ein paar Bücher, das Besteck meiner Großmutter und mein Sparbuch habe ich geholt. Sogar meine Akten stehen noch im Regal, weil ich hier überhaupt keinen Platz dafür habe.

Manchmal denke ich, dass unsere Unfruchtbarkeit auch etwas Gutes hatte. Wie sehr hätte ein Kind unter unserer Trennung gelitten! Doch wäre es vielleicht nie zu einer so hässlichen Szene gekommen, wenn Gernot während meiner Chorproben auf ein Baby hätte aufpassen müssen.

Meine Mutter zeigte wenig Mitgefühl. Sie billigte die Scheidung überhaupt nicht. Ich deutete an, dass Gernot mich betrogen hat. »Na und?«, sagte sie. »Du bist nicht die Einzige, der das passiert.«

Sie ist wahrscheinlich so sauer, weil sie die Hoffnung auf ein Enkelkind erst einmal begraben muss. Die einzige Chance, so denkt sie wohl, ist ein neuer Partner, und zwar schnell! Mit ihrer Einladung, zwei gemeinsame Wochen in einem österreichischen Wellnesshotel zu verbringen, will sie mich auf Trab und dann an den Mann bringen.

»Kind, warum nimmst du denn nicht ein bisschen Make-up? Ich sehe ja ein, dass man sich als Lehrerin nicht aufdonnern will, aber man braucht doch nicht gar so blass und grau herumzulaufen.«

Solche Worte verletzen mich. Mein Wert wird nur nach der Tauglichkeit auf dem Heiratsmarkt bemessen. Aber natürlich ist auch etwas Wahres an ihrer Kritik. Auf unserem Gymnasium ziehen sich fast alle Kolleginnen modisch an, ändern gelegentlich die Frisur oder färben sich die Haare, greifen in der Pause auch ohne Zögern nach ihrem Schminktäschchen. Mich kann man von hinten kaum von einem dreizehnjährigen Jungen in Cargohosen und grauer Kapuzenjacke unterscheiden. Mama meint es im Grunde ja gut mit mir, aber davon wird es auch nicht besser.

Als sie neulich wieder mal eine taktlose Andeutung machte, fuhr ich sie an: »Und warum habt ihr selber nicht ein Dutzend Kinder in die Welt gesetzt? Wenn ich noch Geschwister hätte, dann könntest du dich längst über ein Enkelkind freuen!«

Das war ein bisschen ungerecht von mir, denn meine Mutter hatte mehrere Fehlgeburten.

Während ich gerade traurig ein Sudoku ausfülle, klingelt das Telefon. Eine belegte Stimme meldet sich: »Hier ist Julian Heller. Ich wollte…« Julian macht sich Sorgen um sein edles Küchenmesser. Nach einigem Gestotter bittet er mich darum, seiner Großmutter nichts zu verraten.

»Julian, du weißt genau, dass das Mitbringen von Waffen in unserer Schule streng verboten ist. Auch

Messer gehören nun mal in diese Kategorie. Deines ist außerdem so scharf, dass ich mich daran geschnitten habe.«

Ich meine, ein unterdrücktes Glucksen zu hören. »Bitte, Frau Reinold, seien Sie doch nicht so streng! Sie kennen mich doch, ich wollte bestimmt keinen Kumpel abstechen!«

»Eigentlich müsste ich die Sache dem Direktor melden. Und wenn es sich einmal herumspricht, dass ich Gnade vor Recht ergehen lasse, dann…«

Ich weiß nicht mehr weiter, Julian fleht mich unermüdlich mit seiner Altweiberstimme an.

Schließlich sage ich zermürbt: »Na gut, du kannst morgen zu mir nach Hause kommen und dein Messer abholen. Aber wenn ich dich jemals wieder erwischen sollte…«

Das war ein Fehler, sage ich mir, kaum dass das Gespräch zu Ende ist.

Der nächste Morgen fängt gut an. Mit dem Rücken zur Klasse stehe ich vor der Tafel und höre, wie die Mädchen mit dem Gackern gar nicht mehr aufhören können. Wütend drehe ich mich um und stampfe mit dem Fuß auf, worauf sich die gesamte Bande erst recht nicht beruhigen kann.

Dann sehe auch ich, dass ich zwei verschiedene Schuhe anhabe. Die uralten roten Mokassins trage ich nur zu Hause, die blauen Ballerinas sind meine Sommerschuhe. Verzweifelt gehe ich in die Offensive: »Ihr seid wohl völlig hinterm Mond, in London ist das schon seit Monaten der letzte Schrei!«

Sie glauben mir zwar nicht, aber allmählich glätten sich die Wogen. Meine eigene Zerstreutheit geht mir inzwischen genauso auf die Nerven wie manche Schüler: Noch bevor es am Ende der Stunde klingelt, packen sie in aller Gemütsruhe ihre Sachen zusammen, was ich für eine grobe Unhöflichkeit halte und schon oft moniert habe. Nina beißt sogar noch während des Unterrichts völlig unverfroren in ihr Butterbrot. Anscheinend gehen meine Predigten zum einen Ohr rein, zum anderen wieder heraus. Oder wie meine Mutter sagen würde: Grad so, als hätt ich dem Ochs ins Horn gepetzt!

Fast habe ich es geahnt, dass sie heute anruft. Ausgerechnet immer dann, wenn ich nach fünf Unterrichtsstunden erschöpft nach Hause komme.

»Anja«, sagt meine Mutter, »ich war gerade beim Frisör und habe in einer Frauenzeitschrift lauter gute Tipps gelesen, wie man einen netten Mann findet. Auf jeden Fall muss man raus aus seinen vier Wänden! Vielleicht einen Hund anschaffen, beim Gassigehen kommt man schnell ins Gespräch mit anderen Leuten. Und die Angebote der Volkshochschule sind auch nicht verkehrt, am besten so etwas wie digitale Fotografie. Tanzkurse für Alleinstehende werden empfohlen oder öfter mal der Besuch eines Plattenladens. Dort hängen einsame Männer angeblich oft herum...«

»Außerdem gibt es im Internet spezielle Foren für Singles«, sage ich müde. »Die hast du vergessen.« Ich lege auf. Je länger ich über ihre Vorschläge nachdenke, desto klarer wird mir: Ein gemeinsamer Urlaub mit meiner Mutter hat keinen Sinn, ich werde es ihr ausreden müssen.

Um fünf erwarte ich Julian, es klingelt schon ein paar Minuten früher. Damit er gar nicht erst auf die Idee kommt, meine Wohnung zu betreten, habe ich das Messer mit Pappe und Klebestreifen umwickelt, um es ihm ohne langes Palaver an der Tür zurückzugeben.

Aber draußen steht auch Manuel, womit ich nie im Leben gerechnet habe. Er wirft mir unter seinen langen Wimpern einen so rührenden Blick zu, dass ich weich werde. »Na, kommt schon rein!«, sage ich.

Bei mir sieht es schrecklich aus. Ich lotse meine Schüler in die Küche, denn dort wirkt das Chaos am ehesten kreativ. Die beiden setzen sich ungefragt an den Tisch, wo noch die schmutzigen Becher von vor drei Tagen stehen und sich die Fruchtfliegen mitsamt Nachwuchs an verfaulten Pflaumen berauschen.

Meine menschlichen Gäste erwarten eine Standpauke. Offensichtlich ist Manuel mitgekommen, um seinem Freund beizustehen.

»Frau Reinold«, sagt er, »Sie haben das in den falschen Hals gekriegt. Ein Gegenstand des täglichen Gebrauchs ist doch nicht mit einer Knarre zu vergleichen! Julian ist ein richtig guter Koch, ein Küchenmesser gehört für ihn einfach zur Grundausstattung!«

Ich muss ein wenig lächeln.

Auch Julian setzt zu Erklärungen an. »Zum Frühstück habe ich Birnen fürs Müsli geschält, dabei ist mir das Messer wohl versehentlich in den Rucksack gerutscht.«

»Ist ja schon gut«, gebe ich nach. »Hier hast du dein tolles Messer zurück. In Zukunft bleibt es aber dort, wo es hingehört. Wie geht es eigentlich deinen Eltern?«

Seine Eltern leben als Entwicklungshelfer in irgendeinem unaussprechlichen asiatischen Ort, wo es keine internationalen Schulen gibt.

»In den Sommerferien fliege ich hin«, sagt er, »das wird spannend! Meinen Eltern geht es prima. Neulich hatten sie sogar eine Python im Garten.«

»Python ist männlich, es heißt der Python«, belehre ich.

Beide schauen sich kurz an und erheben sich gleichzeitig; beide haben einen leichten Flaum über der Lippe, beide wachsen mehr oder weniger ohne Mutter auf.

An der Haustür fragt Manuel beiläufig: »Übrigens, kennen Sie jemanden, der eine Wohnung sucht?«

»Willst du etwa eine WG gründen?«, frage ich verdutzt.

»In unserem Haus ist etwas frei geworden«, sagt er. »Mein Vater will sich nicht gleich an einen Makler wenden, sondern erst einmal unter Bekannten herumfragen.«

Interessiert frage ich nach Details. Alles hört sich gut an, die Lage stimmt, die Größe, der Preis. Das einzige Problem ist natürlich, dass ich keine Möbel besitze und alles neu kaufen müsste. Das wäre jedoch machbar, weil ich von meinem Vater ein paar Aktien geerbt habe.

»Ich lasse es mir mal durch den Kopf gehen«, sage ich vorsichtig. »Vielleicht wäre das etwas für mich selbst. Aber ich müsste mir die Wohnung erst einmal ansehen, versteht sich.«

»Wow! Das wäre cool!«, findet Manuel.

Kaum bin ich allein, fülle ich drei Sudokus völlig

verkehrt aus, weil ich nicht bei der Sache bin. Ein Umzug ist mit Unruhe verbunden und setzt Initiative voraus. Traue ich mich raus aus meiner Höhle? Um einen Anfang zu machen, sammle ich das herumstehende Geschirr ein und spüle. Auf einer Untertasse klebt ein Kaugummi, der nicht von mir stammt. Man sollte Schüler eben doch nicht in die Wohnung lassen, denke ich noch vor dem Einschlafen.

4

Erst kurz vor den großen Ferien fragt mich Birgit: »Was hast du eigentlich für Urlaubspläne?«

Nach sekundenlangem Zögern lüge ich ihr etwas vor; das Wellnesshotel in Österreich und die Einladung meiner Mutter müssen herhalten. In Wirklichkeit habe ich den großartigen Plan, mein verlottertes Leben umzukrempeln. Ich werde endlich aus meiner scheußlichen Wohnung ausziehen, Möbel kaufen, mich ganz nach meinem Geschmack einrichten. Ein Anfang ist schon gemacht: Ich habe mir erstens keine Sudokus mehr geholt und mich zweitens in einem Mannheimer Einrichtungshaus umgeschaut. Teilweise gibt es lange Lieferfristen, und zwar ausgerechnet bei jenen Stücken, die mir besonders gefallen.

Um mich nicht versehentlich zu verraten, frage ich zurück: »Und du? Warum magst du Steffen eigentlich nicht nach Rostock begleiten?«

»Woher weißt du das?«, fragt sie erstaunt, und ich berichte von unserer Begegnung auf dem Marktplatz.

Sie runzelt die Stirn. »Wieso hat er mir nichts davon erzählt? War er allein?«, will sie wissen.

Auf meine Antwort geht sie nicht weiter ein, sondern jammert unverzüglich los: »So eine Schnapsidee! Ausgerechnet Rostock! Steffen behauptet zwar, es sei eine wunderschöne Stadt und man könne herrlich in der Ostsee planschen, aber mich bringen keine zehn Pferde dorthin. Mich zieht es entweder nach Schottland oder nach Frankreich. Du weißt ja selbst, dass man nicht aus der Übung kommen darf, selbst wenn man eine Fremdsprache gut beherrscht. Ich werde alte Freunde besuchen.«

»Wo?«

»Entweder in Glasgow oder eher noch in Draguignan.«

»Kenn ich, eine nette Kleinstadt in Südfrankreich, wir waren früher auch mal dort«, sage ich leise. Wo wir schon beide solo sind, könnte sie ja anstandshalber fragen, ob ich nicht lieber mit ihr statt mit meiner Mutter verreisen will.

Die Wohnung, die mir Manuel im Haus seines Vaters angeboten hat, erweist sich als ein Glücksfall. Die ruhige Scheffelstraße liegt am äußersten Rand des Zentrums; ich kann die Schule und alle Geschäfte mühelos mit dem Fahrrad erreichen. Vier Zimmer und ein großer Balkon erscheinen mir als

purer Luxus. Das Haus hat hohe grüne Fenster-
läden, stammt wohl aus den zwanziger Jahren und ist
grundsolide gebaut. Manuels Vater zögert keine Minute mit der Zusage. Großzügig händigt er mir sofort die Schlüssel aus; noch vor dem Umzug soll ich
mit dem Zollstock ein und aus gehen und zumin-
dest auf dem Papier die Einrichtung planen können.
Und falls ich bereits vor dem 1. September gelegentlich dort übernachten möchte, ist es ihm sogar
lieb. Er selbst will mit Manuel verreisen, und ein un-
bewohntes Haus ist immer ein Risiko.

Meine Mutter freut sich mit mir. Obwohl sie
nicht allzu weit von hier in Bad Dürkheim wohnt,
besucht sie mich nicht gern in meinem Rattenloch,
wie sie sich auszudrücken pflegt. Dafür ruft sie
ständig an.

»Endlich mal eine gute Nachricht!«, findet sie
und verzeiht mir sogar, dass ich nicht nach Österreich will.

»Hast du Gernot schon informiert?«, fragt sie.

Natürlich nicht, denn es geht ihn überhaupt
nichts an, wo ich in Zukunft wohnen werde. Seit der
Scheidung haben wir uns weder gesehen noch gesprochen.

»Aber du musst doch endlich deine Möbel abholen!«, sagt meine Mutter, schon wieder ganz Vorwurf. »Schließlich stammt der Sekretär von deinem

Großvater, die englische Vitrine haben wir dir zur Hochzeit geschenkt, den Schreibtisch hattest du von deinem ersten selbstverdienten Geld gekauft und…«

Ich unterbreche sie. »Soll Gernot doch glücklich damit werden. Ich mag ihn jedenfalls nicht um Audienz bitten, darauf kannst du dich verlassen!«

»Dann werde ich es eben tun«, sagt meine Mutter und legt auf.

Mich beschäftigt etwas anderes. Als Erstes muss ich für eine Schlafgelegenheit sorgen, doch genau das macht mir Kopfzerbrechen. Nehme ich ein bequemes Doppelbett, dann wird sich jeder künftige Besucher fragen, was es damit auf sich hat. Kaufe ich dagegen eine normale Liege, dann wird es zu eng, falls ich je wieder einen Freund haben sollte. Ein Kompromiss ist sicher nicht falsch, und ich schwanke zwischen einer Matratzenbreite von 140 oder 160 cm und einem Härtegrad von 2 oder 3. Schließlich rufe ich im Möbelhaus an und bestelle doch ein richtiges Doppelbett.

Bei vier Zimmern kann ich mir endlich wieder einen Arbeitsraum einrichten, wo Wörterbücher, Lehrmaterial, Hefte und Ordner in Regalen untergebracht sind. Es wäre auch gar nicht so schlecht, wenn ich durch Mutters Vermittlung meinen treuen alten Schreibtisch zurückbekäme. Fast hoffe ich, dass sie bald bei Gernot anruft. Wenn ich nicht so feige und trotzig, so stolz, verbittert und wütend wäre, dann würde ich es selber tun. Er wird mir mein Eigentum wohl kaum verweigern.

Es geht schneller, als ich erwartet habe. Mutter meldet sich bereits am Abend.

»Stell dir vor, ich habe Gernot sofort erreicht, und das ist auch gut so! Er ist nämlich ab 26. Juli im Urlaub, worüber ich mich wundere. Im Herbst oder Frühling ist doch alles billiger und nicht so überlaufen. Schließlich ist er kein Lehrer, der auf die Sommerferien angewiesen ist!«

»Was hat er denn gesagt?«, frage ich ungeduldig.

»Er hat mir nicht verraten, wo er Urlaub machen wird…«

»Soll er doch hinfahren, wo der Pfeffer wächst, das interessiert mich einen feuchten Dreck! Ich will bloß wissen, ob ich meine Sachen jetzt wiederhaben kann?«

»Er sehe da kein Problem, du hättest doch noch einen Hausschlüssel. Außerdem legt er überhaupt keinen Wert auf deinen Kram, sondern ist froh, wenn endlich *tabula rasa* gemacht wird. Wir können jederzeit holen, was wir wollen!«

Meine Mutter hat sich mit ihrem Schwiegersohn

immer gut verstanden. Nun ist sie ganz aufgeregt, dass ihr dieser Coup perfekt gelungen ist. Außerdem ist sie neugierig, denn sie will offenbar dabei sein, wenn ich in meinem früheren Heim herumstöbere. Genau das ist mir aber gar nicht recht. Ich habe keine Lust, in ihrem Beisein auf unbekannte Zahnbürsten und Slips zu stoßen.

»Ich hab mir überlegt«, fährt sie fort, »dass man Schreibtisch, Vitrine und Sekretär auf keinen Fall in meinem Auto befördern kann, hinzu kommen ja noch Wäsche, Decken, Regale, Küchengeräte und so weiter. Bei mir nebenan wohnen zwei junge Männer, die einen Hausmeisterservice betreiben, die hab ich gleich angeheuert. Sie besitzen einen Lieferwagen und sind bereit, für wenig Geld eine Fuhre zu übernehmen!«

Mutters Tatendrang war mir schon immer unheimlich. Doch immerhin hat sie im Gegensatz zu mir ihr Leben im Griff. Über die Transportfrage habe ich mir noch gar keine Gedanken gemacht, da hat sie das Problem bereits gelöst. Mit einem leisen Seufzer stimme ich ihrem Vorhaben zu.

Manuel verabschiedet sich am letzten Schultag mit Handschlag und übergibt mir einen Brief seines Vaters. Auf dem Umschlag lese ich zum ersten Mal seinen vollen Namen. Er wünsche mir viel Freude beim Einzug, schreibt Dr. Patrick Bernat, und ich solle bei großer Hitze den Garten bewässern, falls es mir nichts ausmache. Mit dem Mietvertrag könnten wir uns noch Zeit lassen.

»Wohin geht denn eure Reise?«, frage ich meinen Schüler.

Zuerst zur Mutter nach Kopenhagen, sagt er, um seinen 15. Geburtstag zu feiern. Dann wolle sein Vater ein Wohnmobil mieten und ohne festes Ziel Richtung Norden fahren. Manuel schwärmt von Blaubeeren, einsamen Seen und Mitternachtssonne, und ich staune, wie gut er erzählen kann. Warum zeigt sich das nicht auch in seinen Aufsätzen?

»Wieso lebt deine Mutter eigentlich in Dänemark?«, will ich wissen und ärgere mich sofort über meine indiskrete Frage.

»Einer in der Familie muss schließlich die Brötchen verdienen«, sagt er, winkt mir zu und trollt sich zu seinem Freund Julian. Hat er eigentlich verraten, ob seine Mutter an der Nordland-Expedition teilnimmt?

Am ersten Ferientag leuchtet für mich die ganze Welt. Ich habe ausgeschlafen und mir ein gesundes Frühstück zubereitet, sogar den Tisch gedeckt. Vor mir liegen sechs Schlüssel, je zwei für unser Häuschen, für das Rattenloch und für die neue Wohnung.

Vergangenheit, Gegenwart und Zukunft, denke ich. Zwar bin ich nicht abergläubisch, aber die Qualität der Schlüssel erscheint mir wie ein Orakel: die vom Häuschen sind leicht verbogen, der jetzige ist rostig, und die neuen haben ein rotes und ein grünes Käppchen; grün ist die Hoffnung, rot ist die Liebe.

Auf der Sparkasse gibt man mir zu verstehen, dass meine ererbten Aktien im Moment nur mit Verlust zu veräußern sind, aber wenn ich dringend Geld brauche… Nun, ich nehme alles in Kauf, um wieder in die Gänge zu kommen. Meine Mutter hat mir einen Zuschuss versprochen, und mein Kontostand sieht erstaunlich positiv aus, weil ich im vergangenen Jahr nur für die lumpigen Sudokus etwas ausgegeben habe. Ich kann also im Möbelhaus zuschlagen und mir außerdem ein paar schicke Kleidungsstücke kaufen, vielleicht ist sogar ein gebrauchtes Auto drin. Wenn alles erst einmal fertig ist, könnte ich meine Kollegen zu einer Housewarming Party einladen, dann sollen sie über mein neues Ambiente Bauklötze staunen. Keine Frage, dass sich dann auch das große Glück einstellen wird. Wenn meine Mutter Gedanken lesen könnte, wäre sie sicherlich sehr zufrieden.

Am Mittwoch kommt sie angebraust, in ihrem Schlepptau ein Lieferwagen mit der Hilfstruppe, zwei langhaarigen Männern. Sie sind eher schmächtig, aber freundlich. Es ist noch sehr früh, sie wollen erst einmal eine Tasse Kaffee trinken. Mit flinkem Blick mustert Mutter meine Küche, und ich sehe ihr an, wie gern sie hier für Sauberkeit sorgen würde. Aber diesen Drang soll sie sich für meine neue Wohnung aufsparen. Nach kurzer Besprechung fahren wir in die Postgasse.

Mit klopfendem Herzen öffne ich das Hoftor meines ehemaligen Heims. Der Garten sieht so traurig aus, wie ich befürchtet habe. Zwar wachsen die Brennnesseln noch nicht in den Himmel, doch die Rosen sind zum Teil eingegangen, die kleinen Buchshecken fast verdorrt. Ich möchte auf der Stelle gießen, so wie meine Mutter wohl gern bei mir geputzt hätte.

Zielstrebig zeigt sie den Männern die Möbelstücke, und sie sind erst einmal beschäftigt. Ich stehe tatenlos am Fenster und bin traurig. Ein Häuschen mit Garten, eine glückliche Ehe und vor allem zwei Kinder, das war mein Lebensplan gewesen.

Inzwischen kramt meine Mutter in Schubladen und Schränken herum und zieht triumphierend den einen oder anderen Gegenstand hervor. Mit Befremden beobachte ich, wie sie Gernots Nussknacker in ihre Handtasche steckt. In meinem Arbeitszimmer stehen drei hölzerne Regale, die Mutter samt Inhalt ebenfalls in den Lieferwagen verfrachten lässt. Bis zu diesem Punkt bin ich mit ihrer Regie einverstanden, aber für alle anderen Dinge brauche ich noch Zeit. Wie soll man sofort entscheiden, ob man dieses oder jenes Teil gleich einkassieren oder lieber Neues kaufen soll.

Das sieht Mutter sogar ein und schlägt vor: »Es reicht für den Moment. Wir fahren jetzt in dein neues Zuhause, damit meine lieben Freunde hier fertig werden und wieder los können. Den Kleinkram kriegen wir auch in meinem Wagen unter.«

Ihre lieben Freunde lassen beim Ausladen die Vitrine fallen, wobei die geschliffenen Glastürchen zu Bruch gehen. Mutter achtet gar nicht darauf, denn sie kann gar nicht schnell genug die Treppe hinaufhasten, so begierig ist sie auf die erste Inspektion. Zufrieden tritt sie schließlich auf den Balkon und schaut hinunter. »Ein schöner Garten! Darfst du ihn mitbenutzen? Und was sind das überhaupt für Leute, bei denen du untergekommen bist?«

»Anständige Leute, Mutter, richtig nette. Der Sohn ist ein Schüler von mir. Auf den Garten kann ich verzichten, der Balkon genügt.«

Sie zückt ihr Portemonnaie und bezahlt die Helfer, ich lege noch ein Trinkgeld dazu.

»So, auf zur zweiten Runde!«, kommandiert sie.

»Wir beide holen jetzt den Rest. Heute Abend läuft ein Krimi, den ich nicht verpassen darf. Um sieben möchte ich spätestens zu Hause sein.«

Für ihre 70 Jahre ist meine Mutter unermüdlich. Ich bin schon jetzt erschöpft. »Könnten wir das nicht anders organisieren? Ich fahre mit dir nach Bad Dürkheim, übernehme dein Auto für ein paar Tage und kann in Ruhe meine Wahl treffen. Außerdem möchte ich zum Großeinkauf nach Mannheim, da ist es doch praktischer, wenn ich nicht auf die Straßenbahn angewiesen bin.«

Noch nie hat meine Mutter ihren Wagen verliehen, aber erstaunlicherweise ist sie einverstanden. Auch ein so winziger Umzug ist anstrengend, aber sie gibt nicht gern zu, dass sie für heute selbst genug hat.

»Eines musst du mir aber versprechen! Stell dich nicht wieder aus falscher Bescheidenheit so dämlich an wie damals bei der Scheidung!«, sagt sie. »Ein Mann weiß sowieso nicht, wie viele Tischtücher im Schrank liegen, also überwinde dich, und greif zu! Wenn ich das nächste Mal komme, will ich eine gemütliche Wohnung vorfinden und kein Rattenloch.«

Erst zwei Stunden später bin ich aus der Pfalz zurück. Nach monatelanger Abstinenz entkorke ich eine Flasche Deidesheimer Riesling, setze mich an den Küchentisch, skizziere einen Plan aller vier Räume und stelle eine Liste für den folgenden Tag auf.

Am nächsten Morgen will ich mich schon früh aufs Fahrrad schwingen, bis mir einfällt, dass ich heute ein Auto habe. Es ist herrliches Wetter, meine neue Wohnung wird vom Sonnenlicht durchflutet, denn die Räume haben Fenster nach zwei Seiten. Das Arbeitszimmer ist schon fast fertig, denn hier stehen bereits die Regale und der Schreibtisch.

Meine Mutter hat auch den blauen Chinateppich mitgenommen, und er passt ausgezeichnet hierher. Das Ölgemälde, das sie in letzter Minute von ihren langhaarigen Freunden einpacken ließ, konnte ich dagegen noch nie leiden. Die wiederkäuenden Kühe am Bach stammen zwar von meinen Großeltern, aber ich hätte diesen Schinken mit Vergnügen bei Gernot hängen lassen.

Dann fällt mein Blick auf die Akten, die wir gestern mitgenommen haben, und ich erkenne gleich, dass ich einige wieder zurückbringen muss. Besonders die dicken Ordner mit allem, was das Häuschen betrifft. Handwerker-, Wasser- und Gasabrechnungen, Schornsteinfegerbelege, Grundsteuerbescheide und Kostenvoranschläge für ein neues Dach hatte ich hierin sorgfältig abgeheftet. Auch

Gernots Versicherungen und seine Krankenkasse betreffen mich nicht mehr. Urlaub steht auf drei anderen Ordnern, die ich mir als Nächstes vornehme. Jetzt kommen mir allerdings die Tränen. Hunderte von Ferienfotos hatte ich im Laufe der Jahre auf schwarzen Karton geklebt, aber auch Postkarten, Reiserouten und Notizen, hatte Briefe von Urlaubsbekanntschaften sorgfältig nach Jahrgängen sortiert. Im Grunde handelt es sich um unsere schönsten Erinnerungen. Damals trug Gernot noch eine dunkle Hornbrille, die er inzwischen durch Kontaktlinsen ersetzt hat. Langsam blättere ich alles durch. Seit wir getrennt leben, hat Gernot nichts Neues hinzugefügt. Zu guter Letzt fällt mir aber auf, dass DRAGUIGNAN 1999 ganz zuoberst abgeheftet ist, wo es überhaupt nicht hingehört.

Früher, noch vor der Scheidung und Sudoku-Phase, war ich ein fast pedantischer Mensch, es stört mich, dass ich auf einen Fehler in der Registratur stoße. So etwas kann mir doch nicht passieren, ist mein erster Gedanke, aber schon arbeitet das Hirn auf Hochtouren.

Nicht ich, sondern Gernot muss die Fotos von 1999 herausgenommen und nicht wieder korrekt eingeordnet haben. Ist es reiner Zufall, dass meine Kollegin Birgit ausgerechnet nach Draguignan reisen will? Falls sie es meinem Exmann erzählt hat, könnte er sich an unsere alten Fotos erinnert haben. Das wiederum beweist, dass Steffen und Birgit den Kontakt zu Gernot nie abgebrochen haben. Ob sie sich regelmäßig treffen und zu dritt über mich lästern? Ob Birgit dann zur allgemeinen Erheiterung berichtet, wie ich immer mehr zur grauen Maus mutiere?

Bei diesen Gedanken hält es mich auf einmal nicht mehr in meiner neuen Wohnung. Ich will den Transport schleunigst hinter mich bringen, um endlich keine Gedanken mehr an frühere Zeiten zu verschwenden. Unverzüglich haste ich zum Auto und fahre zu Gernots Haus, das ich nie wieder liebevoll als unser Häuschen bezeichnen werde.

Schon gestern ist mir aufgefallen, dass Frau Meising wohl immer noch hier putzt, denn es sieht alles sauber und ordentlich aus.

Wie meine energische Mutter öffne ich Schränke und Schubladen und packe Wäsche in mitgebrachte Plastiktüten.

Als das Telefon klingelt, lasse ich es natürlich läuten. Doch es hört und hört nicht auf, bis sich der Anrufbeantworter einschaltet und eine vertraute Stimme sagt: »Hallo, hier ist Steffen. Ab Dienstag bin ich für drei Wochen in Rostock, aber noch verbringe ich die Abende als einsamer Strohwitwer. Wie wär's mit einer Runde Skat? Gregor würde auch gern mitspielen! Bitte melde dich bald! Tschüs!«

So ganz genau weiß Steffen offensichtlich nicht über Gernots Urlaubspläne Bescheid, sonst wüsste er schließlich, dass sein Skatpartner längst abgereist ist.

Inzwischen habe ich einen ansehnlichen Stoß Bettwäsche auf den Esstisch geschichtet und will mich jetzt den Küchen- und Handtüchern widmen. Aber ich bin nicht bei der Sache, denn es meldet sich ein vager Verdacht.

5

In letzter Zeit träume ich schlecht. Auf der vergangenen Lehrerkonferenz sprach der Gecko über virtuelle Killerspiele und die Zunahme von grausamen Videos auf Schülerhandys. Zu unseren Aufgaben gehöre auch die Gewaltprävention.

Immer wieder liest man ja in der Zeitung oder hört es in den Nachrichten, dass Schüler Amok laufen und im Klassenzimmer ein Blutbad anrichten. Obwohl meiner Meinung nach in unserer Schule etwas Ähnliches nicht geschehen könnte, habe ich doch geträumt, dass man mir einen Dolch in den Rücken stößt. Schweißgebadet wachte ich auf und brauchte mehrere Sudokus, um mich zu beruhigen.

Jedes Mal wenn ich Julian sehe, kommt mir sein Messer in den Sinn, und ich ärgere mich über meine lasche Haltung. Meine Mutter hat schon recht, ich bin nicht energisch genug und kehre Probleme am liebsten unter den Teppich. Nur einmal im Leben bin ich ausgerastet, als ich Gernot mit dieser Schlampe auf dem Sofa vorfand. Damals habe ich überreagiert, weil ich unsere Ehekrise viel zu lange verdrängt hatte. So blauäugig will ich mich in Zukunft nicht mehr verhalten, deswegen bemühe ich mich gerade, einer bösen Ahnung beizeiten auf die Spur zu kommen.

Im Badezimmer suche ich vergeblich nach einer angebrochenen Packung Tampons, heruntergefallenen Haarnadeln, Festiger oder Ähnlichem. Weder hier noch im ganzen Haus ist etwas zu finden, was auf eine Frau hinweist. Mülleimer und Papierkörbe sind leer, die Spülmaschine ist ausgeräumt, Frau Meising ist mir zuvorgekommen.

Dann inspiziere ich unsere alten Platten. Meine Lieblingsaufnahmen will ich mitnehmen, ein gewisses Stöhnduett werde ich vernichten. Im Player liegt eine CD, die nicht von mir stammt und die ich mir unverzüglich anhöre.

Me and my true love will never meet again
On the bonnie, bonnie banks of Loch Lomond

Unendlich schön und wahnsinnig traurig, finde ich. Vielleicht sollte ich im nächsten Frühling eine Wanderung durch Schottland machen. Und plötzlich weiß ich, was mich die ganze Zeit so irritiert: Es ist ein leichter Geruch nach Maiglöckchen.

Ich erinnere mich genau, wie Birgit vor etwa drei Jahren in Frankreich Parfum kaufte. *Un bouquet floral romantique* stand auf dem Flakon, und sie fragte die Drogistin, ob auch der Duft ihrer Lieblingsblume – *le muguet* – darin enthalten sei. Die Verkäuferin war eine skandinavische Studentin, die man eigens zur Bedienung der Touristen angestellt hatte. Sie antwortete auf Englisch: »*Sure, Madam, it's Lily of the Valley!*« Steffen amüsierte sich und spottete, dass man Birgits angeblich perfektes Französisch nicht verstand.

Reichlich spät komme ich auf die Idee, die alten Nachrichten auf dem Anrufbeantworter abzuspielen, der allerdings nur wenige Botschaften enthält. Gernots Tante bedankt sich für einen Geburtstagsgruß; einer seiner Kollegen, den ich flüchtig kenne, will eine Auskunft; Frau Meising kündigt eine baldige Fensterputzaktion an. Doch bei der vierten Ansage läuft es mir kalt den Rücken hinunter, denn diese Stimme ist mir vertraut.

Hallo, Schatz! Was war los gestern? Ich habe zehn Minuten auf dich gewartet, dann wurde es mir zu dumm. Übrigens müssen wir vorsichtiger werden. Ich glaube, Steffen hat Verdacht geschöpft, er macht neuerdings leicht anzügliche Bemerkungen. Also bis morgen am Parkplatz! Ich freu mich!

Zum Glück habe ich keinen heißen Tee zur Hand. Sonst würde ich ihn ins Telefon oder in den kleinen schwarzen Apparat kippen. Vergeblich sagt mir die Vernunft, dass wir geschiedene Leute sind und mich Gernots Liebesleben nichts mehr angeht. Von mir aus kann Birgit ihren Steffen von früh bis spät betrügen – aber doch nicht in meinem Haus mit meinem Mann! Mich packt eine unbändige Wut auf beide und darüber hinaus auf mich selbst. Es ist nicht mehr mein Haus, es ist nicht mehr mein Mann, wann werde ich das endlich begreifen.

Ich stelle mir vor, wie Birgit und Gernot in Draguignan auf der Place du Marché sitzen; nach dem Mittagessen trinkt sie einen *petit noir*, er einen *café crème*. Birgit im hellen Miederkleid, ihr Schatz in Flip-Flops und Bermudas. Die Sonne brennt schon heiß, gleich werden sie eine ausgiebige Siesta halten. Durch die Jalousien fällt gedämpftes Licht, passend für die Lust am Nachmittag; nackte Leiber verwandeln sich durch hell-dunkle Streifen in wilde Zebras. Ob sie die kleine Ferienwohnung gemietet haben, wo wir vor vielen Jahren so glücklich waren?

Mit Birgit, diesem verlogenen Weib, habe ich fast jeden Tag im Lehrerzimmer Kaffee getrunken und über Gott und die Welt geredet. In mir brodeln Neid,

Wut und Rachsucht. »Euch werde ich die Suppe noch versalzen, darauf könnt ihr Gift nehmen!«, flüstere ich. Eure brave Anja ist in Wahrheit ein Vulkan, der glühende Lava speit.

Diesmal sollte die Rache subtiler ausfallen, vielleicht ließe sie sich sogar delegieren. Unverzüglich rufe ich bei Steffen an.

Er reagiert verwundert: »Anja? Du? Eigentlich habe ich deinen Mann – entschuldige, Exmann – erwartet«, sagt er freundlich. »Was kann ich für dich tun?«

Ich erkläre ihm, dass Gernot bereits in die Ferien gefahren ist. Aber ich brauche die Hilfe eines starken Mannes, um einen Fernsehapparat ins Auto zu tragen. Ob er nicht kurz in die Postgasse kommen könne?

Eigentlich hatte ich gar nicht vor, den Fernseher abzuschleppen, denn ich besitze längst einen neuen. Im Augenblick fällt mir aber kein anderer schwerer Gegenstand ein.

Wie immer zeigt sich Steffen hilfsbereit und verspricht, in einer halben Stunde an Ort und Stelle zu sein. »Gratuliere, dass du vernünftig wirst«, sagt er, als er mir an der Haustür die Hand gibt, »und endlich deine Möbel abholst! Habt ihr euch friedlich einigen können?«

»Das war nicht das Problem, bisher hatte ich nur keinen Platz. Nun beziehe ich eine größere Wohnung, die ich dir gleich zeigen werde.«

Steffen nabelt den Fernseher ab und trägt ihn zu Mutters Auto, während ich die Heckklappe aufschließe und eine alte Wolldecke unterlege.

Schnaufend stapft er wieder ins Haus. Seine rasierte Glatze zeigt nachwachsende Stoppeln, auf der Stirn perlen ein paar Schweißtropfen. »Puh, ist das heiß. Hast du zufällig ein Bier, ich meine – hat Gernot ein Bier im Kühlschrank?«

Er fläzt sich in einen Sessel und trinkt aus der Flasche. »Komisch, dass er mir gar nichts von seinen Plänen verraten hat. Hin und wieder spielen wir Skat zusammen; heute bin ich Strohwitwer, und es hätte mir gut gepasst.«

»Ist Birgit denn schon abgereist?«, frage ich ahnungslos.

»Hat sie es dir nicht erzählt? Gleich am ersten Ferientag ist sie abgehauen, ich glaube, es war der 26. Juli«, sagt Steffen. »Ich fahre erst übermorgen nach Rostock. Birgit wollte ja partout nicht mit, sie besucht stattdessen ihre Freundin Françoise.«

»Glaubst du das wirklich?«, frage ich, und er starrt mich verständnislos an. Ich kann es ihm nicht ersparen. Entschlossen stehe ich auf und spule den Anrufbeantworter zurück. Steffen hört sich leicht belustigt die unterschiedlichen Nachrichten an, bis die bewusste Stelle einsetzt.

Beim ersten Wort seiner Frau fährt er zusammen und richtet sich dann kerzengerade auf. Es verschlägt ihm erst einmal die Sprache, dann verlangt er: »Noch mal!«

Ich wiederhole das Ganze. Wir sehen uns ein paar Sekunden lang wortlos in die Augen.

»Das kapier ich nicht, es muss sich um ein Missverständnis handeln«, sagt er, fast bittend.

»Wohl kaum. Ich glaube, die beiden sind längst in Draguignan und lassen es sich gutgehen.«

Steffen grübelt lange. »Dafür gibt es keinen Beweis«, wendet er ein. »Sie ist wohl tatsächlich dort, aber er könnte doch überall sein, zum Beispiel in den USA. Birgit hat mich gestern angerufen, ich glaube nicht…«

»Lieber Steffen«, unterbreche ich ihn leise, aber scharf, »ich war einmal in einer ähnlichen Situation, weil ich vor unangenehmen Tatsachen allzu lange die Augen verschlossen habe. Man möchte eine Beziehungskrise nicht wahrhaben und macht sich etwas vor. Neulich hast du mir doch selbst erzählt, dass sich Birgit anders verhält als sonst. Kannst du nicht zwei und zwei zusammenzählen?«

»Um Gottes willen, war meine Frau etwa euer Scheidungsgrund?«

»Wer das war, weiß ich bis heute nicht, aber Birgit war es nicht. Im Übrigen – riechst du nichts?«

Steffen schüttelt den Kopf. Aber es ist ja bekannt, dass der männliche Geruchssinn verkümmert ist.

»Zigaretten?«, fragt er. Von uns allen ist Birgit die Einzige, die raucht.

»Nein, nein. Maiglöckchen«, sage ich.

Er steht auf. »Komm, wir bringen jetzt den Apparat in deine neue Wohnung. Danach möchte ich lieber allein sein. Man sollte nichts überstürzen, sondern erst einmal nachdenken. Vielleicht klärt sich ja alles auf.«

Steffen ist nicht der Typ, der sofort ausrastet. Ich hatte die vage Hoffnung, dass er auf der Stelle nach Frankreich rasen würde – wie ein strafender Engel mit Feuer und Schwert. Da habe ich die Rechnung ohne den Wirt gemacht.

Steffen sagt überhaupt nichts mehr, sondern versinkt in düsteres Schweigen.

Erst als Steffen den Fernseher in meinem künftigen Wohnzimmer abgesetzt hat, bemerkt er: »Deshalb sind wir also nie mehr essen gegangen!«

Da ich nicht genau weiß, wie er das meint, muss er noch einmal den Mund aufmachen.

Nach der Scheidung habe Gernot versucht, die Freundschaft mit Birgit und Steffen aufrechtzuerhalten und einen monatlichen Stammtisch in einem italienischen Restaurant angeregt. Aus irgendeinem Grund habe Birgit nach dreimaliger Schlemmerei die Lust daran verloren. Steffen und Gernot trafen sich bei sporadischen Skatrunden in reiner Männergesellschaft.

»Vielleicht wollten die beiden lieber ohne mich ausgehen«, sagt Steffen und verabschiedet sich.

Über meine neue Wohnung hat er kein einziges Wort verloren.

Es ist zu spät, um heute noch in das Mannheimer Möbelhaus zu fahren, stattdessen begebe ich mich in den Garten meines Vermieters und wässere Rasen und Rabatten. Zum ersten Mal sehe ich mir die Pflanzen genauer an. Das große Beet in der hintersten Ecke erinnert ein wenig an einen Bauerngarten, weil Ringelblumen und Tomaten, Kürbis, Rosen, Karotten, Rhabarber und Kräuter üppig durcheinanderwuchern. Wie bei vielen Menschen übt die Natur einen beruhigenden Einfluss auf mich aus. Ich sitze eine Weile unter einem alten Kirschbaum, beobachte Blattwanzen auf weißen Dahlien, höre dem Abendlied der Amseln zu und vermisse kein Sudoku.

Zum wirklichen Entspannen fehlt mir allerdings die innere Ruhe. Nach zehn Minuten will ich aufstehen und bleibe beinahe kleben, weil die Bank mit Harz und Vogeldreck vollgekleistert ist. Fremde Gartenmöbel schrubbe ich aber nicht.

Von hier aus sieht man auf der Rückseite des Hauses ein Giebelfenster, das ich bisher nicht bemerkt hatte. Im ersten Stock liegt mein zukünftiges Reich, im Parterre wohnt Manuel mit seinem Papa, ob es ganz oben noch weitere Untermieter gibt? Ich verlasse den Garten und gehe wieder hinein, aber statt meine Wohnung zu betreten, steige ich ins Dachgeschoss hinauf.

Die Mansardentür steht einen Spaltbreit offen. Hier liegt allerhand Gerümpel herum: ein hölzerner Schlitten, eine Hutschachtel voller Christbaumschmuck, ein beschädigtes Notenpult sowie ein Klavierhocker und mehrere ausrangierte Blumenkästen. In einem Schrank aus den fünfziger Jahren stapelt sich vergilbte Wäsche, sorgfältig mit roten und blauen Bändchen gebündelt. An den Dachschrägen lehnen zwei Ölgemälde, die meinen wiederkäuenden Kühen in nichts nachstehen. Ein violett-goldener Orden *Pour le Mérite* baumelt an einem Nagel. Gefüllt mit Groschenheften, Wildwestromanen und Puzzlespielen rostet eine Metallkiste vor sich hin. Anscheinend wurde hier seit Jahren nicht ausgemistet. Als mein Vater noch lebte, sah es auf dem Dachboden meines Elternhauses ähnlich aus.

Sanitäre Einrichtungen gibt es hier oben keine, weil der Bauherr wahrscheinlich bloß einen Schlafplatz für bedauernswerte Dienstmädchen oder ledige Tanten einplante. Ein zweites Kämmerchen ist mir beinahe unheimlich. Alles weist auf ein kleines Mädchen hin: ein Puppenhaus, ein Köfferchen voller Spielsachen, ein rosa angestrichenes Schaukelpferd.

Auch zwei fleckige Matratzen liegen herum, vielleicht als Notlager für jugendliche Gäste. Mir fällt dabei das Angebot des Hausherrn ein, vor dem endgültigen Einzug Probe zu schlafen. Eigentlich ließe sich das ganz einfach bewerkstelligen: Ich zerre eine graugestreifte Matratze bis zum Treppenabsatz und lasse sie abstürzen. Mit Schwung poltert sie bis vor meine Wohnungstür.

Im künftigen Schlafzimmer überlege ich, wo mein Bett am günstigsten stehen könnte. Man sollte nie direkt an einer Außenwand schlafen, das weiß ich von meiner Mutter. Außerdem hat sie empfohlen, bei Umzügen einen Hund auszuleihen. Dort, wo er sich zum Schlaf zusammenrolle, könne man sich vor Zugluft oder Wasseradern sicher fühlen und werde nie an Rheuma erkranken. Früher wurden die Schlafzimmer stets nach Osten ausgerichtet, damit der erste Sonnenstrahl für ein natürliches Wachwerden sorgte, und auch in diesem Raum ist der Platz fürs Bett im Grunde vorgegeben.

Also werfe ich mich auf das Lager und stelle mir vor, wie sanft ich in Zukunft hier einschlummern werde. Obwohl ich sehr müde bin, kreisen meine Gedanken weiterhin um Birgit, fast meine ich, schon wieder ihr süßliches Parfum zu riechen. Wohl uralter Mief aus der Kapokfüllung der Matratze.

Meine Kollegin ist eine beneidenswerte Frau. Wegen ihrer Stupsnase und dem leicht fliehenden Kinn ist sie zwar keine klassische Schönheit, hat dafür aber auffällige Pluspunkte: ihre grünen Augen zum Beispiel und ihr dichtes, kastanienbraunes Haar. Ihr Teint ist makellos und frisch. Birgit gehört zu jenen Glücklichen, die nach wenig Schlaf und viel Alkohol oder auch bei Stress wie eine neugeborene Venus aus dem Bett hüpfen können. Während unserer zurückliegenden Urlaube habe ich mich oft gewundert, wie wenig ihr Aussehen leidet. Sie kann essen, was das Zeug hält, und nimmt nicht zu, sie raucht blaue *Gauloises* ohne Filter und hatte noch nie einen Hustenanfall. Bei den Schülern ist sie ebenso beliebt wie bei den Kollegen. Mit ihrem fröhlichen Lachen und ihrem Übermut kann sie Männer und Frauen bezaubern. Eigentlich hasse ich sie schon lange, aber es wird mir erst jetzt bewusst.

6

Ich kenne viele Ehen, in denen es ähnlich zugeht: Der eine Partner ist ordnungsliebend, der andere genau das Gegenteil. Bei uns zeigte sich das erst nach und nach. Als verwöhntes Einzelkind war ich relativ schlampig; Gernot wiederum wurde sehr konservativ erzogen und musste auch in seinem späteren Beruf als Steuerberater äußerst penibel sein. Deswegen wollte er von seiner Frau ebenso entlastet werden, wie es ihm seine Eltern vorgelebt hatten.

Pünktlich um fünf kam mein Mann aus dem Büro, stieg als Erstes aus seinem Anzug, ließ ihn zu Boden gleiten und zog sich etwas Bequemes an. Da er fast den ganzen Tag in sitzender Haltung verbrachte, fand er es wichtig, bei schönem Wetter noch ein wenig Rad zu fahren oder zu joggen. Anfangs legte er Wert darauf, dass ich mitmachte. Ich wollte immer eine gute Ehefrau sein, deswegen bin ich gelaufen und geradelt, habe die Wäsche besorgt, seinen privaten Schreibkram erledigt und alles weggeräumt, was er fallen ließ. Mir gefiel diese Rolle zwar nicht sonderlich, denn schließlich war ich selbst berufstätig, aber aus lauter Liebe habe ich alles klaglos akzeptiert. Jetzt, wo ich wieder allein lebe, bin ich zu der Nachlässigkeit zurückgekehrt, die ich von früher gewohnt war. Ob Gernots Hemden inzwischen von einer anderen Frau gebügelt werden? Doch im Schlafzimmerschrank lagen sie so sorgfältig gestärkt und gefaltet, wie es nur eine Wäscherei zustande bringt.

Nur bei einer einzigen Hausarbeit zeichnete sich Gernot aus: beim Kochen. Wenn ich ihm Machogehabe vorwarf, konnte er sich damit wunderbar herausreden. Abgesehen von der Zubereitung des Frühstücks mied ich die Küche, ich hatte keine Lust, stundenlang am Herd zu stehen. Wenn ich mich gar nicht drücken konnte, brachte ich ein schnelles Nudelgericht oder einen Salat auf den Tisch. Natürlich vermisse ich jetzt die tägliche warme Mahlzeit, aber mehr noch fehlt mir Gernots Gesellschaft.

Wenn ich ehrlich bin, dann habe ich mich längst noch nicht von ihm gelöst. Eine Kränkung trifft ja umso härter, je tiefer die Bindung ist. Bei unserer Hochzeit war ich überzeugt, den Mann fürs Leben gefunden zu haben, einen, auf den ich mich verlassen kann. Manchmal plagen mich Gewissensbisse, weil ich jede Aussprache abgelehnt habe. Hätten wir nicht eine Paartherapie machen sollen, um wenigstens ohne Groll auseinanderzugehen? Ich habe Gernot bisher keine Chance für eine Rechtfertigung gegeben, vielleicht, weil ich mich dann mit allem auseinandersetzen müsste, was schiefgelaufen war. Außerdem kenne ich weit und breit keine verständnisvolle Seele, mit der ich über meine Probleme sprechen möchte, und das Sprichwort vom geteilten Leid halte ich sowieso für Quatsch.

Meine noch nicht erloschenen Gefühle für Gernot verhindern leider auch, dass ich mich neu orientiere. In der Zeitung las ich kürzlich eine kleine Anzeige: *Einsam? Allein? Dann kommen Sie doch zu unserem Single-Treff!*
Sekundenlang überlegte ich tatsächlich, ob ich meiner Mutter eine Freude machen und mich ganz unverbindlich nach Details erkundigen sollte. Was waren das für Treffen? Ging es dabei nur um Sex? Aber schon bei dem Gedanken an eine derart plumpe Anbahnung überläuft mich ein Schauder. Nein, ich bin nicht bereit für eine solche oder überhaupt eine neue Beziehung.

Kurz vor seiner Abreise ruft Steffen an, um sich zu verabschieden. Er macht einen zaghaften Versuch, mich als Reisebegleiterin zu gewinnen. »Hättest du vielleicht Lust, die Hansestadt Rostock kennenzulernen? Wenn Birgit und Gernot nach Frankreich fahren, dann könnten wir beide doch eigentlich auch…«

»Nette Idee von dir, Steffen«, unterbreche ich ihn, ohne zu überlegen, »aber ich bin voll und ganz mit meinem Umzug beschäftigt.«

Erst im Nachhinein frage ich mich, ob es sich um einen zweideutigen Vorschlag oder um ein kumpelhaftes Angebot handelte. Doch selbst wenn ich keine anderen Pläne hätte – Steffen als Lover wäre das Letzte, was ich mir wünsche, und eine absolut geschmacklose Vorstellung. Er sieht zwar viel besser aus als Gernot, ist aber überhaupt nicht mein Typ.

Dabei kommt mir eine ekelhafte Szene in den Sinn, die ich vor vielen Jahren erlebt habe und an die ich eigentlich nie mehr denken wollte. Als Studentin war ich mit einem gewissen Emil liiert. Gemeinsam mit meiner Freundin Valerie und ihrem Partner haben wir an allen Wochenenden fröhlich gefeiert. Eines Abends betrank sich Emil über das gewohnte Maß hinaus und fummelte an meiner Freundin herum, die ebenfalls nicht mehr nüchtern war. Ich wurde stinksauer, während Valeries Partner relativ gelassen blieb. Alle lachten über mich – die beleidigte Leberwurst – und schlugen einen Partnertausch vor, was mich noch mehr kränkte. Nur weil

Emil und Valerie an diesem Abend miteinander schlafen wollten, sollten wir es auch tun und ihnen damit die Absolution erteilen. Noch heute schäme ich mich, dass ich schließlich gute Miene zum bösen Spiel gemacht habe. Ich lag mit meinem zugeteilten Lover auf einem kratzigen Sisalteppich und lauschte auf Valeries spitze Lustschreie aus dem Nebenraum, während ich ohne jegliche Empfindung die peinliche Kopulation über mich ergehen ließ. Bereits am nächsten Tag trennte ich mich von Emil.

Heute habe ich den Großeinkauf im Möbelhaus erledigt und bin noch ganz gerädert. Es gab viel zu entscheiden und zu überlegen, zu rechnen und zu bezahlen. Das Wohnzimmer wird am teuersten, doch unwahrscheinlich edel. Eine Récamière für das abendliche Fernsehen wollte ich mir schon immer zulegen. Leichte Flechtsessel und Seidenkissen in pompejanischem Rot mit indischen Stickereien habe ich gleich mitbestellt. Für die Küche will ich möglichst wenig Geld ausgeben, daher habe ich schon letzte Woche auf eine Anzeige geantwortet. Warum soll ich nicht eine fremde Großmutter beerben, wenn die eigenen Enkel das bäuerliche Buffet lieber gegen eine Ikea-Küche eintauschen?

Man möchte nur ein paar Flaschen Prosecco dafür haben, den Transport will der junge Mann aus dem Odenwald für drei weitere Flaschen auch gleich noch besorgen. »In unserem Anhänger ist genug Platz«, sagte er. »Vielleicht wollen Sie noch ein paar alte Küchenstühle als Zugabe? Und einen Tisch? Klebt nur ein bisschen Marmelade und Fliegendreck dran!«

»Immer her damit!«

Meine bereitwillige Zusage überraschte ihn. Wie meine Schüler kommentierte er: »Echt krass!«

Morgen wird er bereits anrücken, deshalb muss ich schon in aller Frühe den Prosecco besorgen, denn am Nachmittag will meine Mutter ihr Auto zurückhaben. Dieser Urlaub ist bis jetzt ein einziger Stress, aber mir geht es gut dabei. Wenigstens lenken mich die vielen Aktivitäten von meinen finsteren Gedanken ab.

Noch hause ich ja leider im Rattenloch, das mir von Stunde zu Stunde unerträglicher vorkommt. Es liegt nicht nur an der engen, dunklen Wohnung und der grauenhaften Einrichtung, sondern auch an der Vermieterin selbst. Sie sieht aus wie ein Kampfhund, ihr Geruch nach billiger Bodylotion vermischt sich mit Schweißgestank und zieht über das Treppenhaus bis zu mir. Alle paar Tage klemmt sie mir ein abgerissenes Kalenderblatt mit einem Bibelzitat in die Türspalte. Heute gab sie mir zu verstehen:

Selig sind, die da Leid tragen,
denn sie sollen getröstet werden.

Matthäus 5,4

Leider ist auch ihre Musik nicht zu ignorieren, da dieses bigotte Weib nicht etwa Choräle, sondern dröhnende Märsche oder auch Diskomusik mit stampfenden Bässen bevorzugt. Selbst zu später Stunde wird mein Trommelfell durch Vibrationen belästigt, die nichts als Aggression auslösen. Mitten in der Nacht bin ich oft kurz davor, aus dem Bett zu springen und das ganze Haus mitsamt seiner ekelhaften Besitzerin abzufackeln. Zum Glück habe ich gerade noch rechtzeitig gekündigt.

Auch diese Nacht werde ich unsanft aus dem Schlaf gerissen, aber es ist ausnahmsweise gut so. In meinem Alptraum bin ich nämlich selbst die Amokläuferin, die mit einer Knarre in den Klassenraum tritt und reihenweise Schüler abknallt. Wie komme ich nur auf so absurde Ideen, frage ich mich. Andererseits ist es schon seltsam, dass nie ein Lehrer, sondern immer nur Jugendliche die Massaker in der Schule anrichten. Bei den heutigen Verhältnissen an den Schulen könnten ebenso gut die Lehrer durchdrehen.

Immer wieder stehe ich vor der Tafel und frage

mich verzweifelt, wie ich die müde Truppe motivieren kann. Als ich letztes Frühjahr Goethes *Osterspaziergang* durchnehmen wollte, bin ich auf nichts als Unverständnis gestoßen. Eine Schülerin meldete sich gleich zu Beginn, und ich ahnte nichts Gutes. Laura ist das Musterbeispiel eines gelangweilten Teenagers, absolut cool, wie ihre Freundinnen bewundernd behaupten. Schlimmeren Kitsch als die Zeile *im Tale grünet Hoffnungsglück* habe sie noch nie gelesen, sagte sie anklagend. Es folgte Schlag auf Schlag, sie hatten sich verabredet, unseren Dichterfürsten niederzumachen. Der Nächste spottete über *ohnmächtige Schauer*, wieder einer über den *lustigen Nachen*. Ich kam überhaupt nicht zu Wort. Mit Kreide werfen wie unser Direktor ist nicht mein Stil, mit einem Maschinengewehr losballern letztlich auch nicht. Verzagt klappte ich den Faust zu und diktierte ihnen in rücksichtslosem Tempo einen besonders schwierigen Text. Ob sie wollten oder nicht, jetzt mussten sie still sein. Birgit ist ein solches Fiasko wohl nie passiert.

Mit dem Kofferraum voller Flaschen fahre ich am nächsten Morgen vom Supermarkt direkt zur neuen Wohnung. Ein Traktor hält keine zehn Minuten später, und ein junger Mann steigt ab. Den Anhänger hat er reichlich vollgepackt.

»Hoffentlich ist Ihr Mann zu Hause«, sagt er. »Ohne Hilfe kann ich das Buffet nicht abladen.«

»Mein Mann hat unsere gemeinsame Küche gekidnappt und ist durchgebrannt«, sage ich und sehe mir die Bescherung an. Die Anrichte sieht völlig anders aus, als ich sie mir vorgestellt habe. Ich hatte an ein Möbel aus Kiefernholz gedacht, eventuell mit rustikalen Schnitzereien, aber nicht an einen solchen Koloss aus wurmbefallenem Birnbaum.

»Ober- und Unterteil habe ich bereits auseinandergenommen«, sagt er und wischt sich vorbeugend den Schweiß ab. »Aber jedes für sich ist schwer wie Blei. Dafür passt alles rein, was man in einer Küche nötig hat! – Suchen Sie eigentlich einen neuen Mann? Auf einem Bauernhof ist eine tüchtige Frau immer willkommen…«

»Meinen Sie, dass ich Ihnen beim Schleppen eine Hilfe bin?«

Er mustert mich und schüttelt den Kopf. »Ich kann schon mal mit den Stühlen und dem Tisch anfangen«, sagt er. »Und die Schubladen könnten Sie vielleicht übernehmen. Doch die zwei großen Stücke schaffen wir auf keinen Fall.«

In diesem Augenblick biegt ein Radfahrer in engen roten Hosen und gelb-schwarzer Jacke um die Ecke, und mein Lieferant scheut sich nicht, ihn zum Halten zu zwingen. Ungern lässt sich der Fremde dazu verpflichten, mit anzupacken. Im Geist zähle ich meine Prosecco-Flaschen und befürchte, dass sie knapp werden könnten.

Nach etwa zwei Stunden steht meine Küche auf morschen Beinen. Wir sitzen zu dritt an einem Tisch aus schmutzig gelbem Limba mit grau-weißer Resopalplatte, trinken abwechselnd aus der Flasche und verbrüdern uns, Gläser habe ich nicht anzubieten. Irgendwie riechen die sechs Stühle nach Kuhstall. Eigentlich fehlt nur noch ein klebriger Fliegenfänger an der Decke, und die ländliche Idylle wäre perfekt.

»Ist wirklich eine schicke Küche«, sagt der Radfahrer und prustet vor Lachen einen Schluck Prosecco in seinen Sturzhelm.

»Das war auch ein einmaliges Schnäppchen, denn in den Schubladen lagert noch das königliche Tafelsilber«, prahlt der Bauernsohn und kichert vor Übermut wie ein zwölfjähriges Mädchen. Da ich die drei Kästen persönlich ins Haus getragen habe, weiß ich, was in Wahrheit drin ist.

»Lass sehen«, sagt der Radfahrer, und ich präsentiere ihm den Inhalt: eine Sammlung von gebrauchten Korken, Zahnstochern, Gummibändern, Blumendraht, Strohhalmen und Einmachetiketten.

»Du hast die erste Wahl!«, sage ich, und er greift

nach einem Trachtenknopf mit geprägtem Edelweiß. Erst jetzt erkenne ich, dass es sich um ein altes Stück aus Silber handelt. Ich trinke noch einen ordentlichen Schluck aus der Flasche und weiß nicht, ob ich lachen oder weinen soll.

Schließlich trennen wir uns nach heftigen Umarmungen, denn ich muss schleunigst nach Bad Dürkheim fahren. Der eine klettert auf den Trecker, der andere steigt aufs Rad. Erst im Wagen wird mir bewusst, dass ich nicht mehr ganz nüchtern bin.

Mutter hat Besuch von meiner Kusine, die ihr Baby mitgebracht hat. Ich erinnere mich dunkel, dass ich vor einigen Monaten eine Geburtsanzeige erhalten habe. Misstrauisch schaue ich von einem zum anderen und wittere eine Verschwörung. Aus meiner spießigen Kusine habe ich mir nie viel gemacht, zumal sie fast zehn Jahre jünger ist als ich.

»Ist die Kleine nicht süß?«, fragt meine Mutter. »Nimm sie doch mal auf den Arm! Ich möchte ein Foto machen.«

Das Kind wiegt kaum mehr als eine Katze. Zu meiner Überraschung schmiegt es seinen kahlen Kopf an meine Brust. Ich muss schlucken, möchte das Baby herzen und gleichzeitig am liebsten auf den Boden fallen lassen. Will es nie mehr hergeben und gleichzeitig nichts damit zu schaffen haben.

»Was machst du denn für ein unglückliches Gesicht?«, fragt meine Mutter. »Außerdem musst du das Köpfchen besser stützen, du tust ja gerade so, als hättest du noch nie einen Säugling gehalten…«

Das Zusammentreffen mit der Kusine erweist sich aber letzten Endes als praktisch, denn sie will mich im Auto mit nach Mannheim nehmen, wo ich in die Straßenbahn umsteigen kann. Die Kleine wird in eine Babyschale gebettet und schläft ein, sobald wir losfahren.

»Deine Mutter ist richtig scharf auf Babys«, behauptet meine Kusine. »Sie meinte, Enkel seien die Belohnung dafür, dass man die eigenen Kinder in der Pubertät nicht erwürgt hat.«

Lange denke ich darüber nach und sage nichts mehr. »Wie heißt dein Kind überhaupt?«, frage ich schließlich anstandshalber.

»Wir haben sie Birgit getauft«, sagt die Kusine. »Das ist zwar im Moment nicht modern – sie heißen gerade alle Marie, Sophie oder Laura – , aber Birgit war schon immer mein Lieblingsname. Findest du ihn nicht auch wunderschön?«

»Nein, ganz im Gegenteil«, sage ich unfreundlich.

Daraufhin verstummt meine Kusine. Ich habe mir einmal mehr alle Sympathien verscherzt.

Abends ruft Steffen aus Rostock an. Er druckst etwas herum, fragt höflich nach meinem Befinden und plaudert über die Sehenswürdigkeiten der Hansestadt, bis er endlich zur Sache kommt: »Du, Anja, ich glaube, wir haben uns völlig verrannt. Heute kam ein Anruf aus Frankreich. Birgit war in bester Ferienlaune und so was von liebevoll und herzlich! Sie hat mir in leuchtenden Farben geschildert, welche Ausflüge sie mit ihrer Freundin bereits unternommen hat. Ich bringe es nicht übers Herz, sie zu verdächtigen…«

»Es stimmt ja sicher alles, nur musst du die Vornamen austauschen und Françoise durch Gernot ersetzen«, unterbreche ich ihn.

»Nein, nein, da liegst du völlig falsch! Ich habe höchst persönlich mit Françoise gesprochen, obwohl mein Französisch ziemlich mies ist, wie du wohl noch wissen wirst.«

»Und? Was beweist das denn? Sie hat ihre Alibi-Freundin um einen Gefallen gebeten, das ist für Birgit doch kein Problem!«

»Ich kenne meine Frau am besten«, behauptet Steffen, »zu einer solchen Verstellung ist sie wirklich nicht fähig.«

Wenn er sich da mal nicht irrt.

7

Die Sommerferien sind schon bald um, aber ich habe zum Glück das meiste geschafft. Am dreißigsten August bin ich endgültig aus dem Rattenloch weg- und in die Scheffelstraße eingezogen. Zum Abschied schob mir meine Wirtin einen Zettel mit einem rätselhaften Zitat unter die Tür:

> Du bereitest vor mir einen Tisch
> im Angesicht meiner Feinde.
>
> *Psalm 23, Vers 5*

Mein neuer Vermieter ist immer noch auf Reisen, aber das ist mir ganz recht. Am liebsten hätte ich dessen eigene Wohnung inspiziert, aber sie ist natürlich abgeschlossen.

Die Anstreicher haben ihre Sache gut gemacht, denn bei den Farben hatte ich ganz spezielle Wünsche. Handwerker würgen ja gern die Vorschläge ihrer Kunden mit einem »geht nicht« oder »das würde ich mir noch mal gut überlegen« ab, aber die drei Polen waren die reinsten Künstler und verstanden sowohl ihr Metier als auch mich. So leuchtet das Wohnzimmer jetzt in einem warmen Honiggelb, träumen kann ich in Wasserblau, mein Arbeitsraum wurde türkis. Nur bei der Küche gab es Differenzen, denn alle drei Maler bekreuzigten sich, als sie meine Einrichtung sahen.

»Musst rausschmeißen, Frau!«, sagte der Chef, und sein Gehilfe Mariusz schlug vor:

»Wir helfen dir. Ist Sperrmüll jeden Monat!«

Schließlich gaben sie auf, und wir einigten uns auf einen rauchbraunen Ton, weil die Küche sowieso nicht ins Bild einer heutigen Hightechausstattung passt.

Die meisten Möbel wurden pünktlich geliefert, nur das schöne große Bett nicht. Ich liege also immer noch auf der Matratze, die ich in der Mansarde entdeckt hatte. Dabei gehört die hügelige Schlafunterlage viel eher noch als das Buffet auf die Müllhalde.

Auch meine Mutter ist entsetzt über die Küche: »Kind, was hast du dir da andrehen lassen!«

»Dem geschenkten Gaul…«, tröste ich, inzwischen selbst verunsichert, und dieses Argument versöhnt sie ein wenig. Gekocht habe ich hier noch nie, obwohl mir meine Mutter einen Herd mit Ceranfeldern und einen geräumigen Kühlschrank spendiert hat. Bei dem anhaltenden warmen Wetter schmecken mir Salate oder ein Sandwich viel besser.

Gernot müsste längst wieder zu Hause sein; in einem Steuerbüro gibt es keine sechs Wochen Sommerurlaub wie an einer Schule. Auch Steffen wollte nur drei Wochen in Rostock bleiben, aber er hat sich bisher nicht bei mir gemeldet. Einzig Birgit könnte theoretisch noch in Frankreich weilen.

Ein anonymer Anruf bei Gernot verschafft mir Gewissheit. Vorsichtshalber rufe ich von einer öffentlichen Telefonzelle am Bahnhof an. Wenn er sich stur an die gleichen Zeiten hält wie früher, dann müsste er gerade aus seinem Büro zurückgekommen sein. Ich wähle die Nummer, die auch lange meine eigene war, und erschrecke, als Gernot sich mit meinem Namen meldet. Im Übrigen wird sich auch Manuel mit seinem Papa bald wieder einstellen, ich bin gespannt, ob die beiden mit der Arbeit der Polen ebenso zufrieden sind wie ich.

Der Gecko leitet wie immer die Planungskonferenz. Zwei Tage vor Schulbeginn steht sein Lieblingsthema zwar nicht auf der offiziellen Tagesordnung, aber wir wissen alle, dass es ihm auch heute um Gewaltprävention und Antirassismus gehen wird. Auf einem Müllcontainer im Schulhof habe der Kollege Schuster einen rechtsradikalen Aufkleber entdeckt. Außerdem liest unser Direktor einen langen Artikel vor, in dem es um das auch Binge-Drinking genannte Komasaufen geht. In Bars und Clubs scheinen sich Jugendliche immer häufiger exzessiv zu betrinken.

Ich höre kaum hin, sondern beobachte Birgit, die es gewagt hat, fünf Minuten zu spät zu kommen. Ganz hinten im Konferenzraum hockt sie sich auf den letzten freien Stuhl und lehnt den Kopf an die Wand. Sie sieht eigentlich nicht gut erholt aus, eher müde und blass. Wahrscheinlich hat sie sich stundenlang mit Steffen gestritten oder ist erst in letzter Minute die weite Strecke zurückgefahren und hat die letzte Nacht hinter dem Steuer verbracht. Das leicht schwingende Kleid im grünen Vichy-Karo kenne ich nicht, sie muss es in Frankreich gekauft haben.

»Mehr als ein Drittel der 12- bis 16-Jährigen hatte schon einmal einen Rausch, 7% der 12- bis 14-Jährigen trinken jede Woche Bier oder Alkopops. Auch bei uns fand man schon leere Schnapsfläschchen im Papierkorb, und auf den Toiletten musste nach einem Klassenfest Erbrochenes beseitigt werden. Der Geruch ließ keine Zweifel offen«, predigt der Gecko, der sich für ein absolutes Alkoholverbot bis zur Volljährigkeit ausspricht.

Birgit springt plötzlich hoch, presst ein Taschentuch vor den Mund und stürzt aus dem Raum. Natürlich habe ich kein Mitleid, denn ich kann mir genau vorstellen, wie sie in einer Raststätte Fritten mit Majo verschlang, um ohne die dringend nötige Pause weiterbrettern zu können. Sommerliche Magenverstimmungen sind im Allgemeinen selbst verschuldet.

Der Gecko schaut ihr kurz hinterher, dann spricht er weiter über Pest und Cholera beziehungsweise über Stundenpläne, Neuzugänge von Lehrkräften und ministerielle Verordnungen. Eine Kollegin, die bereits 44 ist und schon zwei Kinder hat, geht Ende des Jahres in Schwangerschaftsurlaub.

Während er zum hundertsten Mal etwas daherlabert über berufliche Weiterbildung, vordringliche Innovationen und die Neudefinition des Lehrerleitbildes, langweile ich mich zu Tode. Schließlich stehe ich auf und murmele entschuldigend, ich wolle kurz nach unserer Kollegin schauen.

Auf der Lehrertoilette steht Birgit vor dem Spiegel und reibt sich mit einem Erfrischungstuch den Schweiß von der Stirn.

»Hat es dich erwischt?«, frage ich.

Sie nickt. »Ist gleich wieder besser«, behauptet sie und sprüht sich Maiglöckchenduft ins Dekolleté.

»Bist du schon lange wieder zurück?«, will ich wissen.

»Seit zwei Wochen«, sagt sie und dreht sich zur

Tür. »Komm, wir müssen uns beeilen, damit sich der Gecko nicht aufbläst!« Auf dem Flur aber bleibt sie abrupt stehen, betrachtet mich staunend und stellt fest: »Du hast ja was Rotes an!«

Sie ist die Erste, die es bemerkt. Als Belohnung für den erfolgreichen Umzug schleppte mich meine Mutter in ein teures Modehaus. Ohne ihren Beistand hätte ich mir nie im Leben dieses duftige Kleid aus Seiden-Georgette zugelegt.

»Bald wirst du vierzig«, sagte meine Mutter streng, »da sollte man sich herrichten und nicht mehr wie ein Waisenkind herumlaufen. Das Rote mit den Blümchen steht dir ausgezeichnet, das wird jetzt gekauft!« Und schnell ergänzte sie noch: »Und auch getragen!« Eine Weile betrachtete sie mich zufrieden in meinem feinen Kleid, dann sagte sie völlig überraschend: »*Im Tale grünet Hoffnungsglück*!«

Ich war sprachlos, dass sie ausgerechnet Goethes *Osterspaziergang* zitierte, den mir meine Schüler so verleidet hatten.

»Und wie fängt's an?«, fragte ich prüfend.

Sie leierte *Vom Eise befreit* herunter und war nicht mehr zu bremsen. Anscheinend bildet sie sich ein, dass schon ein verändertes Aussehen mein Herz vom Eise befreien könne.

Mutter hatte es auch auf meinen Pferdeschwanz abgesehen. Aber wenn man dünne, glatte Haare hat, ist es die praktischste Lösung.

Der Gecko ist erst vor einem halben Jahr unser Schulleiter geworden, wir wissen alle noch nicht genau, was hinter seiner eleganten Fassade steckt. Birgit und ich sind bestimmt nicht seine erklärten Lieblinge, weil er uns schon öfters beim Tuscheln und Kichern erwischte und nicht gerade ein amüsiertes Gesicht machte. Wir beeilen uns also, an unsere Plätze zurückzukommen.

Ich habe beschlossen, Birgit zwar scharf zu beobachten, mich ihr gegenüber aber nicht anders zu benehmen als sonst. Obwohl mein Verdacht wohl berechtigt ist, würde sie mit Sicherheit bestreiten, den Urlaub mit Gernot verbracht zu haben. Am Ende der Konferenz ist sie sofort verschwunden, wir haben kaum ein privates Wort gewechselt.

Als ich am späten Nachmittag mit dem Fahrrad in die Scheffelstraße einbiege, sehe ich schon von weitem das Auto von Patrick Bernat am Straßenrand parken. Na, das wurde auch langsam Zeit, denke ich, schließlich braucht jeder Mensch einen vollen Tag, um die Waschmaschine mehrmals zu füllen und sich von einer Urlaubsreise zu erholen.

Auf dem Flur kommt mir Manuel entgegen und begrüßt mich mit einem sichtlich erfreuten »Hi!«.

Es tut gut, wenn Lehrer nicht nur als Feinde angesehen werden. Der Junge sieht bildschön aus, braun gebrannt, leicht verwildert und irgendwie erwachsener, auch seine Stimme ist tiefer geworden. Einzig sein schwarzes T-Shirt mit aufgedrucktem weißem Totenkopf missfällt mir. Erst auf den zweiten Blick erkenne ich, dass der Schädel nicht zwischen zwei gekreuzten Knochen steckt, sondern auf Flügelchen schwebt. Darunter steht: HELL WAS FULL. Um nicht als humorlose alte Schachtel zu gelten, lache ich kurz auf.

Doch Manuel scheint das neue Stück gar nicht lustig zu finden: »Es war nichts Sauberes mehr im Schrank. Meine Mutter hat es mir geschenkt, sie dachte bestimmt, das sei ein rattenscharfes Teil.«

Hm, denke ich, da haben wir ja ein ähnliches Problem. »Und meine Mutter hat mir dieses rote Kleid gekauft«, verrate ich.

»Im Gegensatz zu mir haben Sie aber Glück gehabt, Frau Reinold!«, erklärt der Charmeur.

Gleich darauf kommt sein Vater hinzu, und wir geben uns die Hand. »Guten Tag, Herr Bernat«, sage ich. »Hoffentlich sind Sie mit Ihrem Garten zufrieden. Ich hatte nicht allzu viel Zeit, aber immerhin habe ich jeden zweiten Tag die Blumen gewässert!«

Er dankt mir und fragt, ob mit den polnischen Handwerkern alles geklappt hat. Und nach kurzem Zögern schlägt er vor, im Garten noch ein Glas Wein miteinander zu trinken.

»Auf eine gute Hausgemeinschaft!«, sagt Patrick Bernat, und wir stoßen an, auch mit Manuel. Wenn der Gecko sehen könnte, wie ein Schüler von gerade fünfzehn Jahren ganz selbstverständlich mit seiner Lehrerin Alkohol konsumiert, würde er ausrasten. Doch von Komasaufen kann bei einem Begrüßungsdrink nicht die Rede sein. Allerdings beurteilt man uns Lehrer kritischer als andere Berufsgruppen, wir dürfen uns in der Öffentlichkeit nicht gehen lassen. Hier im abendlichen Garten ist es jedoch so friedlich und angenehm, dass ich meine Rolle als Vorbild der deutschen Jugend ein wenig vergesse.

Manuel erzählt von Norwegen und einem riesigen Fisch, den er gefangen hat. »Mehr oder weniger aus Versehen«, sagt er fast entschuldigend. »Ich habe nur mal kurz Patricks Angel gehalten. Eigentlich finde ich diesen Sport ätzend! Und erst recht die ekligen Würmer.«

Sein Vater lächelt still und beobachtet einen Marienkäfer, der auf seinem Zeigefinger hochkrabbelt. Leider kann ich nicht erkennen, ob unter seinen vielen Ringen auch ein Ehering ist.

Manuel erhebt sich als Erster und geht ins Haus, wohl um seinen Freund anzurufen.

Jetzt erst gießt sein Vater uns beiden ein zweites Glas ein, was mich zu einer listigen Frage ermutigt: »Wie gefällt eigentlich Ihrer Frau das Vagabundenleben im Wohnwagen?«

»Ehrlich gesagt, das weiß ich nicht«, antwortet er. Daraus folgere ich, dass Manuels Mutter nicht mit von der Partie war, sondern in Kopenhagen geblieben ist. Aus irgendeinem Grund bin ich froh darüber. Weitere indiskrete Fragen liegen mir zwar auf der Zunge, aber ich verabschiede mich, denn es wird ein wenig kühl. Doch kaum habe ich mich erhoben, sticht mich ein sirrendes Insekt. Das rote Kleid ist für laue Sommerabende zwar ein romantischer Blickfang, aber ein schlechter Mückenschutz.

Morgen werde er die Vogeltränke putzen und mit frischem Wasser füllen, verspricht mein Gastgeber, denn das sei die Brutstätte des Übels.

Auf der Schwelle meiner Wohnungstür liegt ein Sudoku. Ich hoffe, Manuel wird mir nicht täglich ein Rätsel verehren, so wie es meine frühere Vermieterin mit Bibelsprüchen machte. Bevor ich ins Bett gehe, trete ich noch einmal auf den Balkon. Inzwischen ist es ganz dunkel, nur die weißen Blumen leuchten vor dem Gebüsch, Nachtfalter werden von meiner Lampe angelockt. Unten sehe ich, wie mein Hausherr Gläser und Weinflasche einsammelt und ebenfalls den Garten verlässt. Ein sympathischer Mann, denke ich, werfe mich mit dem Sudoku auf die Matratze und fange an, das Raster mit Zahlen zu füllen – es ist eines von der teuflischen Sorte. Manchmal wäre mir eine andere Beschäftigung im Bett sehr viel lieber.

In dieser Nacht habe ich einen seltsamen Traum. Zur Beerdigung meines Vaters ist auch meine Kusine mit ihrem Baby erschienen; sie reicht es mir weiter, um eine Schaufel mit Erde in die Grube zu werfen. Kaum habe ich das Kind auf dem Arm, als es mit der Stimme eines Vögelchens darum fleht, ich solle es nicht fallen lassen. Diese Bitte rührt mich zwar, aber ich kann nicht anders. Als ich an der Reihe bin, lege ich den Säugling auf die Schippe und opfere ihn meinem toten Vater. Ein Aufschrei geht durch die Trauergemeinde, aber zum allgemeinen Erstaunen windet sich ein kleiner Faun aus dem Gebüsch, hüpft in das offene Grab und rettet das unversehrte Kind. Er übergibt es der hysterischen Mutter und galoppiert davon wie ein junger Ziegenbock. Ich erwache und muss weinen. Leider habe ich keine Ahnung von Traumdeutung und weiß auch nicht genau, ob man beim alten Freud fündig würde.

Heute ist der letzte Ferientag. Ich stehe früh auf, im Haus ist es vollkommen still. Manuel wird bis in die Puppen schlafen, so sind sie nun mal in diesem Alter. Und sein Vater? Als ich ungewaschen im Schlafanzug auf den Balkon schleiche, sehe ich ihn bereits im Garten mit einer Tasse Kaffee und der Zeitung sitzen. Schnell verziehe ich mich wieder.

Später ruft mich Patrick Bernat an, dabei könnte er einfach klopfen oder klingeln. Er habe den Mietvertrag vorbereitet, ob ich ihn durchlesen und unterschreiben will.

Wir einigen uns auf 12 Uhr.

Natürlich bin ich gespannt, wie es im unteren Stock aussieht. Ich bin pünktlich; Manuel, der inzwischen aufgestanden ist, öffnet mir die Tür.

Im Wohnzimmer der Bernats steht ein Konzertflügel, der mir einen Laut der Bewunderung entlockt. »Wer spielt denn hier Klavier?«, frage ich.

»Nur meine Mutter«, sagt Manuel.

»Beruflich?«, hake ich nach und hätte mir am liebsten auf die Zunge gebissen.

»Sie ist Sängerin an der neuen Kopenhagener Oper«, sagt Herr Bernat und bietet mir einen Platz auf einem Lehnstuhl an.

Den vorgedruckten Einheitsmietvertrag kann man in jedem besseren Schreibwarenladen kaufen; ich sehe keine speziellen Klauseln, auf die ich achten müsste, also unterschreibe ich auf der Stelle. Neugierig schaue ich mich um, während Herr Bernat ebenfalls seinen Namen unter den Vertrag setzt.

Es sieht weder besonders ordentlich noch chaotisch in diesem Zimmer aus. Manche der dunklen Möbel stammen anscheinend von Manuels Großeltern, andere kamen wohl bei Bernats Hochzeit hinzu.

»Ist das Ihr Elternhaus?«, frage ich.

»Ja, hier bin ich aufgewachsen«, sagt er, »damals lebten noch zwei Tanten und meine Großmutter unter diesem Dach, und zwar in Ihrer jetzigen Wohnung. Ich bin unter lauter Frauen groß geworden.«

Erklärt das die vielen Ringe an seinen Händen? Im Urlaub hat Bernat seine grau werdenden Haare wachsen lassen und sie jetzt zu einem kurzen Pferdeschwanz gebunden. Seltsamerweise tragen wir die gleiche Frisur.

8

Nur die ganz Kleinen freuen sich noch auf den ersten Schultag, ansonsten ist er bei Lehrern und Schülern gleichermaßen unbeliebt. Einzig die Aussicht
auf das Wiedersehen mit den Schulkameraden, beziehungsweise den befreundeten Kollegen, mildert
den harten Anfang nach den langen Sommerferien.
Immerhin darf ich wenigstens meine Klasse behalten und muss mich nicht auf neue Gesichter und
Namen einstellen. Zum Glück habe ich keine wirklichen Problemfälle, keine totalen Idioten, keine
Spinner oder Parias. Auch keine Schülerinnen, die
sich aufreizend an- oder eher ausziehen, und keine
gewalttätigen Jungen. Sie sind eher scheu, nicht di-
stanzlos, manchmal gelangweilt, frustriert, uninter-
essiert und in Gedanken bei ganz anderen Dingen,
aber war ich das nicht selbst in diesem Alter?

Nach zwei Wochen hat sich der Schulalltag wieder
eingependelt; seitdem fällt mir auf, dass mir Birgit
aus dem Weg geht. Oder ist es reiner Zufall? Im
letzten Schuljahr haben wir relativ häufig gemein-

same Freistunden im Lehrerzimmer verbracht. Unterscheiden sich unsere Stundenpläne jetzt stärker? Es ist mir durchaus recht, dass ich sie nur selten zu Gesicht bekomme, denn ich weiß nicht genau, ob ich mich immer verstellen könnte. Im Grunde wünsche ich ihr nichts als Ärger an den Hals, einen Anschiss vom Gecko, Pickel und Warzen oder ein von Schülern zerkratztes Auto. Auf keinen Fall jedoch eine Scheidung. Wenn Birgit zu meinem Gernot in unser Häuschen einzöge, würde ich wahnsinnig.

Ganz überraschend pralle ich in der großen Pause fast mit ihr zusammen. Anscheinend hat sich Birgit gerade übergeben, denn wie damals auf der Konferenz wischt sie wieder mit einem Taschentuch an sich herum und ist kreidebleich. Sie riecht säuerlich und überhaupt nicht nach Maiglöckchen. Ein schrecklicher Verdacht steigt in mir hoch.

»Streikt der Magen schon wieder?«, frage ich und spare mir den mitleidigen Unterton.

»Weiß auch nicht«, presst sie heraus und verlässt eilig den Vorraum der Toilette.

Ist sie etwa in anderen Umständen?, frage ich mich fassungslos. Und wenn ja, welcher Erzeuger ist dafür zuständig? Sie wollte doch keine Kinder, das hat sie wiederholt versichert. Falls mein Mann sie tatsächlich geschwängert haben sollte, dann müssen härtere Maßnahmen her als kochend heißer Tee! Bei dem bloßen Gedanken rege ich mich so auf, dass ich mir in meiner Freistunde zwei Doppelhefte mit Sudokus kaufen muss.

Doch wahrscheinlich bin ich nur ein Opfer meiner Phantasie. Immerhin kreisten fast sieben Jahre lang meine Gedanken alle vier Wochen nur um eines: Bin ich endlich schwanger? Und Monat für Monat gab es die große Enttäuschung. Birgit und Steffen sprachen nie über die Möglichkeit, Eltern zu werden, und waren insofern fast die einzigen Bekannten, mit denen man über etwas anderes als über Babys reden konnte. Genaugenommen war es die Basis unserer Freundschaft, falls dieses Wort nicht von vornherein eine Lüge war.

Immer wieder beschwichtige ich meinen Argwohn damit, dass es für Übelkeit und Erbrechen auch andere Ursachen geben kann wie Reisekrankheit, Aufregung, Vergiftungen, Alkoholismus, Krebs...

Spontan entscheide ich mich für Magenkrebs, aber trotzdem schiele ich auf Birgits Bauch, sobald ich sie nur von weitem erspähe. In punkto Rundungen tut sich zum Glück gar nichts, sie ist schlank wie eh und je, was ich ihr allerdings auch nicht gönne. Neulich sah ich aus dem Fenster meines Klassenzimmers, wie sie quer über den Schulhof flitzte, weil es schon fünf nach acht war. Kann man so sportlich rennen, wenn man schwanger ist? Oder liegt die Verspätung daran, dass man morgens das Frühstück von sich gibt und sich davon erst wieder erholen muss? Ich kann es nicht beurteilen, habe keine persönliche Erfahrung und mir stets die Ohren verstopft, wenn dickbäuchige Frauen über seltsame Gelüste, Kindsbewegungen oder schwankende Befindlichkeit sprachen.

Zeitweise gelingt es mir, meine Befürchtungen zu verdrängen, aber nicht allzu oft.

Selbst Manuel ist aufgefallen, dass ich angeschlagen bin. »Sie sind ein bisschen fertig, Frau Reinold«, sagt er mitfühlend, als wir zufälligerweise gemeinsam nach Hause radeln. »Alle anderen konnten in den Ferien ausspannen, nur Sie haben den Umzug gemacht!«

Ich bin gerührt, dass er sich in die Seelenlage seiner Deutschlehrerin versetzt, und versuche, ihn zu beruhigen. »Da irrst du dich. Ein Umzug ist zwar anstrengend, aber es macht auch Spaß, wenn man sich verbessert! Wahrscheinlich habe ich mich einfach nur erkältet, ist ja auch kein Wunder bei diesem plötzlichen Temperatursturz.«

Eine Weile strampeln wir schweigend nebeneinander her; es fängt an zu tröpfeln.

»Scheißwetter! Warum haben Sie eigentlich keinen Wagen?«, fragt Manuel. »Das wäre doch viel bequemer. Und stellen Sie sich mal vor, Sie hätten unsere Aufsätze im Rucksack, und die würden patschnass!«

»Meine nächste Anschaffung wird ein Auto, und du darfst mir dann mit weißen Handschuhen den Schlag aufhalten. Versprochen!«

Manuel nimmt die Aussicht, immer mal wieder eine Mitfahrgelegenheit zu haben, zufrieden zur Kenntnis. Dann berichtet er stolz: »Mein Vater hat mich im Urlaub manchmal fahren lassen, natürlich nur in der Pampa. Das war die Belohnung, weil ich in der letzten Französischarbeit eine Drei plus hatte. Frau Tucher meinte, ich brauche keine Nachhilfestunden mehr.«

Frau Tucher, also Birgit. Ich zucke zusammen. Auf einmal fällt mir etwas ein. »Manuel, du hast mich mal gefragt, wie Frau Tuchers Mann mit Vornamen heißt. Warum wolltest du das eigentlich wissen?«

Er gluckst nur, ich muss noch einmal nachhaken.

»Weil sie ein paarmal am Telefon *Schatz* gesagt hat. Der Typ hieß bestimmt nicht Steffen, es war ein ausgefallener Name! Aber bitte nix verraten!«, ruft er, winkt mir zu und biegt in die nächste Querstraße ab.

Eigentlich will ich noch fragen, ob der Unbekannte etwa Gernot hieß, aber damit brächte ich den cleveren Jungen auf eine heiße Spur. Leider wird mir durch eine Summe von Kleinigkeiten immer klarer, dass Gernot und Birgit schon über längere Zeit ein Verhältnis haben und das Magenkarzinom meiner Kollegin wohl doch ein Embryo ist.

Es riecht ausgesprochen lecker im Treppenhaus, Patrick Bernat hat gekocht. Von Manuel weiß ich, dass seinem Vater die Küche zum vollwertigen Ersatz für sein früheres Labor geworden ist. Ich bekomme Hunger. In meinem Kühlschrank sind höchstens ein paar Eier, die ich notfalls in die Pfanne hauen kann, denn an diesem kühlen Tag muss endlich etwas Warmes auf den Tisch. Wie nett wäre es doch, wenn mein Schüler plötzlich vor der Tür stehen und mich zum Mittagessen einladen würde. Zum Beispiel mit der Begründung, dass sein Papa sich mit den Portionen verschätzt habe.

Von meinem Küchenfenster aus sehe ich, wie Manuel nun ebenfalls eintrudelt, Julian neben sich. Anscheinend wird sein Freund zum Essen mitgebracht. Was mag man da unten wohl verzehren? Es riecht nach gebratenem Speck. Gernot pflegte zu sagen, mit Speck, Sahne und Wein könne jeder Depp eine gute Sauce hinkriegen. Als Profi fügte er gegebenenfalls ein paar Lorbeerblätter, Wacholderbeeren oder getrocknete Pilze hinzu. Ich erinnere mich an seinen weihnachtlichen Rehbraten mit Spätzle, und bei dem bloßen Gedanken läuft mir das Wasser im Mund zusammen. Ob Gernot jetzt auch für Birgit kocht?

Als es bei mir klingelt, bin ich fast sicher, dass Bernat mit einem halben Rehrücken vor der Tür steht. Ich habe gar nicht mehr daran gedacht, dass heute mein Bett geliefert wird, und das macht mich glücklicher als jeder Braten. Zwei starke Männer wuchten das Prachtstück die Treppe hinauf, und für ein anständiges Trinkgeld schaffen sie die alte Matratze zurück in die Mansarde.

Als ich später das Haus noch einmal verlasse, stoße ich auf Herrn Bernat, der die Mülltonne auf die Straße rollt.

»Was gab es denn heute bei Ihnen zu essen?«, frage ich neugierig. »Es roch umwerfend gut!«

»Nichts Besonderes, Speckpfannkuchen mit grünem Salat«, sagt er. »Manuel hat gemosert. Mit Speck fängt man zwar Mäuse, aber keinen verwöhnten Jugendlichen! Anscheinend wächst mein Sohn gerade, weil ihm im Augenblick das größte Steak zu klein ist. Hoffentlich hat Sie der Geruch nicht belästigt?«

»Im Gegenteil«, sage ich, »ich habe Hunger bekommen und mir zwei Spiegeleier gebraten. Leider war es das Einzige, was ich im Kühlschrank hatte!«

Er lacht. »Wären Sie doch heruntergekommen! Bei uns sind die schönsten Speckscheiben liegengeblieben. Manuels Freund ist Vegetarier, da ist es ein Problem, ihn mit den nötigen Proteinen zu versorgen. Ich habe ihm ein Omelett mit Tofu gefüllt.«

Ein fürsorglicher Mann, denke ich und radele zum Supermarkt, der zum Glück von meiner neuen Wohnung aus rasch zu erreichen ist. Manuel hat recht, ein Auto wäre komfortabel, auch zum Vorräte-Aufstocken. Speck muss her! Sahne, Wein, Brot, Butter, Käse, Schinken, Öl, Nudeln, Kartoffeln, Tomaten, Kaffee – der Einkaufswagen biegt sich fast unter der Last. Ratlos stehe ich am Ende vor meinem Fahrrad, der Rucksack ist bereits voll, das Körbchen quillt über. Nun muss ich wohl noch rechts zwei Plastiktüten und links eine Großpackung Klopapier an die Lenkstange hängen.

»Hallo Anja! Bist du unter die Penner gegangen?«, höre ich plötzlich. Ein Mitglied meines ehemaligen Chors steht neben mir und beobachtet kopfschüttelnd, wie ich mich abquäle.

»Grüß dich, Martina!«, sage ich. »Was macht der Gesang?«

»Gerade proben wir die *Carmina Burana*«, sagt sie. »Hast du nicht Lust, wieder einzusteigen? Wir sind erst am Anfang, du könntest leicht den Anschluss kriegen. Was um alles in der Welt machst du mit diesen tausend Tüten an deinem Rad?«

Gern gehe ich auf Martinas Angebot ein, meinen Einkauf in ihr Auto zu laden. »Das Rad kannst du ja später abholen«, meint sie. »Wo wohnst du überhaupt?«

Als wir in der Scheffelstraße ankommen, stellt sie verwundert fest: »Was für ein Zufall, ausgerechnet das Bernat'sche Haus! Wie geht es Manuel? Sein Papa hat's sicher nicht leicht mit ihm.«

Martina ist mit Bernat verwandt, eine Kusine zweiten Grades, wie sie mir erklärt. Natürlich bin ich begierig, mehr über ihn zu erfahren.

»Seine Frau ist zwar kein ganz großer Star, aber sie kriegt inzwischen Hauptrollen wie den Octavian im *Rosenkavalier* und den Cherubino im *Figaro*. Sängerin! Das passt eigentlich nicht zu Patrick, haben wir gedacht und lagen damit richtig: Die Isa hat sich mit einem Kollegen nach Kopenhagen abgesetzt. Beide haben ein Engagement an der neuen Oper bekommen. Dort verdient sie gut, das muss man ihr lassen. – Ach, es ist bestimmt ein toller Beruf, von dem ein kleiner Sopran in einem Laienchor nur träumen kann!«

»Und dein Vetter ist finanziell von seiner Frau völlig abhängig?«

»Ich glaube nicht«, sagt Martina. »Bis vor einem

Jahr war er noch bei einem Pharmakonzern beschäftigt, und bei der Entlassung hat er eine Abfindung erhalten. Jetzt schreibt er Beiträge für eine wissenschaftliche Zeitschrift.«

Wir verabschieden uns; für den Transport und die Information bin ich ihr sehr dankbar.

Kochen ist nicht gerade mein Hobby, aber auch fertige Produkte müssen nicht minderwertig sein. Zum Beispiel verkauft der hiesige Metzger Elsässer Wurstsalat in bester Qualität. Auf einen gedeckten Tisch habe ich verzichtet, denn ich brauche nur eine Kuchengabel, um das Plastikschälchen zu leeren. Ich bin fast satt, als die Tagesschau beginnt. Wie eine Römerin lagere ich nun auf dem Diwan und futtere noch ein paar Weinbeeren, als ausgerechnet jetzt mein Telefon klingelt. Bestimmt ist es meine Mutter, die mich regelmäßig zu stören pflegt.

»Anja, hier ist Gernot. Leg bitte nicht gleich auf, schließlich sind wir erwachsene Menschen! Du hast in meiner Abwesenheit verschiedene Möbelstücke und den Fernseher abgeholt, was dein gutes Recht war. Darum geht es auch gar nicht, sondern um die Aktenordner. Ich brauche dringend die Versicherungspolicen...«

Ich muss hörbar schlucken. Schon vor meinem Umzug hatte ich vorgehabt, Gernots Papierkram auszusortieren und während seiner Abwesenheit wieder an Ort und Stelle zu schaffen. Etwas kleinlaut behaupte ich: »Ach so, das geht aufs Konto meiner Mutter. Sie hat eine Spedition beauftragt und höchstpersönlich für den Abtransport gesorgt. Sie wusste wohl nicht so genau, welche Ordner von wem sind.«

»Wenn du nichts dagegen hast, bin ich in zehn Minuten bei dir!«

Das kommt mir zu überraschend, da hilft nur eine Notlüge: Ich habe eine Verabredung und stehe bereits im Mantel an der Haustür.

Wir verabreden uns für den nächsten Tag.

Fieberhaft beginne ich damit, die schwarzen Kartonbögen durchzusehen. Welche Fotos will ich unbedingt behalten, welche stehen mir nicht zu? Als wir uns kennenlernten, sah Gernot richtig gut aus mit seinem blonden Wuschelkopf: ein schlanker, sportlicher Mann, dem die Frauen nachsahen. Leider bändigt er bereits seit Jahren die widerspenstigen Haare mit extrastarkem Gel. Und auch ich war ein durchaus hübsches Mädchen, nur hat er es mir nie gesagt. Soll ich mich von allen Fotos trennen, auf denen wir gemeinsam abgebildet sind? Doch vielleicht will er sie gar nicht haben.

Vor Gernots Besuch habe ich regelrecht Angst, denn ich weiß nicht genau, wie ich mich verhalten soll. Ob ich eine Bemerkung über seinen Urlaub mache? Bestimmt ist es besser, nur rasch die Akten herauszurücken und ihm noch nicht einmal einen Stuhl anzubieten. Ich hoffe, dass er wenig Zeit hat und alles schnell über die Bühne geht.

Natürlich kommt Gernot pünktlich, etwas anderes hätte ich auch nicht erwartet. Seine uralten Cordhosen verraten, dass er vorher zu Hause war und die Bürokleidung abgeworfen hat. Immerhin hat er sich noch die Zeit genommen, sein würziges Rasierwasser zu benutzen.

»Gratuliere! Eine schöne Wohnung! Es freut mich, dass du es so gut getroffen hast«, sagt er und überreicht mir ein paar mickrige Chrysanthemen aus unserem Garten.

Offensichtlich haben die robusten Blumen die mangelnde Pflege überlebt. Verlegen murmele ich: »Danke. Wie geht's denn so?«

»Gut«, sagt er und lässt sich ungefragt in den Korbsessel fallen. Nicht ohne Interesse gleitet sein Blick über meine neue Einrichtung und bleibt nachdenklich am Flachbildfernseher hängen, der unsere letzte gemeinsame Anschaffung war.

Statt unverfänglich über den Glücksfall dieser Wohnung zu plaudern, frage ich wider besseres Wissen nun doch: »Wie war der Urlaub? Du warst doch bestimmt wieder in Frankreich?«

»Nur kurz«, sagt er, »ich bin an die ligurische Küste gefahren. Man muss ja mal etwas Neues kennenlernen.«

Ach ja, denke ich, etwas Neues! Und plötzlich kann ich mich nicht mehr beherrschen und fange an zu weinen.

Gernot steht auf und streicht mir übers Haar, was ich erst recht nicht ertragen kann. »Anja, es tut mir leid, wenn es dir nicht gutgeht. Ich weiß, dass ich dich sehr verletzt habe. Doch schau mal, ich lecke auch noch meine Wunden…«

Er schiebt das Sweatshirt hoch und zeigt mir seinen nackten Bauch, auf dem großflächige, gerötete Placken zu sehen sind. Er meint es wahrscheinlich nicht böse, aber ich fühle mich gedemütigt, und mir wird beim Anblick seiner verletzten Haut richtig schlecht. Der Weinkrampf wird so heftig, dass mich Gernot mitleidig in die Arme nimmt.

Wie habe ich mich nach diesem Augenblick gesehnt, wie habe ich Gernot vermisst, wie einsam bin ich in meinem großen Bett. Doch meine zwiespältigen Gefühle und meine Wut verhindern eine Annäherung. Ich suche nach einem Taschentuch und befreie mich aus seiner Umklammerung.

»Hast du eigentlich noch Kontakt mit Steffen und Birgit?«, frage ich und schneuze mich gründlich.

Gernot schaut zum Fenster hinaus. »Gelegentlich spiele ich mit Steffen und dessen Freund eine Runde Skat«, sagt er ausweichend. Doch plötzlich scheint ihm ein Licht aufzugehen. »Ach so, deswegen die Tränen! Wahrscheinlich weißt du die große Neuigkeit schon länger als ich«, sagt er, »du siehst Birgit doch jeden Tag.«

»Ich weiß gar nichts«, sage ich. »Ich ahne noch nicht einmal, worauf du anspielst.«

»Wirklich, Anja? Vorläufig soll es zwar geheim bleiben, aber Steffen hat es mir trotzdem verraten. Nicht nur Frauen reden gern. Der gute Steffen ist stolz wie Oskar. Die beiden kriegen nach so vielen Jahren ein Kind! Ich gönne es ihm ja, aber irgendwie tat es mir weh!«

Mir wird schwarz vor den Augen. Ich ringe nach Luft.

»Um Gottes willen, Anja! Ich bring dir rasch ein Glas Wasser! Oder willst du lieber einen Tee?«

9

»Wo ist die Küche?«, fragt Gernot.

Sowie ich in eine ungefähre Richtung zeige, setzt er sich in Bewegung. Nach kurzer Besinnung trotte ich hinterher, auf den heißen Tee möchte ich lieber verzichten. Am Ende kommt er noch auf die Idee, Gleiches mit Gleichem zu vergelten.

Gernot ist jedoch im Schlafzimmer gelandet und betrachtet neugierig das große Bett, stößt einen leisen Pfiff aus, enthält sich aber eines Kommentars.

»Ich brauche keinen Tee«, sage ich schniefend. »Aber von mir aus kannst du auch gleich alle Zimmer inspizieren.«

Ironie ist ihm fremd. Gernot begibt sich ohne Zögern in das angrenzende Arbeitszimmer.

Vorsichtshalber reiße ich auch noch die Küchentür auf, denn in den vierten, orange gestrichenen Raum lasse ich ihn auf keinen Fall hinein. Dort sieht es noch recht provisorisch aus; die Fenster starren vor Schmutz, für ein geplantes Gästezimmer mit Bibliothek fehlen sowohl eine Schlafgelegenheit als auch eine edle weiße Regalwand. Die meisten meiner Bücher habe ich blöderweise im Häuschen gelassen. Ich hätte Gernot vielleicht bitten sollen, mir wenigstens ein paar Klassiker mitzubringen.

Beim Anblick meines Küchenbuffets reißt Gernot Mund und Augen auf, ähnlich, wie es meine Mutter getan hat.

»Tisch, Stühle und Anrichte habe ich von einer alten Frau übernommen, die früher hier wohnte«, sage ich.

Gernot wagt nicht, über diese Möbelstücke zu lästern. Für ihn, der immer Wert auf eine schicke und funktionelle Küche legte, muss es ein Schock sein, andererseits weiß er genau, was Designentwürfe kosten. Wortlos nimmt er ein Senfglas aus dem Abtropfbrett und füllt es für mich mit Leitungswasser, was ich auch ohne ihn geschafft hätte.

»Die Ordner liegen schon bereit«, sage ich, um ihn endlich loszuwerden. Zum Glück schaltet er rasch, nimmt die große Plastiktüte, in der ich alles verstaut habe, und verabschiedet sich.

Die kurze Visite meines Mannes beschäftigt mich noch lange. Sicher glaubt Gernot nicht, dass meine Mutter die Sachen im Häuschen ohne meine Mitwirkung zusammengerafft hat. Steffen konnte ihm erzählt haben, dass er mir beim Transport des Fernsehers geholfen hat. Eigentlich hätte ich Gernot bei dieser Gelegenheit auch die Hausschlüssel zurückgeben müssen, aber er hat offenbar ebenso wenig daran gedacht wie ich. Nun, man weiß ja nie, ob man sie noch einmal brauchen kann.

Abgesehen davon kreisen meine Gedanken unaufhörlich um Birgits Schwangerschaft. Ihr Erbrechen hatte ich jedenfalls richtig gedeutet. Anscheinend bezweifelt Steffen noch nicht, dass er der Erzeuger des Kindes ist. Und sollte Gernot ein schlechtes Gewissen plagen, weil er ja auch als Kindsvater in Frage käme, hätte er die sensationelle Neuigkeit wohl gar nicht erst erwähnt. Was soll ich davon halten? Falls Birgit im selben Zeitraum mit Mann und Liebhaber geschlafen hat, kann sie sich über die Vaterschaft eigentlich selbst nicht im Klaren sein. Oder doch?

Wenn sie mir das nächste Mal über den Weg läuft, werde ich sie auf jeden Fall auf ihre Schwangerschaft ansprechen.

Die Gelegenheit für ein Gespräch unter vier Augen ergibt sich erst Ende Oktober. Zufällig hockt Birgit allein im Lehrerzimmer und korrigiert Hefte. Sie trägt Jeans und einen braunen Mohairpullover und macht ein verdrossenes Gesicht.

Offensichtlich hat sie mich am allerwenigsten erwartet, denn sie fährt zusammen, als ich geradewegs auf sie zusteuere. »Stimmt es wirklich? Du bist schwanger?«, frage ich ohne Umschweife.

Sie wird rot. »Es ist nicht mein Stil, im Lehrerzimmer über meine Intimsphäre zu plaudern. Es sollte vorläufig niemand erfahren…«

»Und warum nicht? Über kurz oder lang kannst du es sowieso nicht verbergen!«

»Die kritische Zeit ist noch nicht vorbei, da hängt man solche Dinge nicht an die große Glocke. Woher weißt du überhaupt davon?«

»Gernot hat es mir gesteckt, und der weiß es von Steffen«, sage ich. »Wir waren immer der Meinung, ihr wolltet keine Kinder.«

Birgit rutscht nervös auf ihrem Stuhl herum, verzieht den Mund und stopft schließlich die Hefte in ihre Mappe.

Sie hat ihre Fröhlichkeit verloren, stelle ich fest.

»Muss ich mich etwa rechtfertigen?«, fragt sie spitz.

»Irgendwie schon«, behaupte ich.

»Also gut«, beginnt sie. »Eigentlich ist es ja ausschließlich meine Privatangelegenheit, aber meinetwegen kannst du die ganze Geschichte erfahren. Als junges Mädchen mussten mir nach einer Infektion ein Eileiter, der linke Eierstock und ein Teil des rechten entfernt werden. Die Ärzte sagten damals, es sei unwahrscheinlich, dass ich jemals Kinder haben könnte, nur eine geringe Chance sei vorhanden. Also musste ich mich schon relativ früh auf ein kinderloses Leben einstellen. Verhütet habe ich bei allen meinen Beziehungen nie.«

Das kann man doch seinen Freunden gegenüber zugeben, denke ich. Eine Operation ist schließlich keine Schande.

Birgit fährt fort: »Steffen war der Meinung, das müsse wirklich niemand wissen. Um Fragen aus dem Weg zu gehen, haben wir unsere Kinderlosigkeit als beabsichtigt hingestellt...«

»Und jetzt? Wieso hat es nach all den Jahren auf einmal doch geklappt?«, frage ich.

»Das weiß allein der liebe Gott«, sagt Birgit, »aber es ist eine Risikoschwangerschaft. Ich werde andauernd zum Ultraschall bestellt, muss alle möglichen Pillen schlucken und habe auf Steffens Wunsch eine Fruchtwasseranalyse machen lassen, die nicht ganz ungefährlich ist.«

Weil ich mich in diesen Dingen nicht auskenne, erklärt sie mir, dass ihr Alter von 38 Jahren ein gewisses Risiko darstelle. Durch eine Amniozentese könne man eine genetisch bedingte Behinderung frühzeitig erkennen. »Zum Glück war der Befund völlig normal. Nebenbei haben wir erfahren, dass es ein Junge ist.«

Birgit lächelt mich auf einmal an. Sie scheint zu

begreifen, wie sehr mich ihre Schwangerschaft an meine vergeblichen Hoffnungen erinnert und traurig macht; vielleicht hat sie mich überhaupt nur aus diesem Grund so lange gemieden.

Leider kann ich es ihr auch wirklich nicht gönnen. Das Leben ist einfach ungerecht. Leute, denen es gar nicht so wichtig ist, kriegen Kinder wie die Karnickel. Und andere, die es sich so sehnlich wünschen, gehen leer aus. Etwas beschämt flüstere ich: »Freut ihr euch wenigstens?«

Sie traue sich noch nicht, meint Birgit. Seit zwanzig Jahren habe sie geglaubt, dass sie niemals Mutter werde, jetzt müsse sie sich erst an den Gedanken gewöhnen. Und überdies dauere es ja noch eine geraume Zeit, bis das Baby geboren werde.

»Außerdem geht es mir nicht besonders gut. Schau mal meine Haare an, wie fettig sie auf einmal sind. Und meine Haut, um die mich alle beneidet haben! Zum ersten Mal im Leben habe ich rote Flecken im Gesicht! Wadenkrämpfe und Rückenschmerzen! Nachts muss ich dauernd aufs Klo. – Aber Steffen ist überglücklich. Er stammt ja aus einer großen Familie, seine vier Geschwister haben alle mehrere Kinder. Neulich meinte er, dass er es anfangs völlig in Ordnung fand, ohne Nachwuchs zu bleiben und dadurch mehr Zeit füreinander zu haben. Aber mit den Jahren wurde ihm das Manko schmerzlich bewusst, hinter meinem Rücken schaute er in fremde Kinderwagen…«

Nach ihrer atemlosen Rede hält Birgit inne. Sie erkennt wohl an meiner Leidensmiene, wie es in mir aussieht. Plötzlich umarmt sie mich. Der verhasste Maiglöckchenduft hüllt mich ein. »Ich muss jetzt gehen, es hat geläutet«, sagt sie. »Alles Gute für dich. Vielleicht lernst du ja bald den richtigen Mann kennen, und es glückt doch noch – unverhofft kommt oft!«

Kann man sich so verstellen? Steffen, der seine Frau ja am besten kennt, glaubt fest an ihre Loyalität. Vielleicht sollte auch ich meiner Kollegin ihren dicken Bauch gönnen, egal, woher sie ihn hat.

Bevor es Winter wird, will ich mir einen Wagen kaufen. Ich frage Manuel um Rat, denn Jungen in seinem Alter sind über Autos besser informiert als über Goethe & Schiller.

Er zeigt sich interessiert. »Ein Cabrio ist in Ihrem Alter leider nicht mehr ganz passend, oder? Wie viel wollen Sie denn ausgeben?«, fragt er und verspricht, sich im Internet und bei einem Gebrauchtwagenhändler schon mal kundig zu machen.

Zwei Tage später bringt er mir die Broschüren diverser Autohäuser. Früher kam er oft in die obere Etage, denn hier lebte seine Großmutter bis zu ihrem Tod. Ich zeige ihm alle Räume. Er ist der Erste, dem das Küchenbuffet gefällt.

»Wow! Ist ja der Hammer!«, sagt er. »Dagegen ist es bei uns stinklangweilig.«

»Aha, deswegen habt ihr mir eure Küche vorenthalten«, sage ich.

Im Gegenzug gehen wir jetzt gemeinsam ins Erdgeschoss. Patrick Bernat ist nicht zu Hause, sein Sohn führt mich in eine unaufgeräumte Wohnküche, in der noch die kalten Spaghetti vom Mittagessen herumstehen. Es sieht so ähnlich aus wie in meiner früheren Studentenbude, nur sind die Elektrogeräte etwas moderner, und einige Messgeräte scheinen direkt aus dem Labor zu stammen.

Auf der Tür des Gefrierschranks klebt das Starfoto einer schönen Frau. Sie sieht ein wenig exotisch aus mit ihren dunklen Augen und den langen schwarzen Haaren, in denen eine feuerrote Rose prangt. Um ihre Schultern ist eine Spitzen-Mantilla drapiert.

»Das ist Mama als Carmen«, sagt Manuel, nicht ohne Stolz.

»Toll«, sage ich voller Bewunderung. »Du siehst aber eher deinem Vater ähnlich. Vermisst du deine Mutter sehr?«

»Weiß nicht«, sagt Manuel, »*de temps en temps*!«

»Mensch, das ist ja perfektes Französisch!«, rufe ich staunend.

Er sei Birgit sehr dankbar, erzählt Manuel, sie habe ihn immerhin von einer Fünf auf eine Drei gehievt. Und der Unterricht bei Herrn Schuster mache ihm jetzt fast Spaß.

Das kommt mir wie ein Wunder vor, denn besagter Kollege gilt als Schlaftablette, und sein Französisch hat einen grauenhaften schwäbischen Akzent.

Manuels Handy klingelt, er verzieht sich in eine entfernte Ecke. »Später«, sagt er leise, »ich rufe dich zurück. Patrick ist heute und morgen in München, da wäre es günstiger hier bei uns.«

Plant mein lieber Manuel für heute Abend eine Orgie? Habe ich am Ende eine Aufsichtspflicht gegenüber dem Minderjährigen? Dann hätte mich sein Vater allerdings informieren müssen.

»Zeigst du mir auch dein Zimmer?«, frage ich, aber er schüttelt etwas verlegen den Kopf. Ein andermal, es sei nicht aufgeräumt, meint er.

Niemand versteht das besser als ich. »Als ich in deinem Alter war, sah es bei mir meistens wie Kraut und Rüben aus. Ich bin auch ein Einzelkind«, erzähle ich. »Da wird man zwangsläufig etwas verzogen. Aber lieber hätte ich Geschwister gehabt.«

»Bei mir ist das anders«, sagt Manuel. »Ich hatte ja eine kleine Schwester, die leider nicht mehr lebt.

Erst starb sie, dann meine Oma, die Großtante kam ins Altersheim, schließlich zog meine Mutter fort. Wir haben immer gehofft, dass sie zurückkommt, und deswegen die obere Wohnung zwei Jahre lang nicht vermietet. Aber Patrick und ich sind ein eingespieltes Team, wir kommen ganz gut klar.«

So viele freiwillige, traurige und sehr persönliche Auskünfte hätte ich nie von einem Schüler erwartet; ich hätte Lust, ihn wie einen kleinen Jungen in den Arm zu nehmen, aber das wäre sicherlich grundverkehrt. Also danke ich ihm herzlich für die Recherche und verspreche, ihn beim Autokauf als Berater mitzunehmen.

Nicht nur Manuel, auch andere Schüler haben Vertrauen zu mir. Der Gecko informierte mich kürzlich, dass die Schüler der Mittel- und Oberstufe einen Schulball veranstalten wollten. Als Ansprechpartnerin und Kontaktperson für die aufwendigen Vorbereitungen sind sie auf mich verfallen. Natürlich bedeutet das zusätzliche Arbeit, aber ich fühle mich geschmeichelt. Im Beruf bin ich jedenfalls keine Flasche.

Meine Mutter ruft an. »Man hört ja überhaupt nichts mehr von dir. Was ist eigentlich los?«, fragt sie, halb ärgerlich, halb besorgt.

»Keine Zeit«, lüge ich.

»Das nehme ich dir nicht ab. Für einen kurzen Anruf bei der eigenen Mutter muss immer Zeit sein! Aber so warst du ja schon immer...« – Sie verfällt plötzlich ins Pfälzische – »Kumm isch heit net, kumm isch morsche!«

Ich muss lachen. »Gerade bin ich dabei, mir ein gebrauchtes Auto zu kaufen. Und außerdem wurde ich von unseren Schülern als Vertrauenslehrerin für die Organisation einer großen Fete auserkoren!«

Das gefällt ihr, Stillstand ist ihr verhasst. Ich erhalte ein Lob und die Aussicht auf einen Zuschuss für den Wagen.

Auf dem riesigen Areal des Autohändlers treffe ich abermals Steffen. Als Erstes registriere ich, dass seine strohblonden Borsten inzwischen vollständig nachgewachsen sind. Er wolle seinen Wagen verkaufen, sagt er strahlend, denn demnächst brauche man eine Familienkutsche.

Manuel ist außer Hörweite. »Bist du dir sicher, dass es kein Kuckucksei ist?«, frage ich und hätte mir am liebsten sofort auf die Zunge gebissen.

»Anja, jetzt gehst du aber zu weit, da hört der Spaß auf! Fast hättest du mich mit deinen blöden Verdächtigungen angesteckt, aber zum Glück habe ich meinem eigenen Gefühl mehr getraut als deinem bösartigen Geschwätz. Du musst endlich von deinen Eifersuchtsattacken runterkommen und akzeptieren, dass wir ein Kind erwarten.«

Wie ungerecht! Er war doch derjenige, der mich über Birgits Liebesleben aushorchen wollte. Nun ist er zornig und ereifert sich. Mir kommen fast die Tränen vor Wut. Doch Manuel soll mich so nicht sehen, ich reiße mich zusammen.

»Es tut mir leid, Steffen. Wahrscheinlich bin ich ein bisschen verstört, weil ich mir nichts mehr gewünscht habe als ein eigenes Kind. Und unsere Scheidung habe ich auch noch nicht verkraftet. Entschuldige bitte.«

»Schon gut«, sagt er kurz und wendet sich an den vielbeschäftigten Verkäufer, der jedoch noch um fünf Minuten Geduld bittet.

Meine Worte scheinen nachzuwirken. Mit düsterem Blick schaut Steffen in den ebenso trüben Himmel und grübelt. »Sollte es aber stimmen, dann gnade uns Gott…«

Es klingt wie eine schreckliche Prophezeiung. »Alles, was recht ist, ich will dir doch auf keinen Fall etwas weismachen«, verteidige ich mich. »Du hast doch selbst gehört, was Birgit auf Gernots Anrufbeantworter gesprochen hat. Schließlich hat sie ihn *Schatz* genannt…«

Steffen schreit mich an: »Hör auf!«

Doch ich fahre unbeirrt fort: »Mein Argwohn

war bestimmt nicht aus der Luft gegriffen. Ich kam zufällig dazu, als sie in der großen Pause mit dem Handy auf dem Balkon stand und zum zweiten Mal *Hallo, Schatz* geflötet hat…« Den aufmerksamen Schüler Manuel, der ja eigentlich mein Informant ist, will ich lieber nicht ins Spiel bringen. Zehn Autoreihen weiter kann ich sehen, wie er eifrig von Wagen zu Wagen läuft und Preise notiert.

»Birgit hat mich noch nie im Leben Schatz genannt«, stellt Steffen fest. Seine Miene verfinstert sich immer mehr. Plötzlich meint er, die Lust auf eine Familienkutsche habe ich ihm gründlich verdorben. Und verschwindet, ohne mir auch nur die Hand zu geben.

Manuel gesellt sich wieder zu mir und führt mich zu einem Kleinwagen in Silbermetallic. »Vielleicht kann man ihn noch runterhandeln, aber 10000 Euro ist er sicherlich wert«, urteilt er fachmännisch. »Damit kommen Sie in jede Parklücke rein! Wetten, dass er gute 180 schafft? Sollen wir mal eine Probefahrt machen?«

Der kluge Junge hat meine Bedürfnisse erfasst und nicht nur an seine eigenen Wünsche gedacht. Ich suche weder einen besonders schnellen noch einen repräsentativen Wagen, nur einen fahrbaren Untersatz, der mich zuverlässig von A nach B bringt.

Am Abend essen wir gemeinsam und hochzufrieden bei Manuel in der Küche. Es gibt Thunfisch aus der Dose mit aufgebratenen Spaghetti, und wir stoßen auf den günstigen Kauf an. Da Manuel Besuch bekommt, lasse ich ihn mit dem schmutzigen Geschirr allein. Ob er seinen Freund Julian oder etwa ein Mädchen erwartet?

10

Zwei Tage später berichtet mir Manuel, dass sein Vater zurück sei. »Er hat in München Freunde besucht und sich um eine Stelle beworben«, sagt er.

»Hoffentlich hat es nicht geklappt.«

»Wieso denn das?«

»Ich will nicht nach München! Meine Freunde habe ich hier, ich müsste die Schule wechseln und Bayerisch lernen...«

Das leuchtet mir ein. In einem bestimmten Alter sind die Freunde das Wichtigste auf der Welt. Und ich persönlich fände es auch besser, wenn alles so bliebe, wie es ist. »Viele Akademiker machen eine jahrelange Odyssee durch mit ihren Bewerbungen, besonders wenn sie nicht mehr taufrisch von der Uni kommen. Wie alt ist denn dein Vater?«, frage ich.

»Ich glaube, er wird schon 52«, sagt Manuel und fügt grinsend hinzu: »Aber er kann nichts dafür!«

»Als Goethes Vater dieses Alter erreichte, bezeichnete ihn sein Sohn als würdigen Greis«, sage ich tröstend. »Das beurteilt man heutzutage zum Glück ein bisschen anders.«

»Entweder Goethe war leicht bescheuert«, sagt Manuel, »oder ich sollte Patrick in Zukunft vielleicht auch nicht mehr so vertraulich anreden?« Er verneigt sich vor dem Flurspiegel und säuselt: »Ehrwürdiger Greis, ist Er wohlbehalten aus dem Ausland zurückgekehrt? Hat Er auch daran gedacht, seinem nichtsnutzigen Sohn zwölf Weißwürste mitzubringen?«

Ich selbst treffe Patrick Bernat erst am Wochenende, als ich in meinen neuen Wagen steige.

»Niedlicher kleiner Hüpfer«, lobt er. »Guter Kauf!«

»Manuel hat mich fachmännisch beraten«, sage ich. »Ohne ihn müsste ich immer noch bei Regen und Wind mit dem Fahrrad herumkurven.«

»Vielleicht war Manuels Rat nicht ganz uneigennützig. Aber eigentlich hätten Sie meinen Wagen mitbenutzen können«, meint er noch. »Ich brauche ihn nicht oft.«

Auf dem Weg nach Dürkheim denke ich über Bernats Worte nach. Eigentlich hätte ich seine Speckpfannkuchen mitessen, eigentlich hätte ich sein Auto ausleihen können – aber was hilft mir das, wenn er mir solche Angebote erst nachträglich macht? Oder ist es ein verkappter Hinweis, dass ich mich häufiger mit einem kleinen Anliegen ins Erdgeschoss trauen soll? Wir sind beide gebrannte Kinder, vielleicht wagen wir nicht, unsere gegenseitige Sympathie offen zu zeigen. Nicht zuletzt ist Patrick Bernat der Vater eines Schülers und mein Vermieter. Und da gelten strengere Regeln.

Meine Mutter ist ebenfalls mit dem neuen Wagen einverstanden, mit meinem Aussehen nicht. Ich sei zu blass, schon wieder so grau und unscheinbar, zu dünn und die Frisur zum Gotterbarmen. »Ich hoffe ja sehr, dass dich ein kompetenter Mann beim Autokauf beraten hat«, sagt sie und sieht mich forschend an.

»Worauf du dich verlassen kannst«, sage ich. »Es war mein Lieblingsschüler.«

»Nun ja denn«, sagt sie enttäuscht. »Aber wenn wir schon vom Kaufen sprechen – es gibt Dinge, die wichtiger sind als ein Auto! Wir müssen dir unbedingt etwas Schickes für die kühle Jahreszeit besorgen. Mach doch nicht gleich so ein ablehnendes Gesicht! Wie komme ausgerechnet ich zu einer Tochter, die man wie einen störrischen Esel in eine Boutique zerren muss!«

Es geht um Manuel, als mich Anselm Schuster auf dem Flur am Ärmel packt.

»Mahlzeit, Anja!«, sagt mein Kollege. »Isch doch erschtaunlich, was dei Manuel für Fortschritt gmacht hat. Als Klassenlehrerin müsst di des doch freua!«

»Sicher, aber der Erfolg ist nicht mir zuzuschreiben. Birgit hat ihm Nachhilfe gegeben, das hat erstaunlich gewirkt.«

»Sie hat so ihre eigene Methode«, sagt Schuster voller Bewunderung. »Dr Manuel hat mir verzählt, dass er sich jeden Abend als letschte Tat vorem Einschlafe no zehn Vokable eiprägt hat. Am nächschte Morge repetiert er die glei nachem Aufwache, und des scheint zu funktioniera.«

»Toll«, sage ich matt.

»Des isch net ganz neu«, plaudert Schuster weiter, »des hat scho mein Oma behauptet. Dr Manuel hat mir aber vorgrechnet, dass er so fuffzig Vokable in de Woch, zwoihondert im Monat und – ohne d' Ferie – etwa zwoidausend em Jahr glernt hat.«

»Ach, Anselm! Vokabeln sind nicht alles«, entgegne ich. »Wie hält er es denn mit Syntax und Rechtschreibung?«

»Klappt ebefalls besser«, meint er. »I wollt der verehrte Kollegin au den Julian und zwoi ällerliebschte Mädle – die Klara und die Hülya – schicke. Aber d' Birgit will jetzt koi zusätzliche Arbeit übernehma. – Schtimmt des Gerücht, dass sie ebbes Kleins erwartet?«

»Darüber weiß ich nichts«, sage ich.

Ich schätze Anselm Schuster wenig, was aber anscheinend nicht auf Gegenseitigkeit beruht. Er gehört zur Mahlzeit-Fraktion, wie wir jene Kollegen nennen, die uns zu bestimmten Zeiten mit diesem Gruß beglücken.

Erst durch Birgits boshafte Beobachtungen bin ich auch auf die Unterschiede beim Lehrerfrühstück aufmerksam geworden. Die Mahlzeit-Fraktion packt zwei sorgfältig geschmierte Vollkornscheiben mit Salatblatt aus einer appetitlichen Tupperbox, Papierservietten sind selbstverständlich. Die grüne Abteilung nagt an Kaninchenfutter, die Chaoten eilen in letzter Minute zum Bäcker und kommen mit ungesunden Puddingteilchen und Schokoriegeln zurück. Birgit spachtelt Rügenwalder Teewurst zentimeterdick auf ihr Laugenbrötchen. Der Rest fastet oder schnorrt, ich gehöre zum Rest.

Meine Idee war es wiederum, unsere männlichen Kollegen in Schlipse und Pullover einzuteilen. Klar, Anselm Schuster ist ein Mahlzeit-Schlips. Von den übrigen Krawattenträgern ist nur der Bio-Lehrer interessant, der sich große Mühe mit seinem Halsschmuck gibt. Immer wieder staunen wir über Flora und Fauna, die sich auf reiner Seide versammelt und seine Schülerinnen sicher gehörig ablenkt. Biologie wird im Übrigen auch von unserer ältesten

Kollegin unterrichtet, die wir »Mutter Natur« nennen und die das schiere Gegenteil des Bio-Schlipses ist. Sie hat selbst im Winter keine Strümpfe an und ist mit Julians schräger Großmutter befreundet. Wenn ein Schüler ihr Missfallen erregt, ruft sie: »Donnerwetter noch einmal!«

Es waren die kleinen Hetztiraden und Sticheleien, die mich mit Birgit verbanden. Die Scherze fehlen mir, seit Birgit mich meidet. Auch rein äußerlich macht sie gerade eine Veränderung durch, ihr Gesicht wirkt aufgeschwemmt. Um davon abzulenken, benützt sie neuerdings einen Lidstrich in Türkis und schminkt sich einen Himbeermund. Anscheinend wird sie jetzt nicht mehr von morgendlichem Erbrechen geplagt, aber so vergnügt wie früher ist sie nicht.

Allerdings ist sie von uns beiden wohl die bessere Lehrerin. Ich unterrichte seit einigen Jahren hauptsächlich Deutsch, aber als frischgebackene Referendarin gab ich Französisch-Nachhilfe und kam überhaupt nicht weiter bei meinen Kandidaten. Oder waren es immer nur Holzköpfe, was man von Manuel nicht sagen kann?

Martinas Auto parkt vor unserem Haus, sie besucht wohl ihren Vetter. Oder ob sie auch bei mir hereinschauen will?, frage ich mich und räume hastig die Sudokus vom Couchtisch.

Tatsächlich stehen kurz darauf Patrick Bernat und Martina vor meiner Wohnungstür.

»Dürfen wir reinkommen?«, fragt Martina. »Wir haben einen kleinen Anschlag auf dich vor!«

Ich bin gespannt. Im Chor fehle es wieder einmal an Männerstimmen, erklärt Martina, insbesondere an Tenören, und die *Carmina Burana* wirke erst durch einen stimmgewaltigen Klang. Nun habe sie sich erinnert, dass Patrick vor Jahrzehnten ein Star des Schulchors war; es wäre doch ein toller Gag, wenn er an seine früheren Meriten anknüpfe und…

Bernat unterbricht sie. »Martina überschätzt mich. Ich kann ja kaum Noten lesen! Als bescheidener kleiner Schüler sang ich einmal in einem Chor. Nach so langer Zeit ist man doch nicht…«

Jetzt schneide ich ihm das Wort ab. »Wenn man Lust am Singen hat und nicht völlig unmusikalisch ist, dann sehe ich kein Problem. Mir hat es immer Spaß gemacht, obwohl ich anfangs auch nicht viel Ahnung hatte.«

Martina grinst. »Jetzt hast du dich verraten, Anja! Übrigens hat sich Patrick schon halbwegs breitschlagen lassen. Er will es probeweise versuchen, allerdings nur, wenn du auch wieder mitsingst!«

Nun werde ich rot. Kann es wirklich sein, dass man sich um mich reißt? Ich bleibe zwar zurückhaltend und behaupte, ich müsse mir das gründlich überlegen, bin aber in Wahrheit glücklich darüber.

In meinem großen Bett schlafe ich meistens ganz gut, doch diesmal gibt es eine Steigerung: Im Traum singe ich Koloraturen wie die Königin der Nacht.

Am Montagabend fahren wir gemeinsam mit Bernats altem, viel zu großem Wagen zur Chorprobe.

»Gehören Sie wirklich zu den heißbegehrten Tenören?«, frage ich.

Er sei nur ein stinknormaler Bariton, meint Bernat, aber er befürchte, dass man ihn zum Knödeltenor umfunktionieren und überfordern werde. »Es stimmt schon, was Martina erzählt hat«, sagt er. »Als Junge habe ich gern im Schulchor gesungen, einmal hatte ich sogar eine Soloeinlage. Auch als Student habe ich noch wacker mitgehalten, wenn gegrölt wurde. Als ich später meine Frau kennenlernte, ist mir das Singen jedoch schnell vergangen. Neben einer ausgebildeten Primadonna, die alles perfekt vom Blatt singt, kommt man sich unsäglich dilettantisch vor.«

»Wer ein Instrument beherrscht, ist beim Notenlesen natürlich im Vorteil«, sage ich. »Als Mädchen habe ich zwar Blockflöte gespielt, aber schon mit elf Jahren wurde es mir durch den überzogenen Ehrgeiz meiner Mutter vermiest. Eigentlich schade.«

»Manuel verweigert sich leider auch, dabei haben wir doch den Flügel. Hin und wieder klimpert er mit Julian darauf herum, und es klingt barbarisch.«

Als wir den Probenraum betreten, sitzen die meisten schon auf ihren Plätzen, stehen aber bei unserem Anblick auf und klatschen. Ich weiß nicht genau, ob der ersehnte Tenor bejubelt wird oder ob es der Rückkehr einer verlorenen Tochter gilt.

Kurz darauf beginnen wir mit dem bombastischen Chorsatz *O Fortuna!*, und ich rede mir ein, dass die Glücksgöttin von jetzt an ihr Füllhorn über mich ausschütten wird.

Wie ich es von früher gewohnt war, streben die meisten Sänger nach der Probe zum Griechen, diesmal sind Bernat und ich mit von der Partie. Es wird getrunken, erzählt, gewitzelt, gelacht. Es wird über Carl Orffs angepasste Haltung im Dritten Reich diskutiert und über den erotischen Text der *Carmina Burana*.

Wir sitzen an zwei langen Tischen, die sehr jungen von den älteren Mitgliedern getrennt. Die meisten duzen sich, und nach drei Gläsern Retsina sage ich nicht mehr »Herr Bernat«, sondern »Patrick« zu meinem Vermieter.

Auf der Heimfahrt singen Patrick und ich lauthals, grottenfalsch und völlig enthemmt, es ist gut, dass der Chorleiter uns nicht hören kann. Wir versuchen uns mit *Auf einem Baum ein Kuckuck saß*, aber nur die erste Strophe fällt uns ein.

»Dieses Lied birgt ein tiefenpsychologisches Geheimnis«, behauptet Patrick. »Der Vater eines Kuckuckskindes ist zweifellos ein Esel!«

»Da verwechselst du was«, sage ich, »das ist ein ganz anderes Lied!«

Als wir aussteigen, sehe ich schemenhaft ein Faungesicht hinter dunklen Fensterscheiben. Es ist bereits Mitternacht.

Ich kann nicht einschlafen, weil der Alkohol und tausend Fragen durch meinen Kopf geistern. Wie wird Manuel reagieren, wenn sich seine Klassenlehrerin über Nacht mit seinem ehrwürdigen Vater duzt? Wird mich der Junge nun ebenfalls »Anja« nennen wollen? In meiner Schulzeit ließen sich manche Lehrer mit dem Vornamen ansprechen, aber inzwischen warnt man vor Distanzlosigkeit und spricht von den verheerenden Folgen der 68er Pädagogik. Bin ich zu konservativ und ängstlich, dass ich mir darüber überhaupt Gedanken mache? Eine formale Anrede ist noch längst keine Garantie für den erhofften Respekt, und andersrum. Wie auch immer, auf den nächsten Montag freue ich mich jetzt schon.

Immer wieder ertappe ich mich dabei, dass ich Patricks Gewohnheiten ausspioniere, weil ich ihm möglichst zufällig möglichst oft begegnen will. Wenn man im selben Haus wohnt, ist das nicht schwer, aber legt mein Vermieter überhaupt Wert auf diese Treffen im Treppenhaus? Versucht er seinerseits auch, mir über den Weg zu laufen? Fragt er seinen Sohn aus, wie er meinen Unterricht beurteilt? Ich gebe mir in letzter Zeit besondere Mühe mit der Deutschstunde und versuche, meine Klasse originell und interessant, intelligent und abwechslungsreich zu unterhalten. Nur in der größten Not greife ich wie ein Löwenbändiger zur Peitsche. Manuel soll seinem Vater erzählen, dass ich die beste Deutschlehrerin unter der Sonne bin.

Einmal kam ich aus der Schule zurück und hörte Musik im Erdgeschoss, die bestimmt nicht zu Manuels Favoriten gehörte. Ich lauschte angestrengt. Zum Glück war es keine Oper und die Sängerin gar Patricks Frau, sondern eine CD mit Balladen von Carl Loewe. Mein Papa pflegte den *Prinz Eugen* anzustimmen, wenn er einen über den Durst getrunken hatte. Wehmütig spitzte ich die Ohren und hörte gerührt, dass Patrick gelegentlich mitsang.

»Hei, das klang wie Ungewitter weit ins Türkenlager hin«, schmetterte mein Vermieter. Ich dachte an meinen wunderbaren Vater, und mir kamen die Tränen. Wahrscheinlich habe ich mich in diesem Moment in Patrick Bernat verliebt.

11

Die Herbstferien kann man vergessen, so kurz sind sie bei uns im Ländle. Patrick und Manuel leisteten sich eine kleine Reise nach London, ich wäre gern zum Mitkommen aufgefordert worden. Als sie zurück waren, haben wir zu dritt eine große Gartenaktion durchgeführt, alle Blätter zusammengerecht und ein illegales Feuerchen angezündet. Das Verhältnis zu Patrick ist zwar mit jeder Chorprobe herzlicher und freundschaftlicher geworden, aber ein Liebespaar sind wir nicht. Es ist ja auch die Frage, ob ich mich mit einem verheirateten Mann einlassen soll. Zwar könnte es den Beginn einer Affäre begünstigen, dass wir unter einem Dach wohnen, aber beim Scheitern der Beziehung müsste ich wohl wieder ausziehen.

Nach diesem anstrengenden Gartentag am Ende der Herbstferien lud mich Patrick zum ersten Mal zum Essen ein. Die Möhren stammten aus eigener Ernte. Schon am Tag zuvor hatte Patrick den Eintopf vorbereitet, der nach kurzem Aufwärmen dampfend auf dem Tisch stand und gut schmeckte.

Nach der Rotweincreme benutzte ich die Toilette meines Gastgebers und warf bei dieser Gelegenheit einen raschen Blick in sein Schlafzimmer. Was mich am allermeisten interessierte, konnte ich auch sofort erkennen: ein großes Doppelbett, genau wie bei mir.

Immerhin beschäftige ich mich nur noch selten mit Sudokus und beherzige vielmehr den Rat meiner Mutter: Ich verwende mehr Zeit und Geld auf mein Äußeres. Manuel hat es sofort registriert und mir Komplimente gemacht. Die Frisur möchte ich zwar nicht wechseln, aber ich habe mir einen grünen und einen lila Pullover, zwei Paar Hosen sowie dunkelviolette Stiefel gekauft. Es sind aber nicht nur die Sudokus, die mir gleichgültiger werden, auch Birgit und Gernot treten in meinen Gedanken allmählich in den Hintergrund.

Und trotzdem werde ich immer wieder mit der Vergangenheit konfrontiert. Neulich traf ich zum Beispiel meine ehemalige Putzfrau, die sofort auf mich zustürzte und mir ihr Beileid zur Scheidung aussprach. Früher sei das Saubermachen in der Postgasse einfacher gewesen, weil ich regelmäßig aufräumte.

Demnach habe sich mein Mann noch keine ordnungsliebende Freundin zugelegt, fragte ich und schämte mich sofort wegen meines unüberlegten Vorpreschens.

»Woher soll ich das wissen?«, sagte Frau Meising gekränkt. »Ich habe noch nie in den Sachen rumgeschnüffelt!«

»Das weiß ich doch am besten«, versicherte ich doppelzüngig. »Und ich wollte Sie auf keinen Fall aushorchen! Aber zuweilen steht vielleicht ein zusätzliches Frühstücksgedeck in der Spülmaschine, das zweite Bett ist benutzt oder ein weiteres Handtuch hängt im Bad – Kleinigkeiten, auf die man zwangsläufig stößt, ohne dass von Herumschnüffeln auch nur die Rede sein kann…«

»Gelegentlich empfängt Herr Reinold Besuch«, sagte sie steif. »Sie etwa nicht?«

Die Begrüßung war netter ausgefallen als unser kühler Abschied. Dabei hatte ich schon erwogen, Frau Meising für meine neue Wohnung anzuwerben. Bestimmt wusste sie mehr, als sie zugab, wollte es nur nicht mit ihrem Arbeitgeber verderben.

Auch Birgits Anblick erinnert mich dauernd daran, dass Gernot und nicht der zuständige Ehemann für ihre Befruchtung gesorgt haben könnte. Inzwischen erregt sie die fürsorgliche Aufmerksamkeit unserer Kollegen, denn der anschwellende Bauch lässt sich nicht mehr kaschieren. Auf dem Raucherbalkon steht sie nie mehr, sie hat ihrem Laster wohl abgeschworen. Ich sehe sie aber häufig mit der schwangeren Musiklehrerin zusammenglucken, die bereits Kinder hat. Der Anblick von gleich zwei gesegneten Leibern ist für mich eine Zumutung, und ich fliehe sofort.

Kürzlich bemerkte Patrick leicht süffisant, aber durchaus stolz, sein Sohn gehe neuerdings auf Freiersfüßen. Manuel lässt sich nicht allzu häufig von mir chauffieren, denn unsere Stundenpläne weichen stark voneinander ab. Nur donnerstags streckt er sich morgens und mittags müde auf dem Beifahrersitz aus und informiert mich nach und nach über weitere Details aus seinem Familienleben.

»Weihnachten will meine Mutter herkommen«, mosert er, »weil ich auf keinen Fall nach Kopenhagen fliegen werde.«

»Deinem Unterton könnte man entnehmen, dass es dir nicht unbedingt in den Kram passt«, sage ich. »Soviel ich weiß, lebt deine Mutter mit einem Kollegen zusammen, warum feiert sie das Julfest nicht mit ihm?«

»Weil dieser Mensch insgesamt vier Kinder von drei Frauen hat«, sagt Manuel feixend, »und es ihn einmal im Jahr zu seinen Familien zieht.«

»Pass auf, ich glaube, dein Schal klemmt in der

Autotür«, sage ich. Und frage beiläufig: »Freut sich wenigstens dein Vater?«

Manuel wird nachdenklich. »Patrick sagt fast nie was über meine Mutter. Ich glaube, als meine Schwester Leno starb, haben sich meine Eltern auseinandergelebt.«

»Leno? Ich kenne nur Lena, Lene und Leni. War das ihr Vorname?«, frage ich.

»Lenore, wahrscheinlich nach einer Operntussi«, meint Manuel. »Mama selbst heißt Isa, nennt sich aber Isadora. Bei ihr muss es immer theatralisch zugehen. Ich bin noch mit einem blauen Auge davongekommen, nur mein zweiter Name ist Orlando.«

Nur zu gerne würde ich meinen Schüler mit der Lenore aus Gottfried August Bürgers Kunstballade vertraut machen, aber ich beherrsche mich. Inzwischen habe ich begriffen, wie unbeliebt ich mich mit Belehrung außerhalb des Unterrichts mache.

Aus seinen Äußerungen schließe ich, dass Manuel seiner Mutter nicht verzeihen kann. Aber natürlich gibt es in einer Ehe immer zwei, die für eine Trennung verantwortlich sind, niemand weiß das besser als ich. In den Sprechstunden unserer Schule sind alleinerziehende Mütter keine Seltenheit; die Kinder stehen fast immer zwischen den Kontrahenten und leiden. Umso mehr freue ich mich für Manuel, dass er nun offensichtlich eine Freundin gefunden hat. Während der großen Pause unterhält er sich jetzt seltener mit Julian, sondern balzt lieber mit der hübschen Sara. Er ist ausgeglichener geworden, wühlt nicht mehr ständig in seinem Lockengewirr herum und beteiligt sich reger am Unterricht, und zwar nicht nur bei mir.

»Was wünschst du dir eigentlich zu Weihnachten?«, frage ich und wundere mich nicht über seine Antwort. Fünfzehnjährige sind wie eh und je auf ein Mofa fixiert. In diesem Fall hat er nichts gegen seine gut verdienende Mutter.

Wieder einen Donnerstag später erfahre ich, dass Patricks Arbeitszimmer genau unter meinem liegt und früher das Kinderzimmer der kleinen Lenore war.

»Patrick hat ihre Sachen auf den Dachboden geschafft«, sagt Manuel, »damit man nicht auf Schritt und Tritt daran erinnert wird. Meine Mutter hat sich darüber aufgeregt.«

Manuels schöne Mama – beziehungsweise Patricks Frau – bleibt für mich eine rätselhafte und sündige Carmen. Es wäre jedoch unfair, sie völlig abzulehnen, ohne sie je gesehen zu haben. Die Vornamen ihrer Kinder gefallen mir gut. Ob sie an Virginia Woolf und ihren wunderbaren Roman *Orlando* gedacht hatte? Aber wie kann man einen Mann wie Patrick und einen Sohn wie Manuel verlassen und mit einem windigen Opernsänger abhauen? Kopenhagen – das bedeutet auch eine andere Sprache. Auf jeden Fall gehört Mut dazu, den eigenen engen Kreis zu verlassen.

Ach, würde sie doch nur in Dänemark bleiben! Ich hätte nichts dagegen, wenn Manuel das Weihnachtsfest bei ihr verbrächte. Patrick und ich ganz allein im Haus, da würden meine Chancen steigen. Schon male ich mir für die Winterferien einige erfreuliche Unternehmungen aus. Wie schön wäre es, mit Patrick durch den verschneiten Odenwald zu wandern und anschließend in einem Landgasthaus zu essen. Auch eine Kutschfahrt oder der Besuch eines Konzerts käme in Frage. Aber in Isadoras Spur sehe ich mich nicht durch den Schnee stapfen.

Inzwischen haben wir Ende November, und der Handel mit Nikoläusen und Zimtsternen läuft auf Hochtouren.

Martina hat mir verraten, dass man am letzten Montag vor den Ferien – anstatt die *Carmina Burana* zu proben – Weihnachtslieder singen werde. Jeder solle ein paar Plätzchen für eine kleine Feier mitbringen.

Ich rufe also meine Mutter an. »Hast du schon gebacken?«, frage ich.

»Ach, Kind«, sagt sie, »habe ich es dir noch nicht gesagt? Ich werde mit Tante Nelly, deiner Kusine und ihrem Baby sechs Wochen auf Ibiza überwintern. Tante Nellys Freundin besitzt eine Ferienwohnung, die wir fast umsonst…«

»Gratuliere«, sage ich, »ich wünsche euch viel Vergnügen!«

»Anja, du bist doch nicht etwa eingeschnappt? Oder willst du am Ende mitkommen? Auf der Couch ist bestimmt ein Plätzchen frei.«

So tief bin ich noch nicht gesunken. Letztes Jahr hatte ich zum ersten Mal keinen eigenen Weihnachtsbaum, weil ich frisch geschieden war und im Rattenloch hauste. Damals lebte mein Vater noch, und es bot sich an, das Fest wieder einmal mit den Eltern zu verbringen. Wahrscheinlich hätte ich auch diesmal meine Mutter besucht, aber Ibiza mit der doofen Kusine, ihrem Baby Birgit und Tante Nelly – das geht über meine Kräfte. Ob meine Mutter in rein weiblicher Gesellschaft glücklich wird?

Noch nie habe ich mich mit Weihnachtsbäckerei herumplagen müssen. Jahr für Jahr brachte mir meine Mutter im Advent ein paar Blechdosen mit Elisenlebkuchen und anderen Plätzchen. Also zog ich das Internet zu Rate und druckte mir vier Rezepte aus.

Was schließlich dabei herauskam, möchte ich eigentlich nicht zur Sprache bringen. Es gibt ja auch Pilze, die zwar schlecht schmecken, aber nicht direkt giftig sind. Heute, am dritten Adventssonntag, fahre ich an einen künstlichen Teich und füttere übergewichtige Enten, die aus purem Futterneid keinen Krümel verkommen lassen; Schnee ist nicht in Sicht, es regnet dafür in Strömen.

Trotz meines Fiaskos als Bäckerin werde ich die Chorprobe morgen nicht ausfallen lassen. Schließlich kann man Plätzchen auch kaufen, und vielleicht sollte ich gar nicht erst mit den perfekten Hausfrauen konkurrieren, sondern etwas völlig anderes für die Feier besorgen: etwa 500 Teelichter oder ein paar Flaschen Rotwein.

Nach der traurigen Entenbescherung komme ich durchnässt wieder zu Hause an. Da mich heute niemand mehr zu Gesicht bekommen wird, ziehe ich einen schlabberigen Jogginganzug und bequeme Latschen an. Reichlich verdrossen blättere ich in einer Broschüre der Lehrergewerkschaft, trinke Pfefferminztee und fühle mich einsam. Draußen ist es dunkel und eklig. Plötzlich höre ich ein seltsames Rumpeln, und kurz darauf kracht etwas von außen gegen die Wohnungstür. Furchtlos schaue ich nach und entdecke die vergammelte Unterlage, auf der ich eine Weile selbst geschlafen hatte. Auch Patrick poltert die Mansardentreppe herunter, entschuldigt sich für die Störung und zerrt die Matratze für eine weitere Rutschpartie in Position.

»Warte, ich helfe dir!«, rufe ich. »Lass uns zu zweit anpacken. Was hast du für Pläne mit diesem Parade-bett?«

Mein Vermieter bleibt stehen, verschnauft und teilt mir mit, was ich längst weiß: dass seine Frau zu Besuch komme. Er werde ihr das Schlafzimmer überlassen und sich selbst im Nebenraum ein Lager bereiten.

»Meine Frau pflegt morgens lange im Bett zu bleiben«, sagt er, um seine Ausquartierung zu er-klären.

Ach, komm, will ich sagen, du kannst doch ruhig zugeben, dass ihr kein Paar mehr seid. Aber ich lä-chele nur verständnisvoll, denn Patrick scheint ähn-lich miese Laune zu haben wie ich.

»So ist das meistens«, schimpft er, als wir un-ten angekommen sind. »Wenn man seinen Sohn braucht, ist er nicht da. Kannst du mir bitte mal die Tür aufhalten!«

Zu zweit rücken wir den Schreibtisch beiseite und schleifen die Matratze in eine Ecke des Arbeitszim-mers. Warum ich sofort aus den Pantoffeln schlüp-fe und auf der hubbeligen Unterlage wie ein über-mütiges Kind herumhopse, kann ich mir eigentlich selbst nicht erklären. Vielleicht liegt es am Trainingsanzug.

»Davon wird sie auch nicht besser«, knurrt Patrick, greift nach meiner Hand und will mich vom Trampolin ziehen.

Dabei verliere ich jedoch das Gleichgewicht, und eh wir uns versehen, purzeln wir beide in ein weiches Glück. Anstatt uns sofort wieder aufzurappeln, bleiben wir minutenlang liegen, halten uns umschlungen und schütten uns aus vor Lachen. Die Kordel meiner ausgeleierten Hose hat sich beim Absturz in Patricks größtem Ring verfangen. Nun ist meine gesamte Unterbekleidung ein Stückchen heruntergerutscht, aber das scheint er nicht zu bemerken.

Peinlich, wenn jetzt Manuel hereinplatzte, denke ich, aber er ist ja sicher noch eine Weile bei seiner Freundin.

Leider richtet sich Patrick als Erster wieder auf, drückt mich noch einmal kumpelhaft gegen sein Bäuchlein und sagt leicht verlegen: »Danke für die Unterstützung!«

Ich fühle mich entlassen, ziehe mir die Hose hoch und schleiche wieder nach oben. Dort schmeiße ich mich aufs Sofa und weine vor Freude und gleichzeitig vor Enttäuschung. Patrick ist kein schlanker junger Mann, sondern eher klein und rundlich, doch gerade das gab mir ein lang entbehrtes Gefühl der

Geborgenheit. Er roch gut, seine Hände waren warm, sein Lachen war hinreißend. Das wird noch, Anja, tröste ich mich, heute war der falsche Tag, der falsche Ort. Jeden Moment hätte Manuel heimkommen können, die Sängerin wird demnächst erwartet, und die Matratze stinkt… Wir werden uns gedulden müssen, bis die Diva wieder abgereist ist.

Plötzlich fährt mir ein neuer Gedanke durch den Kopf: Habe ich womöglich einen Ödipuskomplex? Patrick ist fünfzehn Jahre älter als ich. An meinem Papa habe ich sehr gehangen; ist mein Lover eine Art Vaterersatz für mich? Früher habe ich mich über große Altersunterschiede bei Paaren stets mokiert, da es mir immer nach dem Motto abzulaufen schien: Sugardaddy sucht Frischfleisch. Patrick als Lustgreis zu bezeichnen wäre allerdings abwegig. Wahrscheinlich hat er mich genau wegen solcher Skrupel nicht geküsst.

Am Montag eile ich in der großen Pause zum Drogeriemarkt und kaufe Teelichter, auch zwei Schülerinnen treiben sich unerlaubt hier herum. Sie schmücken sich mit bonbonrosa Creolen aus Plastik, strecken sich gegenseitig die Zunge heraus und machen Fotos mit ihren winzigen Handys. Als sie mich entdecken, sind sie im Handumdrehen verschwunden.

Beim Verlassen des Ladens pralle ich fast mit Mutter Natur zusammen, die ebenfalls ordentlich eingekauft hat. Wie meistens versteckt sie ihr walzenförmiges Format unter Schichten aus buntem Filz und Loden.

»Donnerwetter, die Frau Reinold!«, begrüßt sie mich, denn als Älteste im Kollegium lehnt sie das allgemeine Duzen rigoros ab. »Ich muss mir nach einer Stunde Sexualkunde in der 5. dringend etwas Gutes tun!«

Sie schwenkt einen Klarsichtbeutel mit Hamamelis-Bodylotion und diversen biologischen Schönheitscremes.

»Warum war es denn so anstrengend?«, frage ich neugierig.

»Mein Gott, diese Kinder sitzen da wie die Ölgötzen und fragen einfach nicht!«, sagt Mutter Natur. »Wie soll man dann beurteilen, ob sie schon alles wissen oder völlig desinteressiert sind? Wie war das bei Ihnen in dem Alter?«

Ich wurde sowohl von der Mutter als auch in der Schule beizeiten aufgeklärt, berichte ich.

»Dann können Sie von Glück reden«, sagt die Biologielehrerin, »und eine Schwangerschaft im Teenageralter ist Ihnen wohl auch erspart geblieben!«

»Stimmt«, sage ich und will gehen.

Mutter Natur ist aber noch nicht fertig. »Schon

148

wieder las ich in der Zeitung von einem toten Neu-geborenen, das man in eine Zeitung gewickelt im Gebüsch abgelegt hat. Spielende Kinder haben es gefunden! Ich bitte Sie, was für ein Schock! Hof-fentlich trägt mein Unterricht Früchte, und so etwas passiert nicht bei unseren Schülern.«

»An unserer Schule kommt so etwas bestimmt nicht vor«, sage ich leise und verdrücke mich.

12

So kurz vor den Weihnachtsferien hatten wir gestern noch einen aufregenden Schultag: In der Toilette fanden zwei Mädchen aus meiner Klasse einen Zettel mit einer anonymen Bombendrohung. Daraufhin benachrichtigte der Gecko die Polizei, die alle 800 Schüler nach Hause schickte. Eine Durchsuchung des Gebäudes mit Spürhunden blieb zum Glück ergebnislos. Möglicherweise nur ein dummer Streich, aber niemand weiß es so genau.

Heute holt Patrick seine Frau vom Frankfurter Flughafen ab. Manuel ist noch in der Schule, ich habe mein Pensum bereits hinter mich gebracht und lauere aufgeregt am Fenster, um den Einzug der Diva zu beobachten. Lange warte ich vergeblich.

Schließlich hält Patricks Wagen vorm Haus, aber sie bleiben sitzen und scheinen noch zu reden. Warum bloß? Mindestens fünf Minuten dauert es, bis Patrick aussteigt, die Heckklappe öffnet, einen Koffer herausnimmt und auf der Straße abstellt. Isadora lässt sich die Beifahrertür aufhalten. Sie trägt einen mondänen Ozelotparka. In einem solchen Aufzug würde ich mich vor Tierschützern mit Farbbeuteln fürchten. Plötzlich wirft sie einen schrägen Blick zum oberen Stockwerk, wo ich wie eine neugierige Spießerin hinter der Gardine stehe. Hat sie mich gesehen?

Beide sind jetzt im Haus angekommen und entziehen sich meinem Blick. Eigentlich habe ich nur einen flüchtigen Eindruck gewonnen: Sie ist größer als ihr Mann und eine Raubkatze. Ich bin kleiner als Patrick und eine Maus.

Erst einen Tag später werden wir miteinander bekannt gemacht. Übermorgen ist Heiligabend, Patrick hat gemeinsam mit Manuel einen reichlich großen Tannenbaum zum Präparieren auf die Terrasse geschleppt. Von meinem Balkon aus schaue ich belustigt zu, wie sie den Stamm in einen viel zu kleinen gusseisernen Ständer zwängen wollen.

»Komm doch mal runter!«, ruft mir Patrick zu. »Von oben zugucken und grinsen ist nicht fair!«

Also ziehe ich mir meine Jacke über. Auch Isadora hat sich inzwischen dazugesellt. Patrick stellt mich als Untermieterin, Lehrerin und Chormitglied vor. Die fremde Frau mustert mich aufmerksam und durchschaut meine Gefühle offenbar auf Anhieb. Sie lächelt. Ihre leicht fettigen Locken hat sie mit einem rosa Samtreif gebändigt, aber viel mehr kann ich im Moment nicht an ihr aussetzen. Ihre Stimme klingt beim Sprechen nicht so bühnenreif, wie ich erwartet hätte, fast höre ich sogar eine Spur kurpfälzischen Singsang heraus.

Manuel hat auf Anordnung seines Vaters einen Fuchsschwanz und ein Beil geholt und hackt die untersten Äste der Tanne ab. Dann fragt er etwas ungeduldig, ob er noch gebraucht werde, und verlässt uns.

»Warum will er denn schon wieder weg?«, fragt seine Mutter enttäuscht.

»Seine Freundin fährt am zweiten Feiertag zu ihren Großeltern, bis dahin will er noch jede freie Minute mit ihr verbringen«, sagt Patrick.

»Eine Freundin? Mein kleiner Mani? Nein, wie drollig!«, sagt sie.

»Das ist völlig normal«, sagt Patrick.

»Süß, dass er immer noch diesen *eye-catcher* trägt«, meint sie und stößt ein trockenes Lachen aus. »Man müsste den langen Schal nur gelegentlich mal waschen.«

»Bitte sehr«, sagt Patrick.

Da ich mich ziemlich überflüssig fühle, ziehe ich mich zurück.

Zum ersten Mal im Leben muss ich die Feiertage allein verbringen. Soll ich das Fest der Liebe einfach ignorieren? Auf einen Baum werde ich verzichten, aber vielleicht sollte ich mir doch ein paar große Tannenzweige in die Vase stellen. Irgendetwas muss ich mir auch kochen. Im Briefkasten finde ich eine viktorianische *Christmas Card* von Birgit und Steffen, die mir auf Englisch ein frohes Fest wünschen. Soll ich das taktlos finden oder eher nett?

Am Nachmittag ruft Gernot an.

»Sicher bist du zwischen Heiligabend und Silvester bei deiner Mutter«, sagt er, »deswegen wollte ich dir vorher noch alles Gute wünschen. Mich zieht es in den Schnee, ich habe mich für einen Skikurs angemeldet.«

»Und meine Mutter zieht es in die Wärme, sie ist auch nicht im Lande«, sage ich.

»Bist du am Ende so mutterseelenallein wie ich? Wenn ich das gewusst hätte …«, sagt mein Exmann.

Wir schweigen beide. Ich überlege, was er wohl damit meint. Ich habe es für selbstverständlich gehalten, dass er mit seiner Familie feiert. Wäre er gern mit mir verreist, wo Birgit nicht zur Verfügung steht? Plötzlich überkommt mich wieder die aufgestaute Wut, und ich sage patzig: »Im nächsten Jahr kannst du ja mit deinem Sohn in die Berge fahren.«

Er reagiert völlig verblüfft. »Was für ein Sohn? Wie soll man das verstehen?«

»Du weißt genau, wie ich es meine! Birgit erwartet ein Kind, und du bildest dir wohl ein, ich wäre zu dumm, um zwei und zwei zusammenzuzählen!«

Gernot schnauft hörbar. »Anja, dein Humor war schon immer etwas grenzwertig, aber jetzt wirst du geschmacklos! Mit solchen Witzen verscherzt du dir noch den letzten Rest an Sympathie!« Er legt auf.

Natürlich bin ich jetzt schlechter Laune, denn ich ärgere mich am meisten über mich selbst. Nach einem Beruhigungs-Sudoku sehe ich auf die Uhr und gehe eilig aus dem Haus. Die Läden werden bald schließen und sind an solchen Tagen sowieso überfüllt.

Als ich meinen Wagen entlade und Tannenzweige, Weihnachtssterne, Wildente, Preiselbeeren, Netze voller Apfelsinen und zwei Körbe mit sonstigen Lebensmitteln aus dem Kofferraum zerre, kommt Manuel mit dem Fahrrad nach Hause.

»Ich helfe Ihnen«, sagt er liebenswürdig, »erwarten Sie Besuch?«

»Vielleicht«, sage ich unbestimmt. »Wenn du die beiden Körbe nimmst, brauche ich nicht zweimal zu gehen.«

Bereitwillig schleppt der Junge meine Einkäufe die Treppe hinauf und stellt alles in der finsteren Küche ab.

»Morgen können wir endlich ausschlafen«, sage

ich. »Zwei Wochen Ferien liegen vor uns! Ist das nicht herrlich?«

»Inzwischen habe ich mich an das frühe Aufstehen schon fast gewöhnt. Als ich noch in der Pubertät war, fiel es mir viel schwerer«, sagt der Fünfzehnjährige. »Am Vormittag war ich immer todmüde, und abends konnte ich nicht einschlafen.«

»Anscheinend bin ich immer noch in der Pubertät«, sage ich.

»Bei Jugendlichen ist es oft ein Mangel an Melatonin«, belehrt mich Manuel. »Mein Vater musste mich jeden Morgen aus dem Koma reißen, reanimieren und mit der Peitsche unter die Dusche treiben. In anderen Ländern soll die Schule angeblich nicht schon um acht Uhr beginnen.«

Ich verkneife mir ein Lächeln. Mein Schüler liest die gleiche Zeitung wie ich, vor wenigen Tagen ist auch mir ein Artikel über die Entwicklungsjahre aufgefallen.

»Heute gehe ich mit meiner Mutter auf eine Party«, erzählt Manuel. »Sie will unbedingt mit ihrem wohlgeratenen Sohn angeben.«

»Was für eine Party?«, frage ich neugierig.

»Eine frühere Kollegin vom Mannheimer Theater hat sie eingeladen. Lauter Sänger und Schauspieler und überhaupt nur Promis«, sagt er.

»Und dein Vater?«

»Patrick mag nicht, ich soll ihn vertreten. Aber ich komme nur mit, weil es keine Kleidervorschriften gibt.«

»Und was macht ihr am Heiligabend?«

»*Same procedure as every year*«, sagt Manuel, »Bescherung, Kartoffelsalat mit Würstchen und der überirdische Gesang meiner Mutter. Würden Sie da gern dabei sein? Sie verlangt regelmäßig, dass wir mitsingen, aber Patrick und ich genieren uns.«

Dann verlässt mich mein Kavalier, um sich für die zwanglose Promi-Party schick zu machen. Bestimmt tut er es nur, um seine Freundin hinterher mit einer eingehenden Schilderung zu beeindrucken.

Später, als ich Nüsse knackend vorm Fernseher sitze, fällt der Strom plötzlich aus. Ich bleibe gelassen, wahrscheinlich wird es gleich wieder hell. Sicherungskästen befinden sich zumeist im Keller, aber dafür ist doch wohl Patrick zuständig.

Als sich nach fünf Minuten immer noch nichts tut, taste ich nach Streichhölzern und zünde eine Kerze an. Die Stimmung ist zwar jetzt als traulich zu bezeichnen, aber das Fernsehquiz bleibt auf der Strecke. Nie werde ich erfahren, warum Aachen nicht wie andere Kurstädte die Bezeichnung »Bad« offiziell vor seinen Namen stellt. Apropos Bad –

wahrscheinlich wird es auch bald kein warmes Wasser mehr geben, der Computer stürzt ab, die elektrischen Uhren bleiben stehen, die Heizung wird kalt, und auf dem Herd kann ich noch nicht einmal Teewasser kochen. Bevor ich jämmerlich erfriere, sollte ich mich in die Katakomben begeben, denn Patrick ist womöglich gar nicht zu Hause.

Ganz langsam, damit die Kerze nicht ausgeht, schleiche ich hinunter. Im Keller schimmert mir eine schwache Lichtquelle entgegen. Ich treffe auf den ratlosen Patrick mit einer Taschenlampe; keine einzige Sicherung ist herausgesprungen.

»Schauen wir mal, ob es auch in den Nachbarhäusern dunkel ist«, sagt er.

Die ganze Straße ist unbeleuchtet.

»Gut, dass ich einen Vorrat an Kerzen besitze, ich bringe dir gleich ein paar nach oben«, sagt er.

Schon nach wenigen Minuten klopft es, und Patrick erscheint als Lichtbote. In der Küche suche ich Eierbecher heraus, und wir stellen in allen Räumen Kerzen auf.

Im Schlafzimmer, das Patrick noch nie gesehen hat, sage ich: »Mein neues Bett ist viel bequemer als deine uralte Matratze!«

»Na, das wird sich bald ändern, wenn du es täglich als Trampolin benützt. Wünsche fröhliches Hüpfen!«, sagt Patrick und dreht sich zur Tür.

»Allein macht es doch keinen Spaß«, maule ich, und er wird endlich hellhörig, wendet sich um, kommt näher und sieht mir in die Augen. Dann sagen wir beide lange nichts mehr, denn der Kuss will kein Ende nehmen. Erst nach ausgiebigen Umarmungen wird mein neues Doppelbett seiner erhofften Bestimmung zugeführt. Wir lassen uns auch nicht stören, als das Licht wieder angeht und ein Fernsehsprecher im Nebenzimmer zu labern beginnt.

Kurz vor elf schleicht sich Patrick davon, denn er erwartet Frau und Sohn zurück. Mir macht das gar nichts aus, denn ich bin so glücklich und vergnügt wie seit Jahren nicht mehr. Lustigerweise war es bei mir früher genau umgekehrt, mein Freund und ich verzogen uns schleunigst aus dem elterlichen Schlafzimmer, bevor Vater und Mutter von der Party zurückkamen. Nur ein einziges Mal schliefen wir eng umschlungen fest ein und wurden ertappt. Meine Mutter wurde böse, weil ihr das eigene Bett heilig war, mein Vater grinste bloß und bekam deswegen Krach mit ihr. Ein Psychologe könnte sicher ergründen, warum mein Freund und ich diesen Drang zum elterlichen Schlafzimmer hatten. Vielleicht war mein eigenes Bett ja auch einfach nicht breit genug.

Nachdem Patrick wieder in den eigenen vier

Wänden verschwunden ist, lösche ich die Kerzenstummel, putze mir die Zähne und werfe mich erneut auf die Matratze. Ich bin so froh, dass mein neues Bett endlich auf eine gute und lustvolle Art eingeweiht wurde. Allerdings schreit alles in mir nach einer Fortsetzung, ich habe viel zu lange wie eine Nonne gelebt.

Am Heiligabend überkommt mich der Katzenjammer. Im Radio höre ich das Weihnachtsoratorium, Patricks Kerzen brennen, ich nage mit langen Zähnen an einer harten Printe. Die Geschenke meiner Mutter erweisen sich als anzüglich: ein Parfum, das ich als »schwül« bezeichnen möchte, wenn es auch mit »verführerisch« angepriesen wird. Außerdem ein transparentes Nachthemd, obwohl ich doch seit eh und je am liebsten Schlafanzüge trage. Andererseits muss ich zugeben, dass auch meine Gaben für sie nicht sonderlich einfühlsam sind, denn die beiden Bücher hatte ich bereits selbst gelesen und für langweilig befunden. Wie eine einsame alte Frau denke ich an vergangene Zeiten, die zauberhaften Weihnachten der Kindheit, an meine anfangs so glückliche Ehe. An Festtagen stand bei Gernot immer das Essen im Vordergrund. Er ließ sich raffinierte Gerichte einfallen, ich sorgte für den herausgeputzten Tannenbaum und den gedeckten Tisch.

Auch im Erdgeschoss wird jetzt Weihnachten gefeiert. Patrick, seine Frau und Manuel essen ihren Kartoffelsalat. Immerhin besser als meine Plätzchenkollektion vom Supermarkt. Mir kommen die Tränen. Hätte ich doch mit Mutter verreisen sollen? Kaum habe ich in Patrick einen Freund und Liebhaber gefunden, muss ausgerechnet seine Frau zurückkommen.

Als hätte er das alles gewusst, klingelt Manuel an meiner Tür. »Wir haben viel zu viele Würstchen gekauft«, sagt er. »Haben Sie Lust darauf? Oder sind Sie bloß Hummer, Lachs und Kaviar gewöhnt?«

»Eher Nachtigallenzungen«, sage ich und lasse mich nicht zweimal bitten.

Wie gut, dass ich einen roten Weihnachtsstern gekauft hatte.

In Patricks Küche ist der Tisch bereits für vier Personen gedeckt. Sekt steht im Kühler, als Vorspeise sind vier halbe, mit Krabben gefüllte Avocados angerichtet. Der wacklige Baum prangt nebenan im Wohnzimmer.

Ich begrüße Manuels Eltern, überreiche die Pflanze und bedanke mich für die Einladung.

»Mein Sohn hat mir erzählt, dass Sie eine wunderbare Lehrerin sind«, sagt die Diva. »Darauf stoßen wir erst einmal an!«

Patrick schenkt uns allen ein. Ich wage nicht, ihm in die Augen zu sehen, sondern frage Manuel, was man ihm geschenkt hat.

»Kein Mofa«, sagt er.

Seine Mutter meint: »Es ist doch im Winter viel zu kalt. Ostern können wir erneut verhandeln.«

Stattdessen hat Manuel einen PC bekommen, weil der uralte Laptop seines Vaters, den er seit zwei Jahren benutzt, den Geist aufgegeben hat.

Nach dem Essen begeben wir uns für den musikalischen Teil ins Wohnzimmer. Der Tannenbaum ist phantasievoll und bunt geschmückt, Modeschmuck aus mehreren Jahrzehnten und Glaskugeln. Isadora setzt sich an den Flügel und stimmt ein Weihnachtslied an. Leicht verlegen sucht Patrick die kopierten Notenblätter heraus, die wir bei der letzten Chorprobe erhalten hatten. Wir versuchen es mit *Maria durch den Dornwald ging* und scheitern jämmerlich an der Mehrstimmigkeit. Manuel kann vor unterdrücktem Lachen keinen Ton herausbringen.

Allmählich kommt die Sängerin in Fahrt, steht auf und singt ohne Noten und Klavierbegleitung eine Händel-Arie. Sie hat eine warme Altstimme, ich bewundere sie sehr und könnte ihr stundenlang zuhören. Irgendwie kann ich verstehen, dass Patrick sich vor vielen Jahren in diese Stimme verliebt hat, was wahrscheinlich noch anderen Männern so gehen wird. Auch Manuel, der gern über seine Mutter lästert, sieht mich immer wieder voller Besitzerstolz an, und ich lächele zurück. Über die Party neulich hat er nicht viel berichtet; die prominenten Gäste seien mehr oder weniger alle grottenvoll gewesen.

Mein Liebhaber vermeidet eine direkte Anrede. Zwar weiß Manuel längst, dass wir uns duzen, aber ob es Isadora auch schon mitgekriegt hat? Männer sind ja immer ein bisschen feige, denke ich, aber ich halte mich an die unausgesprochene Bitte und benehme mich eher förmlich. So mancher Familienidylle hat es allerdings nicht geschadet, wenn die Anwesenheit eines Gastes eine Grundsatzdebatte über Mofas, Scheidungen und Zukunftspläne verhindert.

Patrick begleitet mich bis zur Treppe, wo wir uns blitzschnell umarmen und küssen. Es geht so viel Herzlichkeit und Zuneigung von ihm aus, dass ich getröstet in die Einsamkeit zurückkehre.

Noch spät am Abend ruft meine Mutter an, wahrscheinlich plagt sie ein schlechtes Gewissen. »Ist das Parfum nicht zauberhaft?«, fragt sie, und ich lobe den brünstigen Duft und das ordinäre Nachthemd.

13

Die schönsten Zeiten in meinem Leben gehen immer wie im Flug vorbei, und in den vergangenen Monaten leuchtete mir das Glück wie nie zuvor. Patrick und ich sind uns in vielen Dingen ähnlich, wir haben gottlob den gleichen Humor und Geschmack, wir haben beide eine gescheiterte Beziehung hinter uns, und wir genießen unseren heimlichen Sex in vollen Zügen.

Das heißt, Manuel hat ziemlich bald gemerkt, was los ist. Der Junge ist ja nicht auf den Kopf gefallen, er hat schnell begriffen, dass der Herr Papa bei seiner Lehrerin ein und aus geht und erst zu später Stunde wieder im eigenen Bett liegt. Er hat zwar seinen Vater nicht direkt darauf angesprochen, aber er sagte eines Tages beim Essen ganz beiläufig: »Anja, kannst du mir mal bitte das Salz reichen!«

Patrick sah verwundert vom Teller auf. »Was habe ich eben gehört?«, fragte er.

»Ihr führt euch auf wie zwei Teenager«, sagte Manuel, »meinetwegen ist euer Versteckspiel wirklich nicht nötig.«

Seitdem benehmen wir uns ein wenig wie eine Familie, aber ich bin froh, dass Manuel sich in der Schule nichts davon anmerken lässt. Ob er seine Freundin Sara und Julian informiert hat, weiß ich nicht. Manchmal scheint es mir, als ob auch der Junge erst mitten in der Nacht nach Hause kommt, aber für seine Erziehung bin ich – jedenfalls im häuslichen Bereich – nicht zuständig.

Als Birgits Schwangerschaftsurlaub beginnt, muss ich ihren Französischunterricht in der zehnten Klasse mit übernehmen. Seitdem bin ich ihr nicht mehr über den Weg gelaufen und habe sie ein wenig aus meinem Gedächtnis verbannt. Wenn man selbst im Glück schwimmt, neigt man ja eher zum Verzeihen und wird großmütig. Sicher, es war nicht fair von ihr, ausgerechnet mit Gernot anzubändeln, aber ich war ja bereits von ihm geschieden. Und das Baby ist vielleicht wirklich von Steffen, und ich habe allzu hysterisch reagiert.

Bisher habe ich noch nicht gewagt, mit Patrick über mein zentrales Problem zu sprechen, man soll die Pferde nicht vorzeitig scheu machen. So gefestigt, dass wir über eine eventuelle Familienvergrößerung sprechen können, ist unsere Partnerschaft nun auch wieder nicht.

Seltsam ist es schon, dass ich neuerdings auch bei

der Arbeit auf neue Sympathien stoße. Kaum betrete ich das Lehrerzimmer, da gesellen sich Mutter Natur und der schlipstragende Biologielehrer zu mir, um ihren Hagebuttentee und die Reste ihrer Haferflockenplätzchen mit mir zu teilen.

Andere aus dem Kollegium verhalten sich ähnlich, ich bin auf einmal zum Mittelpunkt geworden. Nun ja, die, denen es schlechtgeht, werden eher gemieden, eine lebensfrohe Ausstrahlung wirkt dagegen wie ein Magnet.

Auch ein neuer Kollege, der mit seiner dunkel gerahmten Brille, in Cordhosen und Tweedjacke ein wenig an Woody Allen erinnert, sucht meine Nähe. Er scheint sogar ein bisschen verliebt zu sein und macht mir Komplimente. Wenn ich wollte, könnte ich ihn rasch erobern, aber ich bin zurzeit immun gegen andere Männer, selbst wenn sie attraktiv sein sollten.

Als heute in der großen Pause nicht nur auf dem Schulhof, sondern auch im Lehrerzimmer die Butterbrote ausgepackt werden und ich wie schon oft begehrliche Blicke aussende, stürmt die Schulsekretärin herein.

»Die Frau Tucher hat einen Sohn bekommen!«, ruft sie freudig erregt, denn sie nimmt immer leidenschaftlich am Privatleben aller Lehrer teil. »Ihr

Mann hat gerade angerufen. Unser Chef meint, ich soll für einen Frühlingsstrauß sammeln.«

Alle zücken ihr Portemonnaie; Mutter Natur kramt sogar eine Postkarte aus ihrem Jutesack, aber unsere biedere Sekretärin hält den nordamerikanischen Grizzly für unpassend. Wir unterschreiben auf einem Blatt, das sie in eine Glückwunschkarte einlegen wird.

Mich hat die Botschaft nicht bloß aufgewühlt, sondern geradezu fertiggemacht. Völlig unverdient hat Birgit geschafft, was mir wohl für immer verwehrt bleibt.

»Du bisch doch ihr beschde Freindin«, tuschelt mein Kollege Anselm Schuster. »Warum machsch a Gsicht wie Dürers Melancolia? Hat's Komplikatione bei dr Geburt gebba?«

Es fehlte bloß noch »mir kannsch des ja saga«. Ich versichere ärgerlich, dass er mein Mienenspiel falsch gedeutet habe und bestimmt alles gutgegangen sei.

»Mädle, manchmal wird mer ned schlau aus dir«, klagt Anselm kopfschüttelnd.

Wir essen jetzt mittags immer gemeinsam.

Auch Manuel hat die große Neuigkeit erfahren, die Anselm Schuster prompt rumerzählt hat. »Frau Tucher hat ihr Baby gekriegt«, erzählt er. »Ob sie bald wieder in die Schule kommt?«

»So schnell geht das bestimmt nicht«, sagt Patrick. »Ich habe aber keine Ahnung, wie es bei Lehrerinnen geregelt ist. Anja weiß so etwas besser als ich.«

Ich zucke mit den Schultern und verhalte mich einsilbig. Selbst beim Essen hat man keine Ruhe, dabei hatte ich mich auf die gefüllten Paprikaschoten gefreut.

Zwei Wochen später erhalte ich die offizielle Anzeige: Über die Geburt des kleinen Victor Augustus freuen sich die überglücklichen Eltern Birgit und Steffen Tucher. Sie haben sich viel Mühe mit der Gestaltung der Doppelkarte gegeben, die amtlichen Koordinaten – Gewicht und Größe – eingetragen sowie ein professionelles Foto eingeklebt. Selbst auf einen Fußabdruck mochten die stolzen Eltern nicht verzichten.

Das Neugeborene liegt auf einem blaugeblümten Kissen, umgeben von allerlei Plüschtieren. Vergeblich forsche ich in den winzigen Gesichtszügen nach irgendeiner Ähnlichkeit. Die Augen sind zugekniffen, den Kopf bedeckt ganz wenig Flaum, die Haut schimmert fleckig. Ist das nun Gernots oder Steffens Sohn? Er sieht eigentlich aus wie ein Alien, finde ich, und hat auch gar nichts von seiner hübschen Mutter.

»Armer Victor Augustus«, sage ich zu dem Foto. »Bei diesem Aussehen wirst du es nicht leicht haben!« Über meine Worte erschrecke ich selbst, denn ich komme mir vor wie die dreizehnte Fee, die böse Verwünschungen ausspricht.

Meine Mutter ist mir auf die Schliche gekommen. Vor einer Stunde erschien sie ohne Voranmeldung, einen gefüllten Kochtopf auf dem Rücksitz.

Wir saßen beim Mittagessen, und da sie natürlich auf meine Klingel drückte, konnte ich sie im Erdgeschoss nicht hören. Mutter hatte jedoch mein Auto erspäht, sie kannte auch meinen Stundenplan und war sich sicher, dass ich zu Hause sein musste. Da sie die ganze Strecke nicht unverrichteter Dinge zurückfahren wollte, läutete sie schließlich bei Dr. Patrick Bernat.

Manuel öffnete und führte sie mitsamt ihrem Kochtopf in die Küche, wo wir gebratenen Zander, neue Kartöffelchen und Zucchini aßen. Mit einem einzigen Blick erfasste Mutter die Lage. Patrick holte den Besucherstuhl, ich brachte einen Teller und ein Fischbesteck.

Nach dem Essen verlasse ich meine neue Familie und nehme Mutter mit nach oben in meine Wohnung.

»Das musst du mir erklären…«, beginnt sie.

Ich seufze. »Es ist genau so, wie du denkst«, sage ich. »Aber reg dich nicht auf, es geht mir endlich wieder gut.«

»Ja, ja«, sagt sie gedehnt, »ich habe längst mitgekriegt, dass du deine Lethargie überwunden hast. Ist dieser Mann inzwischen geschieden?«

Die dargestellten Familienverhältnisse gefallen ihr nicht.

»Seine Frau haust also auch mit einem verheirateten Mann zusammen? Kind, in was für Zeiten leben wir eigentlich! Und wie stellst du dir die Zukunft vor? Außerdem ist er viel zu alt für dich, er würde den Jahren nach eher zu mir passen.«

Ich reagiere gekränkt. »Mutter, er ist fast zwanzig Jahre jünger als du. Und was die Zukunft angeht, so lass das mal meine Sorge sein. Schließlich bin ich Beamtin auf Lebenszeit!«

»Und was macht er beruflich? Seiner Frisur nach würde ich auf eine brotlose Kunst tippen.«

»Er ist Chemiker, aber im Augenblick ohne Anstellung. Was willst du noch alles wissen?«

Nach meinem unausgesprochenen Vorwurf ist sie eine Weile still, steht aber schließlich auf und will gehen. Auf der Fensterbank entdeckt sie die Geburtsanzeige. Sofort vergisst sie meine gereizte Reaktion. »Nein, was für ein süßes Baby! Birgit und

Steffen – sind das nicht eure Freunde, mit denen ihr so oft in die Ferien gefahren seid? In letzter Zeit hast du gar nicht mehr von ihnen gesprochen, riss der Kontakt etwa durch eure Scheidung ab?«

»Irgendwie schon«, sage ich mürrisch.

Mutter verkneift es sich, Birgit als leuchtendes Beispiel hinzustellen, und murmelt beim Abschied nur noch: »Man kann halt nicht alles haben.«

Ob sie nun meint, dass ihr der Großmutterstatus versagt bleibt oder mir eine erneute Ehe oder gar ein Kind, ich weiß es nicht.

Nach der Korrektur von sechs der 22 Aufsätze, die sich angesammelt haben, begebe ich mich nach unten.

Patrick serviert uns einen Espresso. »Eine sympathische Mutter hast du«, sagt er freundlich. »Mein respektloser Filius hat gefragt, ob er sie Oma nennen soll.«

»Ihretwegen könnt ihr morgen mal bei mir essen«, sage ich. »Oma hat genug Paella für drei Personen mitgebracht. Oder muss es auch noch für Manuels Freund reichen?«

»Julian rangiert momentan an zweiter Stelle auf der Hitliste, doch Manuel will morgen die Nummer eins mitbringen«, sagt Patrick. »Ich bin wahnsinnig neugierig! Da seine Freundin zum ersten Mal herkommt, sollten wir vielleicht ausnahmsweise getrennt essen, was meinst du?«

Das ist mir auch recht, die Paella wird sich im Kühlschrank wohl noch bis übermorgen halten.

Zu guter Letzt übergibt mir Patrick noch einen Brief. Während ich lese, fühle ich mich scharf beobachtet. Ich verziehe zwar keine Miene, aber der Inhalt gefällt mir nicht: Mein Liebster wird von einer Potsdamer Firma zu einem Vorstellungsgespräch eingeladen. Ohne dass ich es wusste, hat er sich dort wohl beworben.

»Und wenn sie dich tatsächlich anheuern wollen?«, frage ich. »Würdest du dann von hier wegziehen?«

Patrick macht ein unentschlossenes Gesicht. »Manuel möchte es nicht. Aber was soll ich machen? In meinem Alter ist es ein Glücksfall, wenn ich überhaupt mal akzeptiert werde, was im Übrigen noch gar nicht entschieden ist. Aus der Stelle in München ist letzten Endes auch nichts geworden, obwohl ich ein gutes Gefühl hatte.«

Und was wird aus mir?, denke ich und kämpfe mit den Tränen. Doch Patrick wird unter allen Umständen seine Chance nutzen. »Vielleicht behagt mir ja das dortige Betriebsklima nicht, dann kommt es sowieso nicht in Frage«, tröstet er mich. »Aber das kann man doch nur entscheiden, wenn man sich den

Laden mal ansieht. Übrigens habe ich in diesem Zu-sammenhang eine Bitte!«

Das ist neu, denn meistens ist er für mich da.

Patrick möchte, dass ich ihm den Zopf abschneide.

»Pferdeschwanz«, verbessere ich.

»Mit diesen Zotteln kann ich doch nicht bei ei-nem Personalchef antanzen«, sagt er.

»Willst du nicht lieber zum Profi gehen?«, frage ich.

Er habe ein frühkindliches Frisör-Trauma, be-hauptet Patrick. Als seine Frau noch hier wohnte, habe ihm die Maskenbildnerin des Mannheimer Theaters regelmäßig die Haare geschnitten, aber diese treffliche Frau sei nach Stuttgart abgewandert.

In diesem Augenblick betritt Manuel die Bühne. Sein Vater verlange, dass ausgerechnet ich ihn in ei-nen schnieken Weltmann verwandle.

Als der Junge hört, worum es geht, grinst er breit. »Sieh da, der alte Hippie will seriös werden! – Anja, das machen wir hier und sofort, verlass dich auf mich! Meine Großmutter musste Patrick auch im-mer scheren, von ihr existiert noch ein Kästchen mit irren Instrumenten!«

Manuel scheint immer mehr Gefallen an diesem Projekt zu finden, Patrick immer weniger.

»Vielleicht gehe ich ausnahmsweise doch zum Frisör«, sagt er ängstlich, »wenn Anja so gar keine Erfahrung hat…«

Aber sein Sohn hat bereits die Folterinstrumente vom Speicher geholt, und wir setzen Patrick im Badezimmer auf einen herbeigerollten Drehstuhl. Ich drapiere ein Handtuch um seine Schulter und greife kühn zur Schere.

»Sollte man die Haare nicht vorher waschen?«, fragt Patrick, dem die Sache unheimlich wird.

»Ach was«, sage ich und säbele kurz entschlossen den Pferdeschwanz ab.

Manuel schließt unterdessen ein altmodisches Maschinchen, das offensichtlich noch funktioniert, ans Stromnetz. Patrick hat sich in sein Schicksal ergeben und hängt willenlos auf seinem Stuhl wie das Opferlamm auf der Schlachtbank.

Und schon fährt sein Sohn zügig mit dem summenden Rasenmäher mitten durch die Wolle und bahnt eine breite Schneise durch das graumelierte Haupthaar seines Vaters.

Entsetzt schreie ich auf, aber es ist zu spät.

Patrick springt hoch und besieht sich im Spiegel. »Das habt ihr aber fein eingefädelt!«, brüllt er. »Jetzt kapiere ich blöder Esel erst, worauf ich mich eingelassen habe! Damit wollt ihr nur verhindern, dass ich nach Potsdam fahre! Doch da kennt ihr mich schlecht!«

Noch nie habe ich den gutmütigen Patrick so zornig gesehen. Er reißt Manuel die Mähmaschine aus der Hand und fährt damit wie ein Besessener kreuz und quer über seinen Schädel, so dass er nach wenigen Minuten wie ein buddhistischer Mönch aussieht.

Völlig verschüchtert, sprachlos und fasziniert schaue ich ihm zu und übernehme es am Ende, auch Patricks Hinterkopf vom Bewuchs zu befreien. Manuel hat sich schleunigst aus dem Staub gemacht.

»Jetzt musst du noch ein schwarzes Hemd und ein dunkelgraues Sakko anziehen, dann wirkst du wie ein Regisseur und machst einen progressiven Eindruck!«, schlage ich kleinlaut vor und verfolge angespannt, wie sich der Mann meiner Träume vor dem Spiegel dreht und wendet. Im Gegensatz zu natürlichen Glatzen gestandener Männer sind mir rasierte Schädel ein Greuel, und ich erinnere mich, wie sehr sich Steffen im letzten Sommer durch diese Mode zum Nachteil verändert hatte.

Patrick beruhigt sich relativ schnell. Er werde trotzdem nach Potsdam fahren, sagt er, vielleicht habe er gerade durch sein verändertes Aussehen eine größere Chance. Dann nimmt er mich in die Arme und sagt zum ersten Mal, dass er mich liebt.

»Ich werde mir schon etwas einfallen lassen«, meint er. »Sollte ich tatsächlich in Potsdam eine gutdotierte Arbeit finden, dann werde ich jedes Wochenende nach Hause kommen. Oder ich nehme euch nach der Probezeit einfach alle beide mit in den Osten!«

»Euch?«, frage ich verwundert. »Heißt das, Manuel bleibt erst einmal bei mir?«

»Wir müssen uns alles gründlich durch den Kopf gehen lassen«, sagt Patrick. »Aber man sollte den Fasan nicht verzehren, bevor er geschossen ist.«

In den vergangenen vier Monaten haben wir uns zwar leidenschaftlich geliebt, gemeinsam gegessen und im Garten gearbeitet, über Gott und die Welt diskutiert, im Chor gesungen oder uns auch still unserer Lektüre gewidmet, aber nie über die Zukunft gesprochen. Heute war es fast so weit, aber weder Patrick noch ich wagen eine Prognose, ob unser Zusammenleben weiterhin so unproblematisch und harmonisch verlaufen wird.

Neulich las ich einen Artikel über die berühmte Sängerin Isadora Bernat und verfiel ganz plötzlich in die alte Verzagtheit. »Deine Frau ist so erfolgreich, so schön, so begabt und so groß«, sagte ich, »und ich bin bloß eine kleine Lehrerin...«

»Genau das brauche ich«, sagte Patrick, »endlich eine kleine Frau! Dann ist das Unglück wenigstens überschaubar.«

14

Einen so warmen April und Mai hat es schon lange nicht gegeben. Bereits im März erfreuten uns an die hundert Tulpen, deren Zwiebeln ich im Herbst gesetzt hatte. Der Flieder in Patricks Garten duftete viel zu früh, im Augenblick blühen die Rosen üppiger denn je, überall hört man piepsige Vogelstimmchen und sieht kleine Konvois von Meisenfamilien. Die Eltern fliegen voran, die mutigen Kinder folgen, aber meistens bleibt ein ängstliches Vögelchen zurück und schreit. Die Mutter lockt und lockt, bis die ganze Truppe auf dem nächsten Baum gelandet ist. Der Frühling ist schließlich die Zeit des Brütens und Fütterns.

Patrick ist heute mit dem Wagen nach Potsdam gestartet. Da es sich um eine weite Strecke handelt, wird er im Hotel übernachten, morgen zum Vorstellungsgespräch antreten, anschließend Schloss Sanssouci besichtigen und am Nachmittag wieder heimfahren. Eigentlich wäre ich ganz gern mitgekommen, aber ich habe noch keine Ferien.

Früher bin ich mindestens zweimal im Jahr verreist, im Sommer meistens nach Frankreich, in den Oster- oder Herbstferien war jeweils eine andere europäische Stadt an der Reihe. Mit Patrick gab es noch keinen einzigen gemeinsamen Urlaub, was ich bisher nicht direkt vermisst habe. Aber sollen wir den ganzen August nur im heimischen Garten verbringen?

Über Patricks finanzielle Situation weiß ich kaum Bescheid und möchte auch nicht taktlos danach fragen. Natürlich hat er durch mich eine regelmäßige Mieteinnahme, selbstverständlich zahle ich fürs Essen oder kaufe ein, was dafür benötigt wird. Aber ich weiß nicht genau, ob und wie ihn seine Frau unterstützt, ob er Vermögen besitzt, wie es mit seiner Altersversorgung aussieht, ob er eisern sparen muss und ob eine längere Reise überhaupt möglich ist. Auf keinen Fall will ich ihn mit einer Einladung demütigen, obwohl die Pfingstferien anstehen und ich für mein Leben gern nach Sevilla fliegen würde. Ich könnte es mir ohne weiteres leisten, schließlich habe ich Kollegen, die vom gleichen Gehalt eine fünfköpfige Familie ernähren müssen.

Ganz abgesehen davon gibt es ja noch Manuel, von dessen Urlaubsplänen wir abhängig sind. Doch der Junge wird im Sommer sechzehn, hat er überhaupt noch Interesse an Angelferien mit Papa?

Heute habe ich gekocht. Als höflicher Mensch lobte Manuel meine Spiegeleier und den Tiefkühlspinat und schwang sich gleich danach aufs Mofa. Im Gegensatz zu mir hat er an zwei Nachmittagen Unterricht, was bei dem anhaltend schönen Wetter die reinste Zumutung ist.

Auch ich habe wenig Lust auf Korrekturen, sondern fahre endlich einmal wieder mit dem Rad zum Marktplatz. Die Eissaison hat längst begonnen, und ich habe mir in diesem Jahr noch keine einzige Kugel gegönnt.

Natürlich ist unter den schattigen Robinien wieder mal kein Platz mehr frei, und ich schaue mich suchend um, ob ich nicht Bekannte entdecke. Tatsächlich sitzt der neue Kollege mit Anselm Schuster an einem Bistrotischchen und guckt den hübschen Mädchen nach, die in diesem Mai schon viel braune Haut zeigen können.

Obwohl es eng wird, organisieren die Kollegen einen Stuhl, und ich kann mir endlich den begehrten Erdbeerbecher mit Vanilleeis und Sahne bestellen. Anselm und Björn, der Woody-Allen-Typ, sind allerdings schon halb im Aufbruch, denn sie wollen Tennis spielen. Björn macht mir schöne Augen und bedauert heftig, dass ich nicht eher aufgekreuzt bin. Ob ich am Donnerstagnachmittag schon etwas vorhabe?

»Bedauere, da habe ich meine Spanisch-AG«, sage

ich freundlich und werde sofort bewundert, dass ich dieser Sprache mächtig sei.

»Kaum der Rede wert«, sage ich. »Für einen Anfängerkurs reicht es so eben. Eine Handvoll Schüler aus der 10. und 11. Klasse, die mit ihren Eltern im Sommer nach Spanien fahren, wollen sich ein bisschen darauf vorbereiten. Das hat sogar meine alte Mutter getan, bevor sie Weihnachten auf Ibiza verbrachte.«

Birgit hat ja schon recht, schießt es mir durch den Kopf, man muss die Fremdsprachenkenntnisse immer wieder auffrischen, mein klägliches Spanisch habe ich seit über zehn Jahren nicht mehr angewendet.

»Unser Anja isch a Cleverle«, sagt Anselm zu Björn, »nebe dera kannsch einpacke mit deim Latein!«

Sekundenlang befürchte ich, dass sich fremde Leute auf die leer gewordenen Stühle setzen wollen, weil ich angesprochen werde: »Ist hier noch frei?«

Ich schaue auf. Vor mir steht Steffen mit einem Kinderwagen und strahlt mich an. Natürlich muss ich jetzt gute Miene zum bösen Spiel machen und das Baby bewundern. Es sieht ganz anders aus als auf dem Foto, ich überschlage, wie alt es mittlerweile sein mag.

»Wo ist Birgit?«, frage ich anstandshalber.

»Beim Zahnarzt, das dauert wahrscheinlich lange«, sagt Steffen. »Sie hat Ärger mit einem entzündeten Weisheitszahn. Übrigens – ich weiß gar nicht recht, wie ich es ausdrücken soll –, ich glaube, sie würde sich wahnsinnig freuen, wenn du sie mal besuchen kämest. Ihr seid doch Kolleginnen und eigentlich auch Freundinnen, sie vermisst dich wirklich und hat sich schon den Kopf darüber zerbrochen, warum du dich so zurückgezogen hast…«

Er stockt, sieht mein verschlossenes Gesicht und wechselt lieber das Thema: »Und was sagst du zu unserem Prachtkind?«

Dabei habe ich gerade schon »ist der aber süß« gesäuselt, aber das war wohl nicht enthusiastisch genug. »Hinreißend, ganz die Mama«, behaupte ich also aufs Geratewohl.

Steffen schüttelt den Kopf. »Das siehst du falsch«, findet er. »Alle sagen, dass er mir wie aus dem Gesicht geschnitten ist.«

Nun betrachte ich das kleine Wesen etwas aufmerksamer. Es hat tiefbraune Augen und fast schwarze Haare, die es ja nicht vom strohblonden Steffen und der kastanienbraunen Birgit haben kann. Ich mache den stolzen Vater darauf aufmerksam.

»Augen- und Haarfarbe können sich noch ändern«, belehrt er mich. »Aber schau doch mal! Mein Mund, meine Nase, meine Kopfform!«

Auch das stimmt nicht. Steffen hat einen viel größeren Mund und einen länglichen Schädel, das Baby einen kugelrunden. Ich ärgere mich über seine Verstocktheit und reagiere gereizt. »Das ist niemals dein Kind«, sage ich, »das sieht doch ein Einäugiger ohne Brille! Außerdem habe ich es schon längst befürchtet!«

Steffen starrt mich fassungslos an. »Anja, weißt du überhaupt, was du mit solchen Worten anrichtest? Deine Zweifel hatten mir schon schwer zu schaffen gemacht, nun war ich endlich darüber hinweg, da fängst du schon wieder damit an. Wenn ich ganz ehrlich bin, frage ich mich ja manchmal selbst, ob es wirklich mein Sohn ist…«

Mir tut er jetzt ein bisschen leid, ich hätte – verdammt noch mal – meinen vorlauten Mund halten sollen. »Nimm mein dummes Geschwätz nicht so ernst«, sage ich versöhnlich. »Es ist bestimmt dein Kind, ich kenne mich mit Babys nun mal nicht aus. Aber um deine Zweifel ein für allemal aus der Welt zu räumen, solltest du einen Vaterschaftstest machen lassen. Dann ist endlich Ruhe im Karton.«

Er überlegt. »Und wie soll ich das anstellen, ohne dass Birgit etwas davon merkt? Ich würde sie mit meinem Verdacht ja wahnsinnig kränken!«

»Ist doch ganz einfach«, sage ich. »Man schickt eine Probe von Vater, Mutter und Kind an ein mo-

lekularbiologisches Labor und bekommt im Handumdrehen Bescheid. Davon braucht Birgit überhaupt nichts zu erfahren. Soweit mir bekannt ist, genügen ein Abstrich der Mundschleimhaut oder ein
Schnuller, eine Zahnbürste oder ein paar Haare. Die
Sicherheit der DNA-Analyse soll 99% betragen, da
gibt es keine quälende Ungewissheit mehr.«

»Aber wie kommt man ganz diskret an eine solche Adresse?«, fragt Steffen, und ich verweise aufs
Internet.

Mit einem Ruck steht er plötzlich auf und behauptet, es seien bloß theoretische Überlegungen
gewesen. Im Grunde sei er sich völlig sicher, dass es
sich um sein eigen Fleisch und Blut handele. Und
nichts auf der Welt liebe er mehr als seinen kleinen
Victor.

Mit schlechtem Gewissen radle ich nach Hause. Ich
weiß genau, warum dieses Baby so und nicht anders
heißt: weil nämlich seine Mutter eine Seminararbeit
über Victor Hugo geschrieben hatte. Und der zweite Name wurde offenbar von Steffen beigesteuert,
dessen Großvater Augustus Tucher im badischen
Landwirtschaftsministerium Karriere gemacht hatte. Aber etwas ist und bleibt mir schleierhaft – warum hat der feige Steffen seine Frau noch nie darauf
angesprochen, dass sie ein Verhältnis mit Gernot

hatte? Schließlich haben wir doch gemeinsam Birgits Liebesbotschaft auf Gernots Anrufbeantworter abgehört.

Aus der Garage höre ich ein ohrenbetäubendes Knattern, das ich sofort richtig interpretiere. Manuel hat nicht nur seinem Vater zu einem kahlen Kopf verholfen, er frisiert auch sein neues Mofa. Ich begrüße ihn nicht, sondern setze mich mit einem Buch auf den Balkon. Eigentlich erwarte ich einen Anruf von Patrick, der seine wohlbehaltene Ankunft im Hotel bestätigen will. Benehme ich mich etwa schon wie eine klebrige Ehefrau, die von ihrem Mann ständig Rechenschaft über den jeweiligen Standort verlangt?

Als das Telefon klingelt, ist es mein neuer Verehrer Björn. »Manchmal sollte man dem Zufall ein wenig auf die Sprünge helfen«, sagt er. »Da du ja leider am Donnerstag unterrichten musst, darf ich dich vielleicht fürs Wochenende mit einem Waldspaziergang und einem gigantischen Eisbecher ködern?«

Bestimmt hat ihm Anselm verraten, dass ich seit einiger Zeit geschieden und wieder zu haben bin. »Tut mir leid, mein Freund und ich haben bereits andere Pläne«, sage ich ein wenig von oben herab und bin stolz auf meine Lüge, aber ein bisschen schade ist es trotzdem. Doch Björn soll sich nicht einbilden, dass ich es nötig hätte, auf dem Marktplatz Männer anzubaggern.

Im Übrigen hätte Patrick wohl kaum etwas gegen ein Treffen mit einem Kollegen einzuwenden. Aber warum ruft er mich nicht an? Wo treibt er sich jetzt am Abend noch in Potsdam herum? Langsam dämmert es mir, dass ich grundlos misstrauisch bin. Daran ist Gernot schuld, sage ich mir. Ich muss mir Mühe geben, meine Altlasten nicht auf den neuen Partner zu übertragen.

Als ich es schon nicht mehr erwarte, meldet Patrick sich doch noch: Er sei in einen Stau geraten und jetzt erst todmüde im Hotel gelandet. Als Erstes werde er sich morgen eine Mütze kaufen, denn hier sei es kälter als bei uns, und er friere am Kopf.

»Mein armer kahler Liebling«, sage ich, »schlaf gut nach diesen Strapazen! Und ich drücke dir die Daumen, dass es mit der Anstellung klappt!«

»Dein Mitleid wärmt mir zwar nicht den Kopf, aber immerhin das Herz. Doch das Daumendrücken nehme ich dir nicht ab«, sagt Patrick und hat damit irgendwie recht.

Trotz meiner Vorbehalte hatte ich – zum ersten Mal – für Patricks Vorstellungsgespräch ein Hemd gebügelt. Wie würde er sich wohl verhalten, wenn man mich in eine andere Stadt versetzte?

Patrick hat noch eine Bitte. Er habe nicht daran gedacht, die braune Tonne mit Bioabfall an den Straßenrand zu stellen, wahrscheinlich habe Manuel auch vergessen, dass morgen früh die Müllabfuhr anrücke. Ob ich dem Jungen rasch Bescheid geben könne, falls er noch nicht schlafe.

Es ist halb zehn, Manuel wird noch längst nicht im Bett liegen, ich nehme an, er ist gar nicht zu Hause. Mit der Mülltonne werde ich auch ohne männliche Hilfe fertig, schließlich hat sie zwei Räder.

Seit Patrick und ich ein Paar sind, schließen wir unsere Wohnungen nicht mehr ab, sondern bloß die Haustür. Als ich unten ankomme, sehe ich Licht im Flur und höre heftiges Debattieren. Manuel und Julian sitzen am Küchentisch mit Weingläsern und -flasche sowie einem Aschenbecher und reden sich die Köpfe heiß. Ich übersehe Nikotin und Alkohol, richte Patricks Auftrag aus und frage, worüber sie sich so aufregen.

»Wie immer über die Globalisierung«, sagt Julian, »oder besser gesagt, über ihre verheerenden sozialen Folgen. Wir sind uns nicht einig, ob man bei Demonstrationen Gegenstände demolieren darf, Gewalt gegen Personen lehnen wir aber beide ab.«

»Wie bitte? Wollt ihr wieder mal die Schule in die Luft jagen?«

Die beiden sehen mich sprachlos an, dann sprudelt Julian empört heraus: »Wenn Sie denken, wir waren das mit der Bombendrohung, dann können Sie mir leidtun, Frau Reinold! Genau das Gegenteil ist der Fall! Manuel und ich denken darüber nach, wie eine bessere Friedenspolitik aussehen müsste.«

Auch Manuel runzelt finster die Stirn. »Anja, das mit der Bombe war nicht witzig. Uns geht es um einen ernsthaften Konflikt. Zum Beispiel wurde der indische Markt durch billige Milchpulver-Importe aus den EU-Staaten weitgehend zerstört. Aber Indien ist ein traditionell gewaltfreies Land, sollte man die dortigen Bauern nicht dennoch zum Widerstand ermutigen?«

Ich hole mir ein Senfglas aus dem Küchenregal, schenke mir Rotwein ein und betrachte meine agitierenden Schüler. Der Flaum auf ihren Oberlippen hat sich zu rührenden Bärtchen entwickelt, Julians Altstimme ist zum Tenor mutiert. Ob ich ihn für den Chor anwerben könnte?

»Du nimmst uns nicht ernst, Anja«, klagt Manuel. »Weißt du überhaupt, dass die Wirtschaftshilfe für Afrika nur dazu dient, um dort Geschäfte für die USA anzukurbeln? Man kennt die ganze Misere und tut nichts dagegen, Julians Oma ist eine der wenigen, die sich traut!«

Beschämt von den jungen Idealisten senke ich den

Kopf; sie haben durchaus recht, ich interessiere mich leider mehr dafür, ob Patrick die Stelle in Potsdam bekommt, als für den Klimawandel. »Was sagt denn dein Vater zu diesen Problemen?«, frage ich Manuel.

Er zuckt mit den Achseln. »Patrick ist zwar prinzipiell auf unserer Seite; ich habe ihn auch dazu überredet, den Müll zu trennen und Energie zu sparen. Aber mein Vater ist viel zu lasch, um mal richtig auf den Tisch zu hauen!«

Die Rotweinflasche ist leer, jetzt sollte ich mal auf den Tisch hauen. »Julian, wie kommst du überhaupt nach Hause? Soll ich dich fahren?«

»Sie haben getrunken«, stellt Julian fest. »Wollen Sie Ihren Führerschein verlieren? Ich bleibe hier, Patricks Bett ist ja frei.«

»Na dann, gute Nacht«, sage ich und verlasse die beiden Weltverbesserer. Wenn es meine Kinder wären, fiele es mir sicherlich schwer, die Gratwanderung zwischen Verständnis und konsequenter Einhaltung von Regeln zu meistern. Die beiden Jugendlichen sind keine Dummköpfe, sollten sich aber auch nicht in Hitzköpfe verwandeln. Auch meine Kollegen stehen den brennenden Fragen unserer Schüler meist hilflos gegenüber und überlassen aus Bequemlichkeit die Suche nach einer Lösung den Politikern.

Und noch etwas lässt mich nicht einschlafen: Soll ich Patrick erzählen, dass sein Sohn heimlich raucht und trinkt, oder weiß er es längst und hat nichts dagegen? In diesem Alter hatte ich es übrigens auch ausprobiert, aber nach der ersten Zigarette wurde mir so schlecht, dass ich auf weitere Versuche verzichtete.

Kurz vor dem Einschlafen muss ich noch ein bisschen kichern, denn der Naturschützer Manuel wünschte sich sehnlich ein stinkendes Mofa und bekam es auch. Und als er mich beim Autokauf beriet, interessierte er sich kaum für Umweltfreundlichkeit und Spritverbrauch, sondern eher für Tempo, Preis und Design.

15

Diesen schrecklichen Juniabend, an dem es gegen zehn Uhr bei mir Sturm läutete, werde ich mein Leben lang nicht vergessen. Patrick hatte an diesem Tag eine Zusage aus Potsdam bekommen, über die er gründlich nachdenken wollte. Nicht alle Konditionen entsprachen seinen Vorstellungen, vor allem nicht das Gehalt. Aber anstatt mit mir das Für und Wider durchzusprechen, hatte er sich in sein Arbeitszimmer verzogen.

Wer konnte so spät noch etwas von mir wollen? Bestimmt keine Schüler. Etwas verunsichert drückte ich auf den Türöffner und wartete. Von unten schallte markerschütterndes Geschrei herauf, dann polterten Schritte. Steffen stürmte die Treppe herauf, pflanzte sich vor mir auf, reichte mir sein brüllendes Baby und herrschte mich an: »Wo ist Gernot?«

Ganz verdattert presste ich das sich sträubende Kind heftig an mich, damit es mir ja nicht entglitt. Von meinem geschiedenen Mann hatte ich seit langem nichts mehr gehört, wusste nicht, ob er verreist, bei einer neuen Freundin oder im Kino war. Erschrocken über Steffens Erregung, versuchte ich die Situation zu entschärfen und scherzte: »Kannst gern nachschauen, ob sich Gernot bei mir verkrochen hat!«

Aber für flapsige Sprüche war nicht der Moment. Steffen war völlig durchgedreht. Und es dauerte ein paar Sekunden, bis er überhaupt zu einer gestotterten Erklärung fähig war.

Zu meinem Entsetzen erfuhr ich, dass er heute das Ergebnis des Vaterschaftstests erhalten habe. Er wollte das Kuckucksei sofort bei seinem hinterhältigen Erzeuger abliefern, aber der habe sich wohl aus dem Staub gemacht.

»Und was sagt Birgit dazu? Und wo ist sie überhaupt?«, fragte ich, und mir wurde plötzlich ganz schlecht, weil ich Blutflecken an Steffens Hemd entdeckte.

Der kleine Victor schrie sich weiterhin die Lunge aus dem Hals.

»Sie ist weg! Ich habe sie geschlagen, sie ist abgehauen! Mein Gott, Anja, ich muss sie suchen, sie tut sich womöglich etwas an...«

Nach diesen Worten raste er die Treppe wieder hinunter, und ich blieb fassungslos mit dem Säugling zurück, der sich jetzt erst recht nicht mehr beruhigen konnte. Tränen rollten ihm über die Wangen, und das zornige Protestgebrüll direkt an meinem Ohr war kaum auszuhalten. Ich stand regungslos auf der Schwelle, versteinert wie Lots Weib. Da hatte also mein Mann meiner Kollegin tatsächlich ein Kind gemacht, und ausgerechnet ich sollte mich jetzt darum kümmern!

In meiner Not lief ich mit Victor auf dem Arm zu Patrick hinunter. Aufgeschreckt durch den Lärm war er bereits aus seiner Höhle hervorgekommen.

Wahrscheinlich verstand er nur die Hälfte, als ich ihm völlig hysterisch die Sachlage erklären wollte. »Was soll ich jetzt machen?«, fragte ich und musste weinen.

»Die Polizei anrufen«, sagte Patrick. »Die Sache stinkt doch gen Himmel! Eine Mutter lässt ihr Kind nicht im Stich.«

»Birgit hat wahrscheinlich einen Schock. Vielleicht besinnt sie sich ja und ist schon wieder auf dem Weg nach Hause. Wenn ich Steffen jetzt die Polizei auf den Hals hetze, rastet er endgültig aus!«

»Gib mir mal das Kleine«, sagte Patrick, »es hat offensichtlich Hunger. Weißt du zufällig, ob es gestillt wird?«

»Keine Ahnung«, sagte ich ratlos und beobachtete verwundert, wie sich der aufgebrachte Victor ein wenig besänftigen ließ. Als erfahrener Papa wiegte Patrick das Baby sanft hin und her und sprach mit leiser Stimme auf es ein.

Ich versuchte unterdessen vergeblich, Steffen oder Birgit telefonisch zu erreichen. »Dieses Gebrüll hätte ich keine fünf Minuten länger ertragen! Wo kriegen wir jetzt eine Milchflasche her?«, fragte ich. »Irgendwie sind wir doch verantwortlich!«

»Pass auf«, sagte Patrick, »ich erkundige mich, welche Apotheke Nachtdienst hat. Dann fahre ich los und besorge ein Fläschchen, Pampers und Milchpulver. Kannst du mir in etwa sagen, wie alt das Kind ist? Und traust du dir zu, eine Weile mit ihm allein zu bleiben?«

Das Alter war mir immerhin bekannt. Als wir die Haustür knarren hörten, hatte ich sekundenlang die trügerische Hoffnung, es wäre Steffen mit der reuigen Birgit im Schlepptau, dabei hatten sie doch gar keinen Schlüssel.

Manuel trat ein, sah seinen Vater und mich mit einem Säugling in der Küche stehen und riss die Augen auf. »Wo habt ihr den denn her?«, fragte er.

»Du kommst wieder reichlich spät«, fuhr Patrick ihn an. »Frag nicht so dumm, sondern hol den alten Waschkorb vom Speicher. Anja, du könntest schon mal Wasser aufsetzen!«

Obwohl wir alle drei im Grunde ziemlich erschlagen waren, entwickelte sich hektische Betriebsamkeit. Patrick sauste mit dem Wagen davon, ich versuchte, den kleinen Victor durch Gesang zu trösten, Manuel schleppte den Waschkorb herbei und polsterte ihn mit einem Kopfkissen aus.

»Wo hast du das Baby gefunden, auf dem Schulklo? Wollt ihr das Kind adoptieren?«, fragte er, und ich erklärte ihm, dass es sich um Birgits Söhnchen handele, das sich nur vorübergehend in unserer Obhut befinde.

»Sie wird es bald wieder abholen«, versicherte ich, ohne die näheren Umstände zu erklären.

»Ich erinnere mich noch genau an den Tag, als meine kleine Schwester geboren wurde«, sagte Manuel. »Ich war völlig hin und weg. Aber Leno war ein braves Mädchen, nicht so ein Schreihals wie dieses Baby.«

»Unter diesen Umständen würdest du wahrscheinlich genauso schreien«, sagte ich entschuldigend. »Es sammelt anscheinend gerade Kraft, um gleich wieder loszulegen. Sieh nur, es schaut uns richtig grimmig an!«

Manuel wischte dem kleinen Kerl ein Kullertränchen ab und steckte ihm probeweise einen Finger in den Mund, was aber nur zu einem neuen Wutausbruch führte.

Schließlich kam Patrick zurück, kochte Flasche und Sauger aus, rührte das gelbliche Pulver an, füllte es in die Milchflasche und stellte sie zum schnelleren Abkühlen in einen Topf mit kaltem Wasser. Gleichzeitig zeigte er mir, wie ich die Windel zu wechseln hatte.

Fasziniert sahen Manuel und ich zu, wie er dem Kleinen endlich die Flasche gab. Victor schien nicht auf die Mutterbrust fixiert zu sein, denn er akzeptierte den Ersatz. Es funktionierte zwar für meine Begriffe mehr schlecht als recht, aber schließlich hatte das Baby doch so viel zu sich genommen, dass es in einen erschöpften Schlaf fiel.

Patrick bettete das Findelkind in den Waschkorb, deckte es mit einem Frotteetuch zu und meinte: »Geh endlich ins Bett, Manuel, und du auch, Anja! Ich nehme ihn zu mir ins Schlafzimmer, schließlich musst du früher aufstehen als ich. Falls deine Freunde heute Nacht noch anrufen oder hier aufkreuzen sollten, kannst du mir ja Bescheid geben.«

Ich versuchte noch ein letztes Mal, einen Kontakt mit Steffen oder Birgit herzustellen. Dann machte ich dankbar von Patricks Angebot Gebrauch, aber geschlafen habe ich in dieser Nacht fast gar nicht. Ich fühlte mich schuldig, ja ich hasste mich geradezu. Dieser verfluchte Vaterschaftstest war meine

Idee gewesen, jetzt hatten wir den Salat. Abgesehen von meinen Gewissensbissen hatte ich aber auch schreckliche Angst. Gern wäre ich zu Patrick unter die Bettdecke gekrochen, aber dann hätte ich mein Telefon nicht hören können. Und ich hoffte nichts sehnlicher, als dass sich Birgit bald melden würde.

Nachdem ich gerade doch noch eingenickt war, wurde ich erneut hellwach. Es war vier Uhr in der Frühe, und von unten hörte ich schon wieder das Gebrüll. Patricks Haus ist solide gebaut, aber dieser durchdringende Katzenschrei weckte Tote. Manchmal las man in der Zeitung von Eltern, die durch ein anhaltend brüllendes Baby derart die Nerven verloren, dass sie es für immer zum Schweigen brachten. So schrecklich das ist, irgendwie brachte ich ein gewisses Verständnis dafür auf. Die Natur hat diese Winzlinge mit einem Organ ausgestattet, das einen hilflosen Erwachsenen in den Wahnsinn treiben kann.

Doch es wurde wieder still, weil Patrick anscheinend ein neues Fläschchen zubereitet hatte. Mit meinem Schlaf war es jedoch endgültig vorbei, ich quälte mich mit finsteren Gedanken. Wenn Steffen schon seine Frau blutig geschlagen hatte, was mochte er dann erst mit Gernot vorhaben? Ich musste ihn warnen, bevor ihm der rasende Hahnrei an die Kehle ging. Obwohl sich meine Wut auf meinen Exmann, der den ganzen Schlamassel angerichtet hatte, zusehends steigerte, wünschte ich ihn bloß zur Hölle und nicht ins Krankenhaus. Immerhin verdankte er mir ein paar bleibende Brandnarben, das sollte genügen.

Schon früh um sieben rief ich bei Gernot an, ich wusste ja genau, wann er aufstand.

Um halb acht versuchte ich es erneut und sprach eine verzagte Botschaft auf den Anrufbeantworter: »Hier ist Anja. Bitte melde dich sofort, ich möchte den Grund nicht am Telefon sagen, aber es ist dringend. Und falls Steffen bei dir auftauchen sollte, öffne auf keinen Fall die Tür, lass ihn nicht rein!«

Dann trabte ich hinunter zu Patrick, der relativ entspannt bei einer Tasse Kaffee saß und die Zeitung las. Manuel schien noch im Bett zu liegen.

»Wie war die Nacht? Soll ich der Schulsekretärin sagen, dass ich krank bin? Schläft das Kind?«, fragte ich atemlos.

»Reg dich nicht so auf«, sagte Patrick, »der Kleine pennt. Geh ruhig in die Schule, nimm aber das Handy mit, damit ich dich erreichen kann. Ich postiere mich mitsamt dem Bambino in deiner Wohnung, damit ich das Telefon höre. Aber was sind das nur für Eltern, die ihr Baby einfach aussetzen! Ich habe diese Birgit Tucher kennengelernt, als ich Manuel zur Nachhilfe anmeldete. So etwas hätte ich ihr niemals zugetraut!«

Ich küsste Patrick und machte, dass ich in die Schule kam. Hoffentlich merkte der Gecko nicht, dass es bereits fünf nach acht war. Wahrscheinlich habe ich nie einen schlechteren Unterricht gehalten als an jenem Tag. In allen noch so kurzen Pausen versuchte ich, Birgit oder Steffen zu erreichen; bei Gernot meldete sich auch niemand.

Meine Kollegen unterhielten sich in der großen Pause über den geplanten Betriebsausflug. Es war mir völlig egal, ob die Sportlehrer das Hambacher Schloss mit einem 15 km langen Rundweg oder das Felsenmeer im Lautertal für geeigneter hielten. Nachdem ich ein Rosinenbrötchen erschnorrt hatte, sprach ich per Handy mit Patrick, der anscheinend ganz gut mit dem kleinen Victor zurechtkam.

»Anja, könntest du auf dem Heimweg schnell noch zwei Strampelanzüge besorgen, der Kleine hat sich vollgesabbert und muss dringend umgezogen werden.«

Das waren völlig neue Aufgaben für mich. Bei einem eigenen Kind hätte es mir natürlich große Freude gemacht, etwas Niedliches auszusuchen. Aber lohnte es sich überhaupt bei Victor, der wahrscheinlich jede Menge Babykleidung besaß?

Bevor ich das Kaufhaus aufsuchte, fuhr ich an meinem ehemaligen Häuschen vorbei. Um diese Zeit war Gernot normalerweise bei der Arbeit, sein Wagen parkte erwartungsgemäß nicht am Straßenrand. Leider hatte ich den Schlüssel nicht dabei, sonst hätte ich rasch nach dem Rechten geschaut. Es konnte immerhin sein, dass mein Exmann bewusstlos auf den Fliesen lag. Als nächste Station steuerte ich Steffens und Birgits Wohnung an, dort herrschte ebenfalls Totenstille.

Erst zu Hause kam ich auf die Idee, im jeweiligen Büro der verschwundenen Männer anzurufen. Gernots Sekretärin gab mir bereitwillig Auskunft: Herr Reinold sei zu einer Tagung gefahren und werde erst übermorgen zurückerwartet. Bei der Bank erfuhr ich, dass Steffen sich krankgemeldet habe, mehr konnte oder wollte man mir nicht verraten.

Zu meiner Verwunderung schien es Patrick Spaß zu machen, das säuerlich riechende Baby im Waschbecken zu baden und hinterher frisch anzuziehen, fast schien es mir, als ob er ganz in seiner neuen Aufgabe aufging.

»Wenn ich es einrichten konnte, habe ich die Kinder immer versorgt«, sagte er. »Isa hatte ja abends oft einen Auftritt. Es war eine schöne Zeit für mich, an die ich gern zurückdenke. Victor ist im Übrigen alles andere als ein Kostverächter, er erinnert mich irgendwie an unsere Tochter, die sah auch wie eine rundliche Haselmaus aus und hatte ewig Appetit. Wenn die Kleinen kriegen, was sie wollen, sind sie ja meistens zufrieden und freundlich.«

Zum Ersatz für dein totes Kind kann dieses Leih-baby niemals werden, dachte ich, sagte aber nichts.

Am Nachmittag war ich mit der Fütterung an der Reihe. Als ich den Kleinen im Arm hielt und ihm das Fläschchen gab, wurde mir mit einem Mal ein bisschen warm ums Herz, gleichzeitig kämpfte ich schon wieder mit den Tränen.

»Wenn sich in den nächsten Stunden nichts tut, sollte man wirklich die Polizei benachrichtigen«, sagte Patrick. »Da stimmt doch etwas nicht! Ich habe ein ziemlich ungutes Gefühl ...«

Mir ging es genauso. Wir beschlossen zwar, noch ein wenig abzuwarten, aber nicht mehr allzu lange. Manuel hatte versprochen, in der Schule nichts von unserem Familienzuwachs auszuplaudern.

Vor meinem inneren Auge spielte sich indes ein Horrorfilm ab. Ich sah Birgit mit ihrem Wagen über die Autobahn rasen, Steffen in wilder Verfolgungs-jagd hinterher. Am Ende ein grauenhafter Zusammenstoß.

»Und wenn beide Eltern tödlich verunglückt

sind?«, fragte ich Patrick. »Was wird dann aus Victor?«

»In diesem Fall schaltet sich wohl das Jugendamt ein und sorgt für die Unterbringung bei Verwandten oder in einem Waisenhaus, gegebenenfalls auch für eine Adoption«, mutmaßte Patrick. »Aber eine solche Situation habe ich bisher genauso wenig erlebt wie du. Haben sich die Tuchers eigentlich ein Baby gewünscht, oder war es nicht willkommen?«

»Birgit war der Meinung, dass sie keine Kinder bekommen könne, daher hat sie nie verhütet. Steffen hätte gern Nachwuchs gehabt, obwohl er das nicht offen zugab. Erst gestern hat er durch einen Gentest erfahren, dass er gar nicht der Vater sein kann.«

»Ja, das hast du mir bereits erzählt. Aber wer kommt stattdessen als Erzeuger in Frage?«

Ich musste schlucken. Dann rückte ich mit der Wahrheit heraus und berichtete von Indizien, die alle auf meinen Exmann hinwiesen. Das sei wohl auch der Grund, warum Steffen das Kuckuckskind ausgerechnet mir angedreht habe.

»Sieht das Kind deinem Mann sehr ähnlich? Immerhin wäre es möglich«, überlegte Patrick, »dass Birgit den Kleinen plötzlich ablehnt, weil sie sich über die tatsächliche Vaterschaft nicht im Klaren war und jetzt Komplikationen befürchtet.«

»Ich weiß es wirklich nicht«, sagte ich, »aber als

ich sie zum ersten Mal auf ihre Schwangerschaft ansprach, machte sie keinen glücklichen Eindruck.«

»Andererseits«, meinte Patrick, »ist der Muttertrieb bei allen Säugetieren stark ausgeprägt. Ich glaube nicht, dass deine Kollegin zur Spezies der Schildkröten gehört. Jede Mutter wird ihr Baby mitnehmen, wenn sie aus irgendeinem Grund fliehen muss.«

»Du siehst das zu sehr aus biologischer Sicht«, wandte ich ein.

Wir grübelten weiter über die Lage nach und hatten immer mehr den Eindruck, dass etwas Schlimmes passiert sein musste.

»Neigte diese Birgit zu Depressionen?«, fragte Patrick, doch das konnte ich eigentlich nicht bestätigen und schloss einen Suizid aus. Eher konnte ich mir vorstellen, dass sie Gernots Tagungsort kannte und bei ihm Zuflucht gesucht hatte. Aber auch Steffen konnte bereits unterwegs sein, um Frau und Nebenbuhler gleichzeitig zur Strecke zu bringen.

Gerade als wir notierten, was wir der Polizei im Einzelnen sagen wollten, läutete das Telefon. Es war Steffen, der hektisch auf mich einredete.

»Ich habe Birgit bisher nicht gefunden, sie ist weder bei ihrer Verwandtschaft noch bei Freunden. Vielleicht will sie nach Frankreich fahren. Anja, ist es zu viel verlangt, wenn du das Kind noch einen weiteren Tag versorgst?«

»Du musst sofort eine Vermisstenanzeige aufgeben…«, riet ich. Das habe er bereits getan, sagte Steffen. Und ob ich wirklich nicht wisse, wo Gernot sich aufhalte.

»Seine Sekretärin hat mir gesagt, dass er auf einer Tagung ist. Er kommt erst in einer Woche zurück«, log ich. »Hatte Birgit ihren Ausweis und genügend Geld dabei? Sie ist doch sicher mit dem Wagen unterwegs, vielleicht gab es ja einen Unfall…«

»Das wird die Polizei schon herauskriegen«, sagte Steffen düster. »Ich werde auch eine Suchmeldung über das Autoradio veranlassen. Und vielen Dank, dass du dich um den Kleinen kümmerst. Er kann ja nichts dafür.«

Ich sagte zu Patrick: »Wie Steffen sich das denkt, ist mir schleierhaft. Er weiß schließlich genau, dass ich einen Beruf habe und nicht Tag und Nacht für Birgits Baby sorgen kann. Ohne dich wäre es völlig unmöglich, und ich bezweifle, dass ich dir das noch länger zumuten kann!«

»Doch, das kannst du«, sagte Patrick und lächelte.

Allerhand Gedanken schossen mir durch den Kopf: Gerade lernte ich Patrick von einer neuen Seite kennen. Über den Tod seiner kleinen Tochter sprach er fast nie, aber ich ahnte, dass die Wunde längst noch nicht abgeheilt war. Nun bekam er plötzlich ein fremdes Kind anvertraut, hing viel zu schnell sein Herz daran und musste es demnächst wieder herausrücken. Ganz zaghaft keimte in mir die Hoffnung, dass mein größter Wunsch doch noch in Erfüllung gehen könnte. Wenn Patricks Brutpflegetrieb durch den kleinen Victor angeregt wurde, bekam ich vielleicht noch eine Chance, bevor mein Verfallsdatum abgelaufen war.

Auf einmal betrachtete ich Victors Anwesenheit mit anderen Augen, ja hielt sie sogar für ein gutes Omen.

16

Bereits am nächsten Tag rief Gernot an. Ich hatte mein tägliches Unterrichtspensum gerade beendet und zum Abschluss noch drei Schüler zur Schnecke gemacht, die auf dem Flur eine Coladose herumkickten. Nun wollte ich eigentlich meine Ruhe und mit Patrick und Manuel zu Mittag essen. Über diese neuen Gewohnheiten war mein Exmann natürlich nicht informiert.

»Ich dachte, du kommst erst morgen von deiner Tagung zurück...«, sagte ich und überlegte fieberhaft, wie ich ihm alles erklären sollte.

»Morgen muss ich wieder ins Büro«, sagte Gernot, »ich war ein paar Tage in Berlin und bin erst vor zwei Stunden in Frankfurt gelandet. Wo drückt denn der Schuh?«

Wie sollte ich ihm die komplizierte Sachlage erklären? Um aus lauter Befangenheit keine Fehler zu begehen, bat ich ihn um einen Besuch.

»Bin in fünf Minuten bei dir«, sagte er, »wenn du Hilfe brauchst, kannst du dich immer auf mich verlassen.«

Viel eher wird er Hilfe brauchen, schien mir. Nach kurzem Abwägen hatte ich mir eine Taktik zurechtgelegt. Ich sagte rasch Patrick Bescheid, trug den schlafenden Victor nach oben und wartete. Gernot traf tatsächlich bald ein und setzte sich laut niesend auf die Récamière.

»Leider bin ich grauenhaft erkältet«, sagte er und schneuzte sich ausgiebig. »Die Klimaanlagen in Hotels und Flugzeugen sind mir noch nie bekommen. Aber nun raus damit! Was hast du auf dem Herzen?«

Er blickte mich erwartungsvoll an, ich wies wortlos mit dem Finger auf den Waschkorb in der Ecke. Gernot wurde neugierig, stand auf und sah hinein. Victor verhielt sich vorbildlich. Seitdem er regelmäßig sein Fläschchen bekam, war er ein friedliches Baby.

»Da liegt es, das Kindlein, auf Heu und auf Stroh!«, sang ich.

Gernots Gesicht verzog sich zu einem einzigen Fragezeichen. »Was soll das?«, sagte er.

»Das ist dein Sohn«, sagte ich nicht ohne Pathos.

Er starrte mich ein paar Minuten fassungslos an, dann schüttelte er vehement den Kopf. »Quatsch, ich habe keine Kinder.«

»Das Leben hält immer wieder eine Überraschung für uns bereit«, sagte ich. »Hör mir jetzt mal gut zu: Wie du bereits weißt, bekam Birgit im April ein Baby, es handelt sich um diesen kleinen Moses im Binsenkorb. – Inzwischen hat Steffen aber durch einen Gentest erfahren, dass er nicht der Vater sein kann. Also nützt es gar nichts, wenn du dich dumm stellst.«

Gernot schwieg eine Zeitlang, setzte zum Sprechen an, war wieder still.

Endlich begann er: »Anja, ich muss dir etwas beichten. Vielleicht hätten wir schon längst darüber sprechen sollen, aber du bist ja einfach abgetaucht und hast mir keine Chance gegeben.«

»Bitte sehr«, sagte ich, »die Chance hast du jetzt.«

Er tat sich schwer. »An jenem Tag, an dem du mich mit dieser Frau erwischt hast, erfuhr ich den Befund eines erneuten Spermiogramms. Im Vergleich zu früheren Untersuchungen war die Zahl der beweglichen Samenzellen drastisch abgesunken. Die Wahrscheinlichkeit, auf natürlichem Weg ein Kind zu zeugen, gleicht inzwischen einem Lottogewinn mit sechs Richtigen. Der Urologe empfahl eine In-vitro-Fertilisation, durch die viele Paare mit Kinderwunsch doch noch Nachwuchs bekämen. – Wie du dir denken kannst, war ich völlig durcheinander und ziemlich verzweifelt.«

»Und vor lauter Verzweiflung hast du dir ein Flittchen geschnappt«, sagte ich.

Sichtlich verärgert stampfte Gernot mit dem Fuß auf. »Du kannst offensichtlich niemals verzeihen. Und verstehen wirst du mich sowieso nicht! Es ist alles viel beschissener gelaufen, als du dir vorstellen kannst.«

»Inwiefern?«

»Im Büro hatten wir eine Praktikantin mit dem Spitznamen ›die Zecke‹. Sie hat sich der Reihe nach an jedem männlichen Kollegen festgebissen. Bei mir hatte sie bis dahin keinen Erfolg. An jenem Abend hätte ich unbedingt mit dir über die Möglichkeit einer künstlichen Befruchtung reden wollen, aber ich wusste ja, dass du bei der Chorprobe warst. Die Zecke lauerte bereits auf dem Büroparkplatz und sprang mich an.« Seine Nase lief, Gernot schluchzte, er tat sich sehr leid.

Bei so viel Bedauern spürte selbst ich eine leichte Anwandlung von Reue. Wahrscheinlich hatte ich alles falsch gemacht, eine Schwangerschaft wäre bei einer entsprechenden Behandlung vielleicht doch zustande gekommen. Ich hatte mal gelesen, dass man in solchen Fällen die brauchbaren Spermien eines Ejakulats herausfiltern kann und in einer Petrischale auf die Eizellen der Frau loslässt. Jahrelang hatte ich mir allerdings eingebildet, unsere Kinderlosigkeit läge an mir.

»Und was war mit Birgit?«, fragte ich.

»Woher weißt du überhaupt davon? Aber wo wir schon beim Sündenbekenntnis sind«, knurrte Gernot, »ja, wir hatten tatsächlich eine kurze Affäre, doch es war von beiden Seiten her nichts Ernstes.«

»Aber bei diesem Spaß ist immerhin ein Baby herausgekommen«, sagte ich bitter und deutete auf Victor.

»Das kann gar nicht sein«, sagte Gernot. »Birgit behauptete, dass sie keine Kinder kriegen kann. Und bei mir ist die normale Machart fast ausgeschlossen.«

»Vielleicht hat sich dein Arzt geirrt, schließlich ist auch Birgit von falschen Voraussetzungen ausgegangen. Selbst Lottospieler landen gelegentlich einen Volltreffer. – Solltest du aber recht haben, wäre es dann denkbar, dass sie noch einen anderen Liebhaber hatte?«, fragte ich.

Gernot nickte. »Der Verdacht kam mir letztes Jahr, als wir gemeinsam nach Frankreich reisten; schon nach zwei Tagen wollte mich Birgit loswerden. Damit beendete sie unser Verhältnis ziemlich abrupt, den Grund habe ich nie erfahren.«

Ein großer Held im Lügen war mein Exmann nie gewesen, ich glaubte ihm beinahe. Wir sahen uns eine Weile wortlos und traurig an.

»Eines verstehe ich allerdings nicht. Warum hast du dieses Wickelkind bloß hergebracht?«, fragte

Gernot. »Nur um mich zu demütigen? Soll ich es etwa ins Steuerbüro mitnehmen? Oder sind Birgit die Mutterpflichten über den Kopf gewachsen?«

»Sie wurde bei der Polizei als vermisst gemeldet. Als Steffen das Ergebnis des Vaterschaftstests erfuhr, verlor er völlig die Nerven. Er ist anscheinend handgreiflich geworden, und Birgit ist daraufhin Hals über Kopf davongebraust. Steffen befürchtete, sie könnte sich etwas antun; bevor er sie suchen ging, wollte er den Kleinen bei dir abliefern. Zum Glück warst du nicht zu Hause, sonst hätte er dich sicherlich zusammengeschlagen.«

»Wie aufmerksam, dass du mich warnen wolltest!«, sagte Gernot ironisch. »Aber ich hätte Steffen wohl rasch davon überzeugt, dass das Kind nicht von mir sein kann.« Er beugte sich noch einmal über den Korb und fasste den Kleinen scharf ins Auge. »Ähnlich sieht mir dieser Knabe sowieso nicht!«

»Ein Vaterschaftstest deinerseits wäre wahrscheinlich die eleganteste Lösung«, überlegte ich und gab zum zweiten Mal meine Kenntnisse über Genanalysen weiter. »Ich könnte dir zum Beispiel eine gebrauchte Windel mitgeben! Abgesehen davon sollte dir der Urologe ein Attest ausstellen, damit du Steffen deine Sterilität beweisen kannst.«

»Ich denke gar nicht daran«, sagte Gernot erbost. »Du tust auf einmal so, als säße ich auf der Anklagebank! Außerdem hätte Birgit mir gegenüber mit Sicherheit eine Andeutung gemacht, wenn sie mich als möglichen Vater in Betracht gezogen hätte.«

»Das glaube ich nicht. Sie hätte sich in einem solchen Fall niemandem anvertraut. Übrigens, wie war Birgit eigentlich ...«

»Du meinst wahrscheinlich, wie sie im Bett war. Ach, Anja, bist du immer noch so neugierig! Im Grunde geht dich das überhaupt nichts an, doch wenn es deinen Forschungsdrang befriedigt – es war für mich keine Offenbarung. Ich hatte immer das Gefühl, dass die hübsche Birgit letzten Endes eine enttäuschte Frau ist. Bestimmt bin ich nicht der Erste und auch nicht der Letzte, mit dem sie sich einließ.«

Das war mir schon lange klar. Aber war ihr Ehemann so naiv, dass er keine Ahnung davon hatte? Immerhin hatte er von ihrer früheren Affäre mit einem Kollegen Wind bekommen.

»Soll ich uns einen Kaffee machen?«, fragte ich, denn mir knurrte hörbar der Magen. In der Küche konnte ich mir klammheimlich ein Stück Käse einverleiben.

Der verschnupfte Gernot wollte lieber einen Tee und eine neue Packung Papiertaschentücher.

Als ich die Tassen hereingebracht hatte, griff er

nach meiner Hand und wurde sentimental. »Anja, die beste Zeit in meinem Leben habe ich mit dir verbracht. Was waren wir doch für ein gutes Team! Könntest du dir nicht vorstellen, dass wir wieder zusammenfinden? Unser Häuschen hat seine Seele verloren, der Garten verdorrt, und ich bin ein einsamer, trauriger Mann.«

…der unsere gemeinsame Freundin flachlegt und mit ihr nach Draguignan reist, dachte ich.

Immerhin wurde meine Stimmung durch Gernots Leidensbericht etwas versöhnlicher. »Ich werde es mir mal durch den Kopf gehen lassen«, sagte ich. Von Patricks Existenz wusste mein Exmann offensichtlich noch nichts, aber über kurz oder lang sollte er es erfahren.

»Wenn dieser Kleine nun unser Kind wäre«, begann er wieder, »dann könnte noch alles gut werden.«

Jetzt reichte es mir, ich empfand seine Worte als kitschig und plump. »Erstens habe ich einen neuen Freund«, platzte ich heraus, »zweitens wird dieses Würmchen hoffentlich bald von deinem Betthasen abgeholt. Der Muttertrieb ist bei allen Säugetieren stark.«

»Säugetiere?«, fragte Gernot verständnislos, trank kopfschüttelnd seinen Tee aus, verabschiedete sich betont förmlich und ließ mich mit meinem schlechten Gewissen allein. Warum war ich immer so unduldsam, so selbstgerecht, schroff und kratzbürstig?

Etwas verunsichert schleppte ich den Waschkorb samt Inhalt die Treppe hinunter. In der Küche wurde mein Essen im Backofen warm gehalten, aber ich hatte den Appetit verloren.

Patrick sah mich fragend an, ich zuckte nur mit den Schultern und strich mit der Handfläche über seinen stoppeligen Schädel.

»Könntest du nicht noch einmal versuchen, diesen Steffen zu erreichen«, bat er. »Mit einem neuen Strampelanzug ist es nicht getan. Wir brauchen einen Schlafsack, Bodys, ein Jäckchen, Lätzchen und Hemden! Am besten auch einen Kinderwagen.«

»Ich habe es schon x-mal versucht, Steffen treibt sich irgendwo in der Welt herum. Vielleicht könnte man für Victor ein paar Sachen ausleihen, lass mich mal überlegen, wer von meinen Schülern kleine Geschwister hat.«

Manuel war gerade hereingekommen. »Im Secondhandshop kriegt man den Kinderkram am günstigsten. Und Saras Schwesterchen ist neulich zwei geworden. Vielleicht hat ihre Mutter die Babykleidung aufbewahrt, soll ich mal fragen?«

Patrick nickte, Manuel rief seine Freundin an und machte sich dann gleich auf den Weg.

»Er ist fast jeden Tag bei seiner Sara«, sagte ich, »manchmal auch bis spät in die Nacht. Bist du sicher, dass du nicht plötzlich Opa wirst?«

»Erstens glaubt Manuel nicht mehr an den Klapperstorch, und zweitens sollte man nicht überall ein Problem sehen«, meinte Patrick. »Diese Sara hat eine vernünftige Stiefmutter. Ich möchte wetten, sie kriegt jeden Morgen die Pille neben den Kakaobecher gelegt.«

Während wir noch weiter über die Sexualität heutiger Teenager fachsimpelten, kam Manuel bereits zurück. Stolz packte er zwei Plastiktüten aus: Mützen und Jäckchen, Strampler und Bodys – alles in hell- und dunkelrosa, pink und rosarot.

»Die Farbe ist unserem Victor Augustus zum Glück egal«, meinte Patrick. »Aber Birgit wird sich wundern, wenn sie ihren Sohn als kleinen Transvestiten in Empfang nimmt.«

»Sie haben sogar noch eine Wiege«, sagte Manuel, »aber die kriege ich nicht aufs Mofa.«

Jeden Abend gab ich dem Kleinen die Flasche; wenn ich gelegentlich hochschaute, sah ich Patricks konzentrierten Blick auf mir ruhen. Er beobachtete lächelnd, ob ich alles richtig machte, wollte hoffentlich auch meine mütterlichen Fähigkeiten beurteilen.

Es ist seltsam, wie schnell man sich an ein Baby

gewöhnen kann; anfangs hatte ich Schwierigkeiten, das Produkt von Birgits und Gernots Doppelspiel ein wenig ins Herz zu schließen. Victor verstand es jedoch ausgezeichnet, sich bei mir einzuschmeicheln, bei Patrick war es ihm auf Anhieb gelungen. Selbst Manuel war inzwischen vom Kindchen-Virus infiziert und stellte sich an unserem Chorabend freiwillig als Babysitter zur Verfügung. Bestimmt hätte er gern wieder ein Geschwisterchen, dachte ich.

Als ich an jenem Abend den rosaroten Victor verließ und in die eigene Wohnung zurückkehrte, setzte ich mich nicht etwa an die dringend fällige Korrektur von 25 Testblättern, sondern an den PC. Im Internet informierte ich mich über den technischen Ablauf einer Retortenbefruchtung, die ja mit einigen Unannehmlichkeiten für die Frau verbunden ist. Falls Patrick kein Kind mit mir haben wollte – was bisher völlig offen war – , gab es immerhin noch Gernot, der mir einen Neubeginn mittels der Reproduktionsmedizin angeboten hatte. Mein Herz schlug zwar für Patrick, aber in meinem Alter musste man das Leben pragmatisch angehen und konnte sich keine Verzögerungen mehr leisten.

Ob er nun die Stelle in Potsdam annehmen wollte oder nicht, darüber schwieg sich Patrick aus; von

Steffen hörte man nichts, Gernot hatte sich leicht beleidigt von mir verabschiedet, ob Birgit etwas zugestoßen war, wusste keiner von uns. Lauter ungeklärte Probleme, die mir das Leben schwermachten.

Seufzend stellte ich die Teetassen zusammen, räumte ein wenig auf und entdeckte in der Polsterritze ein gebrauchtes Tempotuch. Gerade wollte ich es mit spitzen Fingern in den Mülleimer werfen, als ich stutzte. Was hinderte mich daran, eigene Erkundungen anzustellen? Für einen heimlichen DNA-Test hatte ich zwar kein mütterliches Material, aber es war immerhin möglich, durch Gernots Taschentuch zu einem Ergebnis zu kommen. Also stopfte ich seine eklige Hinterlassenschaft in eine Seifendose und stellte sie in den Kühlschrank. Über das Internet bestellte ich zwei Reagenzgläschen mit Wattestäbchen. Demnächst würde ich bei Victor einen Abstrich der Mundschleimhaut entnehmen und meine Sammlung an ein entsprechendes Labor schicken. Schließlich war es mein gutes Recht, mir Gewissheit über Victors Papa zu verschaffen.

Meine verzweifelten Bemühungen, wenigstens Steffens Handynummer zu ermitteln, waren leider erfolglos geblieben. Inzwischen pflegten wir den Kleinen bereits seit einer Woche.

Als meine Mutter überraschend hereinschneite,

ertappte sie mich beim Baden eines unbekannten Babys. Eine Sekunde lang starrte sie mich an wie eine Fata Morgana.

Bevor sie mir ein Loch in den Bauch fragen konnte, erklärte ich kurz und bündig, dass es ein Pflegekind und nur vorübergehend hier untergebracht sei.

Aber sie wollte alles genau wissen. »Ich würde es sofort adoptieren«, meinte sie, »es ist wirklich ein herziges Schätzchen! Könnt ihr es nicht einfach behalten?«

»Du weißt genau, dass das unmöglich ist«, sagte ich und legte dem Kind einen rosa Waschlappen auf den Kopf. »Schau mal, was für ein süßes Rotkäppchen! Du kannst dir gar nicht vorstellen, wie er geschrien hat, als er zu uns kam!«

Meine Mutter lachte. »Darf ich ihn abtrocknen?« Und beim Rubbeln schäkerte sie: »Wem siehst du eigentlich ähnlich, mein Süßer? Deiner Mama? Bestimmt wirst du mal viele Herzen brechen, mein kleiner Vittorio!«

Später verabschiedete sich meine Mutter mit den taktvollen Worten: »Deinen neuen Freund hätte ich kaum wiedererkannt – beim ersten Mal sah er aus wie ein Zottelbär, jetzt wie ein Skinhead. Wie ernst ist dir deine Liaison eigentlich, ist dieser Mensch nicht zu alt für ein eigenes Baby?«

»Denk doch mal an Picasso«, sagte ich, »der hat noch mit 68 die Paloma gezeugt. *Grey sex* beginnt erst mit 60.«

Meine Mutter macht sich bei jedem Kind Gedanken, wem es ähnlich sehen könnte, doch ich hatte mir bereits nächtelang das Hirn zermartert. An irgendjemanden erinnerte mich der Kleine. Im Geist ging ich das ganze Lehrerkollegium durch, dachte auch an gemeinsame Ferien, wo Birgit immer mit schicken Franzosen geflirtet hatte. Da gab es mal einen, der wie der jugendliche Pierre Brice aussah und vom Typ her am ehesten in Frage kam. Aber das war einige Jahre her, hatte Birgit ihn jemals wiedergesehen? Sollte sie jedoch bei ihrem Winnetou Zuflucht gesucht haben, dann hätte sie ihr Kind sicherlich mitgenommen.

Und was bedeuteten Gernots Worte, sie sei eine enttäuschte Frau? War ihre Ehe ein Debakel? Mir wäre der äußerlich so attraktive Steffen auf jeden Fall zu langweilig gewesen, vielleicht war er auch eine Niete im Bett. Zweimal hatte ich bei früheren Urlaubsreisen erlebt, dass er jähzornig werden konnte, doch in beiden Fällen handelte es sich um Lärmbelästigung durch andere Touristen, und ich war insgeheim dankbar, als er dagegen anging.

17

In letzter Zeit bin ich völlig erschöpft von meinen vielfältigen Pflichten. Auch wenn sich Patrick den Vormittag über und nachts um das Baby kümmert, bleibt noch allerhand an mir hängen. In der Schule wird mir jede zusätzliche Belastung zu viel, obwohl das Abitur nun endlich hinter uns liegt und wie durch ein Wunder alle bestanden haben. In meinem Fach lag heute der Zettel eines Kollegen: Die Schülerin Sara aus meiner Klasse schwänze häufig den Physikunterricht, ich soll der Sache nachgehen. Das nächste Ärgernis lässt nicht lange auf sich warten: Der Kopierer verweigert seinen Dienst und signalisiert Papierstau, womit ich nicht klarkomme. Und in der großen Pause habe ich heute Aufsicht, was ich hasse: Es bedeutet den Verzicht auf die Appetithappen meiner Kollegen. Immerhin habe ich Glück im Unglück: Manuel latscht über den Schulhof und schaut mich fragend durch seine kleinen Brillengläser an. »Was ist los mit dir?«

»Hunger!«, sage ich, und er teilt sofort sein Frühstücksbrot.

Patrick hat es sorgfältig geschmiert, bis an den Rand ist es dick mit Butter bestrichen, gekochter Schinken und Käse sind durch ein frisches Salatblatt voneinander getrennt. Wie angenehm wäre es, wenn mich mein Vermieter Tag für Tag mit einem Beweis seiner Fürsorge beglücken würde! Aber ungefragt wird er wohl kaum auf die Idee kommen.

Dann erfahre ich, dass Manuel leider eine Fünf in Französisch geschrieben hat. Ob ich nicht gelegentlich mal …

Ich nicke missmutig, weil das bedeutet, dass ich ihm unbezahlten Nachhilfeunterricht geben soll. Doch vielleicht könnte man mit Patrick einen Deal machen – Pausenbrot gegen Privatstunden.

Als ob das alles nicht genug ist, kommt auch zu Hause keine rechte Freude auf. Als ich Victor zur Begrüßung auf den Arm nehme, erbricht er einen Schwall säuerliche Milch auf meine Bluse, ich stinke gen Himmel. Und zum ersten Mal hat Patrick das Essen völlig versalzen.

»Das Experiment mit Natriumchlorid muss als missglückt bezeichnet werden«, bemerkt Manuel grinsend.

Nach wenigen Bissen verziehe ich mich durstig in die eigenen Räume. Wichtiger als alles andere ist jetzt ein kurzer Schlaf, denn Victor wird spätestens in einer Stunde Nachschub verlangen. Aber auch das wird mir nicht gegönnt, penetrantes Telefongeklingel scheucht mich vom Lager.

Eine Mitarbeiterin der Polizei bittet mich höflich, umgehend beim Kommissariat vorbeizukommen. Es gehe um meine ehemalige Kollegin Birgit Tucher.

»Hat man sie endlich gefunden?«, frage ich.

»Darüber darf ich Ihnen leider keine Auskunft geben«, sagt die Sekretärin. »Also, wir erwarten Sie um 15 Uhr.«

Natürlich bedeutet das nichts Gutes, mit der Ruhe ist es vorbei. Bevor ich mich Victor zuwende, muss ich mich dringend auf den morgigen Deutschunterricht vorbereiten und dann auf die Wache eilen. Wer weiß, wie lange es dauern wird. Patrick bietet sich an, meine häuslichen Pflichten bis zum Abend zu übernehmen. »Übrigens habe ich mich entschlossen, nicht nach Potsdam zu gehen«, sagt er beiläufig, und ich falle ihm um den Hals.

»Aber warum nicht?«

»Hab einfach keine Lust«, sagt er wie ein aufsässiger Schüler, der keine Hausaufgaben gemacht hat. »Inzwischen habe ich mich daran gewöhnt, den ganzen Tag in Pantoffeln herumzulaufen. Im Übrigen stehen noch die Antworten auf zwei andere Bewerbungen aus, die – geographisch gesehen – günstiger für uns wären.«

Das höre ich gern. Auf einmal ist meine schlechte Laune wie weggeblasen, und ich fahre einigermaßen gefestigt zur Polizeidienststelle.

Ich bin verwundert, dass ich direkt zur Kripo geleitet werde. Hinter einem schäbigen Schreibtisch wartet eine imposante Gestalt. Es fehlt nur die Pelzmütze, dann säße Leonid Iljitsch Breschnew leibhaftig hier. Mir wird mulmig zumute. Ganz naiv frage ich ihn, ob denn Weglaufen eine strafbare Handlung sei.

Der Kommissar lächelt. »An und für sich nicht. Vermisstenanzeigen landen jedoch grundsätzlich auf dem Schreibtisch der Kriminalpolizei. Und im Fall Birgit Tucher lässt sich außerdem ein Verbrechen nicht ausschließen.«

Dann erfahre ich, dass Steffen im Krankenhaus liegt und nach einem schweren Verkehrsunfall vorläufig nicht vernehmungsfähig ist. Da sich das verwaiste Kind der Tuchers in meiner Obhut befinde, müsse das Jugendamt eingeschaltet werden.

»Wird man mir das Baby sofort wegnehmen?«, frage ich.

Das müssten die Kollegen vom Jugendamt entscheiden, sagt der Kommissar.

Auf Grund von Steffens Vermisstenanzeige habe man routinemäßige Ermittlungen angestellt, die zu keinem Ergebnis geführt hätten. Leider habe es eine kleine Panne gegeben, und man habe erst durch einen Zufall erfahren, dass Birgit Tucher einen Säugling zurückließ. Dadurch erscheine die Sache natürlich in einem anderen Licht, und es wurde sofort eine erweiterte Personenfahndung eingeleitet.

»Hat Steffen Tucher denn die Existenz des Babys verschwiegen?«, frage ich.

»Der Mann war in denkbar schlechter Verfassung«, sagt der Beamte, und seine mächtigen Brauen bleiben in ständiger Bewegung. »Aber er hat immerhin eine Einwilligungserklärung unterschrieben, dass wir gegebenenfalls die Presse einschalten dürfen.«

Jetzt wird er amtlich, denn ich soll meine Beziehung zu den Tuchers genauestens beschreiben. Ob ich etwas über Birgits Auslandskontakte wisse, ob es in ihrem Umfeld unerklärliche Zwischenfälle gegeben habe, ob sie nach der Geburt depressiv gewirkt habe und ich mir eine Verzweiflungstat vorstellen könne.

Ich halte mich bedeckt, denn anscheinend wissen sie nicht, dass Steffen einen Vaterschaftstest machen ließ. Vielleicht wäre es meine Pflicht, dieses Problem anzusprechen, aber ich werde schließlich nicht danach gefragt. Im Übrigen ist mir nicht klar, ob Gernot ebenfalls vorgeladen wird oder bereits eine Aussage gemacht hat.

»Frau Tucher verschwand unter Zurücklassung ihrer persönlichen Habe, selbst ihre Ausweispapiere hat sie nicht eingesteckt. Das sieht nach einer Kurzschlussreaktion aus, denn Herr Tucher begründete das Verschwinden seiner Frau mit einer ehelichen Auseinandersetzung. Als gute Bekannte der Familie wissen Sie vielleicht, ob es häufig zu Differenzen zwischen den Tuchers kam? Gab es vielleicht einen anderen Mann?«

Soll ich alles sagen, was ich weiß? In jeder Ehe gebe es Krisen, sage ich, Birgit sei eine attraktive Frau mit vielen Verehrern, was dem Ehemann vielleicht Grund zur Eifersucht gegeben habe.

Und warum Herr Tucher sein Kind ausgerechnet bei mir abgeliefert habe?

Nun, ich bin eben eine langjährige Freundin, sage ich. Und Steffen konnte den Kleinen doch nicht allein lassen, als er sich auf die Suche nach seiner Frau begab.

»Können Sie eigentlich beweisen, dass Ihnen der Säugling anvertraut wurde? Es wäre immerhin denkbar, dass Sie das Baby einfach an sich genommen haben. Ihre eigene Kinderlosigkeit war doch wohl der Grund für Ihre Scheidung.«

Wie kommt dieser Mann zu einer solchen Unterstellung? Ich werde über und über rot. Werde ich etwa verdächtigt, Birgit ermordet zu haben, um mir den niedlichen Victor unter den Nagel zu reißen? Ich merke auch, dass man bereits Erkundigungen über meine Person eingezogen hat.

Zum Glück fragt der Kommissar jetzt, ob ich Näheres über Frau Tuchers Bekanntschaften in Frankreich wisse.

»Eine gute Freundin von Birgit heißt Françoise«, sage ich. »Leider kenne ich sie nicht persönlich, weiß daher auch nicht den vollen Namen und die Adresse. Sie muss in der Nähe von Draguignan zu Hause sein. – Wie haben Sie eigentlich erfahren, dass das Baby bei mir gelandet ist?«

»Von Frau Tuchers Schwester in Brüssel. Wir hatten sie angerufen und gefragt, ob Birgit möglicherweise zu ihr gefahren ist. Seit gestern macht uns diese Dame telefonisch die Hölle heiß. – Nun, ich möchte Sie nicht länger aufhalten, meine letzte Frage: Wer kümmert sich eigentlich im Augenblick um das Kind oder auch dann, wenn Sie in der Schule sind?«

»Mein Lebensgefährte«, sage ich. Dieses stolze Wort habe ich zum ersten Mal in den Mund genommen, es hört sich gut an.

Zu Hause öffnet mir Manuel die Tür, noch bevor ich den Schlüssel herausgekramt habe. Er grinst und legt den Finger an den Mund.

»Kannst du schweigen wie ein Grab? Dann zeig ich dir mal was Witziges!«

Er führt mich in seinem Zimmer direkt vor den PC. Dort bekomme ich einen Videoclip aus dem Internet vorgeführt. Der Gecko wurde heimlich per Handy gefilmt, wie er im Geschichtsunterricht eine schlafende Schülerin bombardiert. Darunter steht: »Unser Gutmensch sollte seine Kreide lieber selber fressen.«

Manuel lacht sich ins Fäustchen. Mir ist nicht zum Lachen zumute. »Wer hat denn das verbrochen?«, frage ich streng; Manuel weiß oder sagt es nicht.

»*Gutmensch* wird zunehmend pejorativ gebraucht«, sinniere ich.

Manuel schaut mich fragend an, er kennt diesen Ausdruck nicht.

»Wenn ein Begriff mit der Zeit eine schlechtere Bedeutung erhält, dann handelt es sich um eine Pejoration«, doziere ich. »Zum Beispiel hatte ich als kleines Mädchen eine *Negerpuppe*, und niemand fand etwas dabei. Heute müsste man wohl *farbige* oder *afrikanische* Puppe dazu sagen…«

Manuel hält sich im Spaß die Ohren zu.

Aus Patricks Schlafzimmer tönt Gesang. Mein braver Lebensgefährte versucht, den Kleinen mit einer

Löwe-Ballade einzulullen. Ich ziehe lautlos die Tür auf, Patrick schleicht sich heraus. »Wie war's bei den Bullen?«, flüstert er.

»Ich erzähle dir alles, sobald wir mit einem Glas Wein auf der Terrasse sitzen«, sage ich. »Aber mach dich darauf gefasst, dass sich demnächst das Jugendamt meldet.«

Patrick beeilt sich, eine Flasche aus dem Keller zu holen, und ich beginne mit meinem Bericht.

»Jugendamt! Na und?«, sagt er. »Die werden doch glücklich sein, dass es Victor so gut bei uns hat. Du hast mir aber nicht erzählt, warum Steffen in der Klinik liegt.«

»Ein Unfall. Leider habe ich vergessen, nach den Einzelheiten zu fragen. Und in welches Krankenhaus er gebracht wurde, habe ich auch nicht erfahren. Könntest du dir vorstellen, dass er absichtlich gegen einen Baum gerast ist?«

»Ich kenne ihn doch gar nicht«, sagt Patrick.

Manuel betritt die Bühne, trinkt einen Schluck aus dem Glas seines Vaters und fragt ihn: »Weißt du eigentlich, was Pejoration bedeutet?«

Patrick sieht mich hilfesuchend an. »Wahrscheinlich das Gegenteil von Melioration«, sagt er, »aber ich sehe an deinem tückischen Blick, dass du mich verarschen willst.«

Nach telefonischer Anmeldung besucht uns die Dame vom Amt für Jugend und Soziales.

»Wollen Sie den Kleinen gleich mitnehmen?«, frage ich erregt.

»Das Sorgerecht liegt zwar in solchen Fällen bei uns, aber eine Inobhutnahme ist nur bei einer dringenden Gefahr für das Wohl des Kindes erforderlich«, antwortet sie paragraphensicher. Dann inspiziert sie unseren Victor und zeigt sich hochzufrieden, denn er ist wohlgenährt, sauber und vergnügt. Sie hat absolut nichts dagegen, dass er bei uns bleibt, bis sich die Sachlage etwas klärt. »Frau Tuchers Schwester in Brüssel kann den Kleinen nicht zu sich nehmen, sie hat einen aufreibenden Beruf. Die Geschwister von Herrn Tucher zeigten sich völlig desinteressiert. Außerdem geht es dem Kind, denke ich, im Augenblick so gut, dass ich ihm eine nochmalige Ortsveränderung ungern zumuten möchte«, meint sie.

»Wir haben allerdings ein kleines Problem«, sagt Patrick. »Es wäre ja Unsinn, wenn wir für die kurze Zeit größere Anschaffungen machen müssten. Ist es vielleicht möglich, aus der elterlichen Wohnung das Bettchen, den Kinderwagen und zusätzliche Kleidung zu beschaffen? Wir haben weder einen Schlüssel noch eine Vollmacht.«

Das könne sie ganz unbürokratisch lösen, sagt die vernünftige Frau, die Polizei wolle die Wohnung der

Tuchers unter die Lupe nehmen, sie werde eine Beamtin um Hilfe bitten.

»Soll eine Hausdurchsuchung stattfinden?«, frage ich neugierig.

»Damit habe ich überhaupt nichts zu tun, und ich weiß auch nicht, ob man es so nennen soll«, sagt sie. »Aber ich könnte mir denken, dass es manchmal Hinweise gibt, ob jemand alle Brücken abgebrochen hat. Oder es findet sich so etwas wie ein Abschiedsbrief.«

»Und was wäre, wenn Birgit Tucher sich tatsächlich das Leben genommen hätte?«, frage ich.

»Dann hat der Kleine zum Glück noch seinen Vater«, sagt sie, erhebt sich und lobt uns für die vorbildliche Säuglingspflege. Und zu Patrick gewandt fügt sie hinzu: »Man merkt sofort, dass Sie Erfahrung haben.«

Als wir wieder allein sind, reichen wir uns wie Komplizen die Hände.

»Manuel wird sich bestimmt freuen«, sagt Patrick. »Der Altersunterschied zwischen ihm und Victor ist so groß, dass er gar nicht auf die Idee kommt, eifersüchtig zu sein. Übrigens hast du deine Post noch nicht aus dem Briefkasten genommen...«

Meistens sind es Rechnungen und Prospekte, die

ich erhalte; meine Freundinnen und meine Mutter rufen lieber an. Diesmal ist es ein Umschlag ohne Absender und mit dem Vermerk *Streng vertraulich*, der meine Neugierde weckt und den ich lieber in der eigenen Wohnung öffne. Es ist ein Schreiben des Labors, dem ich bereits vor geraumer Zeit einen stattlichen Betrag überweisen musste. Ich lese zuerst das Resümee: »Die Vaterschaft kann mit 100%iger Wahrscheinlichkeit ausgeschlossen werden.«

Irgendwie bin ich doch erleichtert. Es war mir stets eine unangenehme Vorstellung, ausgerechnet Gernots Söhnchen zu hätscheln und zu versorgen. Jetzt hat Victor zwar einen unbekannten Vater, aber er ist auf jeden Fall Birgits Kind. Damit kann ich ganz gut leben, ja ich verspüre sogar eine gewisse Genugtuung und außerdem ein wenig Mitleid mit meiner früheren Freundin. Sie musste sich seit Monaten mit der Ungewissheit herumquälen, von welchem Papa ihr Baby abstammen würde. Mit viel Glück konnte es ein kleiner Steffen werden, aber anscheinend hatte sie sich auch mit anderen Männern eingelassen. Mein ganzer Hass, den ich während des letzten Jahres auf Birgit entwickelt habe, verfliegt allmählich, und ich denke an die vielen Stunden, in denen wir gemeinsam gelacht und gealbert haben.

Der kleine Victor ist mittlerweile ein munteres Menschenkind mit bestem Appetit, was er sicherlich seiner Mama zu verdanken hat. Wenn er nach ausgiebigem Schlaf erwacht, fängt er nicht etwa an zu weinen, sondern wendet und betrachtet seine Händchen oder brabbelt zufrieden vor sich hin. Er fühlt sich wohl bei uns und zeigt es durch lustvolles Quietschen. Nur am ersten Abend hat er so grauenhaft geschrien, dass ich schier durchdrehte. Seither meldet er sich zwar gelegentlich mit kräftiger Stimme zu Wort, aber er ist stets im Recht: Hunger, volle Windeln und ein fälliges Bäuerchen sind die drei Probleme, die man schnell aus der Welt schaffen kann.

Bis zu den Sommerferien ist es nicht mehr lange hin; Zeugniskonferenzen, Sommerfeste und Ausflüge stehen jetzt auf dem Programm. Unsere Schüler haben zum Teil große Pläne, viele fahren mit den Eltern ins Ausland, manche werden auch zwecks Verbesserung ihrer Sprachkenntnisse ganz allein in die Fremde geschickt.

Manuel hat ein Angebot seiner Mutter erhalten, über das er nachdenkt. Während der Theaterferien ist sie als Sängerin auf einem Kreuzfahrtschiff engagiert und möchte ihren Sohn als Begleitung mitnehmen.

»Er wird sich zu Tode langweilen«, sagt Patrick, »auf einem Luxusdampfer gibt es kaum Gleichaltrige. Die meisten Passagiere sind reiche alte Säcke.«

»Aber andererseits«, gebe ich zu bedenken, »wann schippert man sonst schon die norwegische Küste entlang bis zum Nordkap? Ich ließe mich nicht zweimal bitten!«

»Dann fahr du doch mit Isa«, sagt Patrick.

Manuel hat heute nach langem Zaudern zugesagt.

»Ich fahre nur mit, um soziologische Studien zu betreiben«, behauptet er. »Sonst habe ich ja kaum die Gelegenheit, die *upper class* zu beobachten. Und sollte ich auf einer einsamen Insel stranden, dann habe ich immer noch meinen iPod.«

Patrick und ich werden also mit Victor zu Hause bleiben. Mit einem Baby hat man kaum Alternativen, aber wir beklagen uns nicht. Es gibt im Übrigen genug zu tun.

Die Sauerkirschen sind schon lange reif. Bevor die Vögel sich alles holen, haben wir – leider ohne Manuels Hilfe, der mal wieder für ein paar Stunden fort ist – zwei Körbe voll gepflückt. Patrick will Marmelade einmachen; von französischen Freunden habe ich überdies ein ausgezeichnetes Rezept für *Clafoutis*, das ich ausprobieren will.

Patrick hat Victor auf eine Patchworkdecke gebettet, die anscheinend noch von seinen eigenen Kindern stammt; ich achte darauf, dass keine direkte Sonne auf die zarte Babyhaut fällt. Dann sitzen wir nebeneinander auf der Gartenbank und spucken Kirschkerne auf den Rasen, unsere Füße sind nackt und erdig, die Fingernägel und Münder blaurot. Ein Jungvogel hüpft seinem Vater hinterher und bettelt um Würmer. Die Stimmung ist so entspannt und verträumt, dass ich mich zum ersten Mal traue, meinen Partner nach seiner kleinen Tochter zu fragen. Woran ist Lenore so früh gestorben?

»Sie hatte einen angeborenen Herzfehler«, sagt Patrick und hebt Victors Greifring auf. »Eine Operation war unbedingt nötig, sollte aber erst durchgeführt werden, wenn das Kind kräftig genug war. Wir hatten große Angst davor, denn wir kannten das hohe Risiko. Ohne Operation war die Lebenserwartung allerdings sehr gering, so dass wir vor einer schwierigen Entscheidung standen und immer neue Gründe für eine Verschiebung des Termins fanden. Gegen den Willen meiner Frau habe ich unsere Leno schließlich nach London in eine Spezialklinik gebracht, es war ihre einzige Chance. Unsere Tochter starb während des Eingriffs, und Isa konnte mir niemals verzeihen.«

18

Eine Beamtin teilt uns telefonisch mit, sie sei am Nachmittag im Haus der Tuchers anzutreffen; dort will sie persönlich dafür sorgen, dass uns alles Nötige für Victor ausgehändigt wird. Da ich zur Lehrerkonferenz muss, will Patrick hinfahren, Manuel soll unterdessen auf Victor aufpassen.

Auf der Heimfahrt von der Schule bilde ich mir ein, den Urin meiner zuckerkranken Großmutter zu riechen. Eine peinliche Sinnestäuschung, denn durch das offene Fenster weht der Duft blühender Lindenbäume, den ich eigentlich immer geliebt habe. Das wunderschöne Gedicht von Ina Seidel mit dem Titel *Trost* kommt mir wieder in den Sinn; meine Mutter pflegte es oft aufzusagen.

Unsterblich duften die Linden –
Was bangst du nur?
Du wirst vergehn, und deiner Füße Spur
Wird bald kein Auge mehr im Staube finden.
Doch blau und leuchtend wird der Sommer stehn
Und wird mit seinem süßen Atemwehn

Gelind die arme Menschenbrust entbinden.
Wo kommst du her?
Wie lang bist du noch hier?
Was liegt an dir?
Unsterblich duften die Linden. –

Heute ist die Autorin fast vergessen. Sollte man diese Zeilen gelegentlich im Unterricht durchnehmen? Wohl besser nicht, da die Dichterin durch ihre fatale Nähe zum Dritten Reich zur *persona non grata* wurde. Einmal Deutschlehrerin, immer Deutschlehrerin, tadele ich mich selbst. Andere Dinge sind doch wohl wichtiger im Leben. Was liegt an mir? Wenn ich keine Nachkommen habe, bleibt auch nach meinem Tod keine Spur…

Bei meiner Rückkehr steht ein teurer Kinderwagen im Hausflur. Anscheinend hat Patrick fast alles in seinem Auto unterbringen können, nur das Bettchen soll noch im Laufe des Tages von einer Grünen Minna nachgeliefert werden. Darüber sind wir am meisten froh, denn Victor passt kaum mehr in den Waschkorb. Ich staune, wie viele Tüten mit Babykram sich in Patricks Schlafzimmer angehäuft haben. Warum hat er nicht gleich die ganze Wickelkommode mitgenommen?

»Viel Zeit hatte ich nicht, ich durfte nur rasch im Kinderzimmer alles zusammenraffen, und dabei wich mir die Polizistin nicht von der Seite. Sie hat mir aber immerhin die Plastikwanne aus dem Badezimmer geholt. Beim Hinausgehen sah ich, dass in der Küche ein großes Aufgebot versammelt war, auch ein Fotograf und eine Frau im weißen Schutzanzug. Die ganze Szene hatte etwas Unwirkliches, fast wie in einem Film. Drei Dienstwagen mit Blaulicht auf der Straße und ein rot-weißes Plastikband mit dem Aufdruck POLIZEIABSPERRUNG vor der gesamten Hausfront – gruselig, nicht wahr?«

»Haben sie dir irgendetwas Neues gesagt?«

»Natürlich nicht. Oder vielleicht doch – die Polizistin meinte, man werde jetzt eine ganz große Suchaktion starten, weil Birgits Wagen gefunden wurde.«

»Was heißt ganz groß?«, frage ich.

Patrick weiß es nicht. Vielleicht mit Spürhunden, mutmaßt er. Ihm kommt es so vor, als ob Birgit längst nicht mehr am Leben sei. Allmählich müssten wir uns mit dem Gedanken befassen, ob wir Victor für immer behalten möchten. Er sieht mich fragend an.

»Willst du es denn? Rein theoretisch ist es ja nur möglich«, sage ich etwas gedehnt, »wenn seine Angehörigen keinen Anspruch auf ihn erheben und einer von uns beiden eine Weile nicht arbeiten geht.«

»Klar«, sagt Patrick, »das liegt doch auf der Hand. Du hast im Gegensatz zu mir einen sicheren Job.«

Heute ist es wolkig und trotzdem brütend heiß, ein Gewitter liegt in der Luft. Vielleicht bin ich deswegen ein bisschen kreislauflabil und weinerlich. Ich schaue in den Himmel und hoffe auf Regen, nichts als strömenden Regen.

»Ich habe mir immer ein Kind gewünscht«, sage ich nach einer langen Pause, »aber ein eigenes!«

»Inschallah! In diesem Haus ist Platz für alle«, sagt Patrick und nimmt mich in den Arm.

Für ein paar Sekunden spüre ich nur Geborgenheit und reines Glück.

Trotzdem quälen mich in dieser Nacht Alpträume. Birgit erscheint mir wie im Märchen und fragt: »Was macht mein Kind, was macht mein Reh?« Ich werde wach, und mein Kissen ist tränennass. Sie ist tot, und ich habe sie auf dem Gewissen. Hätte ich Steffen nicht immer wieder aufgehetzt und geradezu mit der Nase auf die Möglichkeit eines Gentests gestoßen, dann würde sie sicherlich noch leben.

Apropos Vaterschaftsnachweis. Ob die Beamten bei ihrer Razzia auch das Schreiben des Labors entdeckt haben? Steffen hat es bestimmt in einer Schublade verwahrt. Dann müssten sie spätestens jetzt wissen, dass er nicht der Vater des Kindes ist.

Als uns ein Polizist noch am Abend das Kinderbett anlieferte, überreichte er uns auch ein gelbes

Heft, in dem Victors Impfungen und Vorsorgetermine vom Arzt eingetragen wurden; eine weitere Untersuchung steht bald an. Und das beweist doch, dass sie alles gründlich durchsucht haben.

Unausgeschlafen und erschöpft gehe ich in die Schule, der einzige Trost ist, dass morgen die Ferien beginnen. Im Lehrerzimmer herrscht helle Aufregung, es wird erregt diskutiert, mehrere Kollegen stürzen sich auf mich. Warum ich nicht gesagt habe, dass sich Birgits Baby bei mir befindet? Wie sie das erfahren haben, ist mir zwar nicht klar, aber jetzt muss ich wohl mit der Wahrheit herausrücken.

Per Zufall hat ein Mathelehrer im Internet die Vermisstenanzeige der regionalen Polizei entdeckt und die Seite ausgedruckt. Nun kommt nach und nach heraus, dass auch andere Kollegen – genau wie ich – polizeilich vernommen wurden. Sie haben die Sache nicht an die große Glocke hängen wollen.

»Befragung des sozialen Umfelds nennt man das«, belehrt uns der Referendar.

»Zum Stand der bisherigen Ermittlunge…«, liest Anselm Schuster vor. Ich reiße ihm das Blatt aus der Hand.

Familienname: Tucher
Vorname: Birgit Margarete
Alter: 38 Jahre
Vermisst seit: 4. Juni 2007
Augenfarbe: grün
Haarfarbe: kastanienbraun
Bekleidung am Tag des Verschwindens: Jeans und
*   schwarzes Shirt*
Raucht blaue Gauloises ohne Filter

Umfangreiche Suchmaßnahmen verliefen bis jetzt er-
gebnislos. Der Pkw der Vermissten wurde am 23. Juli
in einem Allgäuer See von Tauchern geborgen. Die
Blutspuren werden zurzeit noch untersucht. Es ist
zu vermuten, dass Birgit Tucher Opfer einer Straftat
wurde. Ihr Ehemann liegt nach einem Autounfall mit
einem schweren Schädel-Hirn-Trauma auf der Inten-
sivstation und wurde in ein künstliches Koma ver-
setzt.

Mir wird schwindelig, die Buchstaben verschwim-
men vor meinen Augen, ich sehe nicht mehr, unter
welchem Namen die zuständige Sonderkommission
agiert.

Mutter Natur zieht mich auf einen Stuhl. »Sapper-
lot! Das Mädchen kollabiert!«, sagt sie und ruft in die
Runde: »Schnell ein Glas Gänsewein für die Anja!«

Vor Aufregung hätte sie mich beinahe geduzt. Beim zweiten Gong fragt sie: »Geht's wieder?« Und ich nicke.

»Ich muss in meine Klasse«, sagt Mutter Natur. »Bleiben Sie lieber noch einen Moment sitzen. Übrigens habe ich die Kollegin Tucher besucht, als das Baby etwa zwei Wochen alt war. Ich hätte nicht erwartet, dass sie schon wieder raucht! Sie schien nicht gerade eine glückstrahlende Mutter zu sein, machte eher einen verzagten Eindruck. Allerdings hatte sie sich eine garstige Influenza eingefangen, vielleicht war das der Grund. – Hoffentlich ist es bei Ihnen nicht etwas Schlimmeres! Gehen Sie am besten heute noch zum Arzt!«

Natürlich bleibe ich keine zwei Minuten im Lehrerzimmer, sondern widme mich pflichtgemäß meinen Schülern; heute muss ich Zeugnisse verteilen und adieu sagen, denn im neuen Schuljahr bin ich nicht mehr ihre Klassenlehrerin.

Manuel betrachtet mich mit wissendem Blick, als ich mit künstlicher Forschheit eintrete. Wahrscheinlich sieht er mir an, dass ich lieber losheulen würde. Aber ich halte mich tapfer, bis ich schließlich die Schüler in die Ferien entlassen habe und ziemlich angeschlagen zum Parkplatz gehe.

Zu meiner Verwunderung taucht plötzlich Julian,

der Klassensprecher, auf. »Frau Reinold«, sagt er tröstend und hindert mich am Einsteigen. »Sie müssen nicht traurig sein! Für uns sind Sie die beste Deutschlehrerin der Welt. Nach den Ferien haben wir Sie dafür in Französisch! Es ist doch kein Abschied für immer!«

Auf einmal stürmen die Schüler meiner Klasse von allen Seiten herbei.

»Überraschung!«, ruft Manuel.

Erst als mir jeder eine Blume überreicht, kommen die Tränen.

Anscheinend hat Anselm Schuster ein Lied mit ihnen einstudiert. Etwas schief, aber mit viel Inbrunst tragen sie es vor: *Belle qui tiens ma vie captive dans tes yeux....*

Sie singen sogar die zweite Strophe, obwohl es zu regnen anfängt; schließlich werden wir alle nass und beeilen uns, nach Hause zu kommen.

Patrick ist nicht in den eigenen Räumen anzutreffen, sondern räkelt sich samt Victor auf meiner Récamière. »Komisches Sofa hast du«, meint er. »Nennt man das etwa *Ottomane*, Frau Lehrerin? Meine Oma hatte eine *Chaiselongue*, aber die sah ein bisschen anders aus. Was hast du eigentlich mit dem kleinen Zimmer vor? Ich meine das mit den orange gestrichenen Wänden?«

»Wieso?«

»Kannst du dir das nicht denken?«

Natürlich kann ich. In meiner künftigen Bibliothek soll das Kinderbett untergebracht werden, bald wohl auch noch ein Ställchen. »Wird Victor dir etwa lästig?«

»Na ja«, sagt Patrick. »Wenn du jetzt Ferien hast, möchte ich vielleicht das ein oder andere Mal ausschlafen.«

Ein so kleines Kind kann die intimen Stunden einer Partnerschaft ganz schön stören. Wenn ich unten bei Patrick im Schlafzimmer liege, ist Victor stets Zeuge unserer Liebe. Ist Patrick oben bei mir, plagt ihn die Sorge, Victors eventuelles Geschrei nicht hören zu können; also schlafen wir getrennt.

Am ersten Ferientag, an dem ich früher lange im Bett blieb, werde ich bereits um vier Uhr morgens geweckt. Patrick hat mich zum Glück angewiesen, das Fläschchen schon abends vorzubereiten. Müde krieche ich aus den Federn, schalte das elektrische Wärmegerät ein und überlege mir kurz, ob ich wirklich noch ein eigenes Kind will.

Von fünf bis neun herrscht Stille, dann verlangt Victor abermals nach seinem Recht.

Patrick scheint die lange Ruhezeit auszukosten,

im Erdgeschoss ist weder von Vater noch Sohn etwas zu vernehmen.

Als Victor satt und frisch gewindelt wieder im Bettchen liegt, mache ich mir Kaffee und hole die Zeitung. Gleich auf der Titelseite entdecke ich ein kleines Foto von Victors Mama: *Wer hat Birgit Tucher nach dem 4. Juni gesehen? Zu unserem Bericht auf Seite neun.*

Auf der Lokalseite ist ein größeres Foto abgebildet, und ich lese fieberhaft weiter: *Die allseits beliebte Studienrätin des Weinheimer Heinrich-Hübsch-Gymnasiums ist seit dem...*

Das weiß ich längst, also überspringe ich die Hälfte des Artikels.

Rund um jenen Allgäuer See, in dem der Pkw der Vermissten aufgefunden wurde, konnten bis jetzt keine weiteren Spuren gesichert werden. Fischteiche und Tümpel in der Umgebung wurden mit Hilfe von Förstern und Jägern bereits abgesucht. Geplant ist ein Großeinsatz der Bereitschaftspolizei mit 150 Beamten und Leichenspürhunden...

...Auch auf dem Konto von Frau T. gab es seither keine Bewegung...

...Fernschreiben ergingen an alle Polizeidienststellen sowie an das Bundeskriminalamt...

...Wer zur Aufklärung des Falles etwas beitragen

kann, möge sich umgehend mit der sachbearbei-
tenden Dienststelle in Verbindung setzen. Absolute
Diskretion wird zugesichert.

Mir fällt auf, dass Victor und vor allem Steffen mit
keinem Wort erwähnt werden. Liegt er weiterhin im
künstlichen Koma? Es ist klar, dass er der Haupt-
verdächtige ist. Andererseits könnte es ja sein, dass
Birgit in blinder Panik mit dem Wagen davonbraus-
te und ihr mitten in der Nacht das Benzin ausging.
Angenommen, sie hatte kein Geld dabei, dann such-
te sie sich vielleicht ein Plätzchen auf einem Rast-
platz, um erst einmal im Wagen ein Nickerchen zu
halten. Und dort wurde sie von einem unbekannten
Serienmörder aufgestört, umgebracht und im eigenen Auto weggeschafft.

Oder ist es sogar denkbar, dass Birgit noch am
Leben ist? Dass sie ihre Spuren verwischt hat, um
irgendwo ein neues Leben zu beginnen? Mit einem
französischen Lover zum Beispiel, wo ihr ein Baby
doch sehr im Wege stünde? Ich kann es mir nur
schwer vorstellen; wie alle Mütter wird sie ihren
Kleinen ins Herz geschlossen haben, egal ob Steffen
nun der Vater ist oder ein anderer.

Egal? Und wenn nun Victor die Folge einer Ver-
gewaltigung sein sollte?

Kann man ein solches Kind überhaupt lieben? Ich

habe gelesen, dass die meisten bosnischen Frauen, die nach einem Kriegsverbrechen schwanger wurden und keine Möglichkeit zu einem Abbruch hatten, dieses Kind gleich nach der Geburt weggaben und es nie mehr sehen wollten.

Abgesehen davon, ob Birgits Mann nun der Täter ist oder nicht, mich interessiert am meisten, was mit Victor wird. Offiziell ist Steffen sein Vater und hat das Sorgerecht.

Nachdem ich den Artikel dreimal gelesen und Birgits Foto unter die Lupe genommen habe – es wurde bestimmt noch vor ihrer Schwangerschaft aufgenommen –, klingelt mein Telefon. Gernot ruft vom Büro aus an.

»Hast du schon die Zeitung gelesen?«, fragt er hastig.

»Ich bin gerade dabei«, sage ich. »Eines möchte ich allerdings sofort wissen: Hat dich die Polizei bereits ausgehorcht?«

»Schon längst«, sagt er. »Ich habe aber nichts von deinem absurden Verdacht erzählt. Ich bin nicht der Vater dieses Kindes, und damit basta.«

Inzwischen habe ich es ja schwarz auf weiß, aber das verrate ich nicht.

»Gernot, ich habe nie an deinen Worten gezweifelt. Aber haben die Beamten eine Ahnung, dass du im letzten Sommer mit Birgit nach Frankreich gefahren bist?«

»Ich werde den Teufel tun, ihnen das auf die Nase zu binden«, sagt er. »Und ich hoffe sehr, dass du mich da nicht reingezogen hast.«

Da kann er beruhigt sein. Doch was hält er von Steffens Rolle in diesem Spiel?

»Anja, das Wort Spiel ist völlig verfehlt. Es handelt sich um eine Tragödie. Im Nachhinein gebe ich dir recht, Steffen wollte mich wahrscheinlich ebenfalls umbringen, als er dir an jenem Abend das Baby brachte.«

Anscheinend ist er sicher, dass Steffen ein Mörder ist. Wir verabschieden uns diesmal etwas freundlicher und mit dem Versprechen, einander auf dem Laufenden zu halten.

Um elf lässt Patrick sich endlich bei mir blicken, noch im Schlafanzug und unrasiert. Er gibt mir einen flüchtigen Kuss, fragt nach meiner Nachtruhe und lächelt süffisant, als ich demonstrativ gähne.

Victor posiert auf dem Eisbärfell meiner Mutter und streckt sofort die Arme nach seiner wichtigsten Bezugsperson aus. Ich reiche dem stolzgeschwellten Patrick die Zeitung und setze neues Kaffeewasser auf.

Mit dem Baby auf dem Arm liest Patrick nun die

Nachrichten und betrachtet Birgits Foto ausgiebig.

»Ich kann mich gar nicht mehr genau erinnern, wie Manuels Nachhilfelehrerin aussah«, sagt er. »Ich glaube, ich habe sie nur einmal gesehen. In der Tat eine hübsche Frau, aber unser Victor wird auf jeden Fall noch viel schöner als sie.«

Einen kleinen Stich empfinde ich nun doch: schon wieder einer, der Birgit für besonders attraktiv hält. Dagegen fühle ich mich wie ein Blaustrumpf. Zu allem Überfluss habe ich heute – aus Angst, Victor könnte mich vollsabbern – mein ältestes graues Sweatshirt angezogen. Und leider kriege ich immer genau zu Ferienbeginn einen Pickel auf der Stirn und meine Tage.

»In letzter Zeit bist du aber nahe am Wasser gebaut«, bemerkt der Langschläfer und hält mir die Tasse hin. »Vielleicht solltest du mal ein paar Tage Urlaub machen.«

Nichts lieber als das. Aber mit einem Baby, das um vier Uhr morgens die Flasche braucht, kann eine Übernachtung im Hotel zum Horrortrip werden. Ich werfe einen scheelen Blick auf unseren Augenstern, der mit engelhafter Unschuldsmiene auf meine Récamière speichelt.

»Er kriegt vielleicht den ersten Zahn, obwohl es noch ein bisschen früh dafür ist«, entschuldigt Patrick den Kleinen, lässt ihn auf den Knien reiten und pfeift ein paar Töne aus *Bonanza*. »Übrigens werde ich das Schaukelpferd vom Speicher holen und ein wenig herrichten. Da habe ich als Knirps schon drauf gesessen. Leno wäre vielleicht ein richtiges Pferdemädchen geworden, denn sie hockte stundenlang auf dem hölzernen Ross und nannte es Hoppo-Poppo.«

Manchmal ist es nicht ganz einfach, einen Mann mit Vergangenheit zu lieben, aber ich habe die Hoffnung, dass die Lenore seines Herzens irgendwann ersetzt werden kann.

19

Kurzentschlossen rufe ich heute früh bei der Polizei an. Ich will wissen, in welchem Krankenhaus Steffen liegt.

»Gut, dass Sie sich melden«, sagt der Kommissar. »Ich wollte Sie sowieso noch einmal sprechen. Sie haben doch Ferien? Dann kommen Sie am besten heute noch vorbei, von mir aus gleich jetzt.«

Wenig später sitze ich vor ihm. Seine dreieckigen Augenbrauen waren mir schon beim ersten Gespräch aufgefallen, jetzt starre ich gebannt auf das struppige Gebüsch, das beim Reden ständig in Bewegung bleibt.

»Herr Tucher liegt in der Ludwigshafener Unfallklinik und ist wieder bei Bewusstsein, Sie dürfen ihn auch kurz besuchen. Aber wir haben ein Problem: Er leidet unter retrograder Amnesie, das heißt, er kann sich an nichts erinnern.«

»Um Gottes willen, kennt er am Ende seinen eigenen Namen nicht mehr?«

»Nein, nein«, sagt der Beamte, »es handelt sich

nur um eine relativ kurze Zeitspanne vor seinem Unfall. Er weiß zum Beispiel nicht mehr, dass er Ihnen das Baby übergeben hat ...«

»Ist das vielleicht ein Trick?«, frage ich. »Oder will er verdrängen, was er nicht wahrhaben und ertragen kann?«

Ich werde aufmerksam angeschaut, die markanten Brauen verschieben sich ganz nach oben.

»Wir wissen inzwischen, dass Herr Tucher einen Vaterschaftstest machen ließ und das Ergebnis am 4. Juni erfuhr. Vermutlich am späten Nachmittag, als er von der Bank nach Hause kam. Verehrte Frau Reinold, Steffen Tucher hat Ihnen das Kind offenbar übergeben, weil es nicht sein eigenes ist. Sie haben uns diese wichtige Tatsache verschwiegen. Da Sie ja eine gute Freundin seiner Frau sind, wollte Herr Tucher bestimmt von Ihnen wissen, wer als Erzeuger in Frage käme?«

Nun werde ich rot, das Verhör wird mir peinlich. Hat es überhaupt einen Zweck, etwas vor der Polizei zu verheimlichen? An die Moral der Lehrer stellt man leider besonders hohe Ansprüche. Trotzdem will ich meinen früheren Lebenspartner nicht verraten, denn Gernot ist ja tatsächlich nicht Victors Papa.

»Keine Ahnung«, sage ich.

»Okay«, sagt er, »lassen wir dieses Thema. Sie fragen, ob der Gedächtnisverlust ein Trick sein könnte. Theoretisch ja, aber andererseits nicht zu beweisen. Die Ärzte bestätigen, dass dieses Phänomen nach einem schweren Hirntrauma durchaus nicht selten vorkommt. Zum Glück kehrt die Erinnerung in vielen Fällen nach einiger Zeit zurück.«

»Und wie gedenken Sie weiter vorzugehen?«, frage ich neugierig, obwohl ich keine Antwort erwarte.

»Herr Tucher ist jetzt zwar ansprechbar, aber noch lange nicht über den Berg«, sagt der Kommissar ausweichend.

»Ich nehme an, er kommt dann ins Untersuchungsgefängnis«, nehme ich einen zweiten Anlauf.

Er lächelt. »Zerbrechen Sie sich nicht unseren Kopf. Aber leider gibt es tatsächlich Hinweise, dass im Tucher'schen Haus Blut geflossen ist. Können Sie sich noch genau erinnern, was Steffen Tucher für einen Eindruck machte, als er Ihnen das Baby brachte?«

»Mir sind ein paar Flecken auf seinem Hemd aufgefallen«, sage ich. »Und er gab zu, dass er seine Frau geschlagen hatte. Das Kind schrie zum Steinerweichen, es war eine Situation, die mich völlig überforderte. Steffen war sehr erregt und im Nu wieder verschwunden. Glauben Sie, dass Birgit noch am Leben ist?«

»Wieso fragen Sie das? Wir haben bis jetzt keine Leiche gefunden«, sagt er.

»Könnte es sein, dass es sich bei Steffens Unfall um einen Selbstmordversuch handelt?«

»Das kann man nicht ausschließen.«

»Und was wird mit dem Kleinen?«, frage ich.

Er schreibt mir Adresse und Telefonnummer von Birgits Schwester auf und verabschiedet sich.

Kurz vor unserem Haus treffe ich auf Patrick, der Victor spazieren fährt. Ich kann mir nicht vorstellen, dass mein Papa sich vor 39 Jahren dazu herabgelassen hätte, aber heute sieht man überall stolze Väter mit Kinderwagen. Patrick und Victor strahlen mich beide so fröhlich an, dass mir das Herz aufgeht.

»In den letzten zwei Jahren gehörte ich allmählich zur Spezies der *couch potatoes*. Seit wir die Karre haben, bin ich täglich unterwegs«, sagt Patrick. »Und das tut sowohl mir als auch unserem kleinen Kuckuck sehr gut.«

»Wo sind eigentlich Lenores Buggy und ihr Bettchen geblieben?«, frage ich.

»Alles verschenkt«, sagt Patrick. »Sieh nur, Magnolien blühen im Spätsommer gelegentlich noch einmal!«

Im Nachbargarten steht ein großer alter Baum, zwischen urwaldgrünem Blattwerk schimmern rosa Blüten wie Flamingos. Für einen kurzen Moment verharre ich wie verzaubert, denn dieser zweite Frühling lässt Hoffnung in mir aufkeimen.

Meine Mutter hat die Neuigkeiten aus der Zeitung erfahren. Sie macht sich Sorgen, will auf der Stelle zu uns fahren und mir beistehen.

»Das ist wirklich nicht nötig«, sage ich ungeduldig. »Ich werde mich aus diesem Fall völlig heraushalten…«

»Anja, was redest du wieder für einen Unsinn! Du hast ein fremdes Kind am Hals, dessen Vater vielleicht ein Mörder ist! Wer weiß, was für grässliche Gene der arme kleine Victor mitbekommen hat!«

»Steffen ist wohl nicht sein Vater«, sage ich.

»Seins oder nicht seins, das ist hier die Frage«, deklamiert meine Mutter. »Aber wer ist es denn dann?«

»Wissen wir alle nicht«, sage ich und liefere ihr dadurch einen Anlass für wilde Spekulationen.

»Wie der Name schon verrät, sind Hausfreunde meistens Männer aus der näheren Umgebung, die man häufig und anfangs ohne Hintergedanken trifft. Ich glaube nicht an die Liebe auf den ersten Blick. Meistens sind es Kollegen, der Kinderarzt, der Nachbar, ein Freund des Ehemannes und so weiter.«

»Woher weißt du das so genau?«, frage ich spitz.

»Mein liebes Kind, ob du es glaubst oder nicht,

auch ich habe Lebenserfahrung«, kontert sie genauso bissig.

In einem Punkt hat sie zwar recht – Birgits Lover, also Gernot, war ein Freund des Paares, aber es muss ja noch einen dritten Mann gegeben haben.

Im Internet finde ich tatsächlich die Agentur für Ferienhäuser, bei der Gernot und ich vor Jahren unseren Urlaub in Draguignan gebucht hatten; eine freundliche Angestellte hilft mir weiter und stellt fest, dass eine Madame Tucher im vorigen Sommer eine Wohnung in Figanières gemietet hatte. Die französische Freundin der Deutschen habe den Vertrag unterzeichnet und im Voraus bezahlt, es müsste sogar noch eine Quittung vorhanden sein – wenn ich einen Moment warten wolle. Nach fünf Minuten erfahre ich ihren Namen: Mme Hurtienne, Lehrerin in Draguignan. Und nach einigen freundlichen Sätzen meinerseits (»Die Provence ist das schönste Fleckchen Erde in ganz Europa«), dann ihrerseits (»Es ist selten, dass Deutsche so gut Französisch sprechen«), sucht sie mir die Telefonnummer von Mme. Hurtienne heraus. Ihr Vorname ist Françoise.

Ich rufe auf der Stelle dort an, und wir verstehen uns auf Anhieb ganz ausgezeichnet. Françoise meint sogar, Birgit habe früher sehr freundlich von mir gesprochen. Schon nach wenigen Worten habe ich das Gefühl, ihr in den meisten Punkten die Wahrheit sagen zu können. Natürlich ist Françoise fassungslos über Birgits Verschwinden und den schrecklichen Verdacht, den ich andeute. Sie hat die deutsche Kollegin noch während ihrer Studienzeit kennengelernt, später eine gemeinsame Reise mit ihr nach Schottland unternommen und den Kontakt nie abreißen lassen. Françoise will als Erstes wissen, wie es dem kleinen Victor geht.

»Er ist sehr niedlich und kerngesund. Mein Partner nennt ihn meistens *Bärchen*, weil er einen dunklen Pelz hat. Ich maile dir mal ein Foto von dem Kleinen«, sage ich und rücke allmählich mit meinem Anliegen heraus. Ob Birgit in Frankreich einen Freund habe, ob sie überhaupt über ihre Ehe und ihr Liebesleben miteinander gesprochen haben.

Françoise sieht ein, dass ihre Hilfe von entscheidender Bedeutung sein kann. Sie weiß von keinem französischen Lover, der zudem noch aussieht wie ein Bär. Ein Deutscher habe Birgit zwar auf der Hinreise begleitet, aber anscheinend war es nur ein guter Bekannter, der zufällig auch auf dem Weg gen Süden war. Sie habe diesen Reisekameraden allerdings nicht kennengelernt.

»Das war mein geschiedener Mann«, sage ich, und sie reagiert nur mit einem »*ah, bon*«.

Okay, Gernot, denke ich, du bist anscheinend wirklich nicht lange in Draguignan geblieben und erst einmal aus dem Schneider. Wenigstens hast du mich nicht in allen Punkten belogen.

»Warum sind wir uns eigentlich nie begegnet?«, frage ich. »Früher haben wir mehrmals mit Birgit und Steffen unseren Urlaub in der Provence verbracht.«

»Ganz einfach, wir waren in den Sommerferien meistens in der Bretagne.«

Nun druckst Françoise ein bisschen herum und weiß anscheinend nicht genau, ob sie mir ein sehr persönliches Problem ihrer deutschen Freundin anvertrauen kann. »Birgit hatte gerade eine schwerwiegende Entscheidung getroffen«, sagt sie zögernd. »Kurz vor ihrer Abreise hatte sie einen Schwangerschaftstest gemacht und wollte hier in Frankreich abtreiben lassen.«

»Warum? Schließlich ist sie seit vielen Jahren verheiratet.«

»Sie hatte Angst, denn ihr Mann ist wohl nicht der Kindsvater«, meint Françoise. »Ich habe ihr trotzdem geraten, das Baby zu behalten. Erstens bin ich eine gläubige Katholikin, zweitens war es wahrscheinlich Birgits letzte Chance, drittens sind Kinder das größte Glück unseres Lebens. Wie trostlos, wenn ich meine Lilou nicht hätte!«

»Birgits unbekannter Liebhaber müsste ein brünetter Europäer gewesen sein, aber mehr lässt sich nach dem äußeren Erscheinungsbild des Kindes nicht sagen. In ein Babygesicht kann man viel hineininterpretieren, Steffen glaubte sogar, Victor sehe ihm sehr ähnlich…«

»Sie hat von hier aus ihren Steffen ein paarmal angerufen und war besonders nett zu ihm, ich habe sogar mitgespielt. In Wirklichkeit war sie verzweifelt. Mit diesem Ehemann hat sie bestimmt nicht das große Los gezogen.«

»Warum hat sie sich nicht schon längst scheiden lassen?«

»Birgit war der Meinung, sie könnte keine Kinder bekommen. Deswegen hatte sie ihrem Mann gegenüber stets Schuldgefühle. Er selbst glaubte angeblich fest an die gegenseitige große Liebe.«

»Hat sie dir denn überhaupt nichts über den möglichen Erzeuger gesagt?«

»Lass mich mal nachdenken. Ja, einen Hinweis hat sie mir schon gegeben. Wenn es so sei, wie sie befürchte, dann könne sie den Betreffenden unter keinen Umständen mit seiner Vaterschaft konfrontieren. Woraus man folgern kann, dass er verheiratet ist.«

Sekundenlang überlege ich, ob es am Ende doch ein Kollege ist, da meldet sich Françoise schon wieder zu Wort: »Einerseits bin ich stolz, dass es den kleinen Victor dank meiner Fürsprache überhaupt gibt. Andererseits frage ich mich, ob es für Birgit vielleicht doch nicht die richtige Lösung war. Ich bin völlig verunsichert…«

Wir tauschen die Mail-Adressen aus und verabschieden uns herzlich. Ich verspreche, Françoise über die weiteren Entwicklungen auf dem Laufenden zu halten.

Manuel hat originelle Fotos von Victor gemacht, und ich beschließe, eines davon sofort nach Draguignan zu senden. Kaum sitze ich aber am Computer, als bereits eine bebilderte Mail aus Frankreich eintrifft. Es ist ein sommerliches Foto vom letzten Jahr: Birgit zwischen der netten Françoise und der kleinen Lilou.

Die Französin ist ein burschikoser, braungebrannter Typ mit ganz kurzen, lackschwarzen Haaren. Sie trägt sportlich aufgekrempelte Hosen und ein blaues Männerhemd. Neben ihr sieht die auffällig blasse Birgit fast nordisch aus. Sie steckt in einem bunten Minikleid und betont den tiefen Ausschnitt mit einem rosa Muschelanhänger, den ich schon einmal gesehen habe. Allerdings nicht an ihr, sondern an Julians Großmutter. Seltsam, denn die beiden Frauen haben einen völlig unterschiedlichen Geschmack.

Das Gespräch hat mich aufgewühlt, ich stelle ärgerlich fest, dass ich Kopfschmerzen bekomme. Erst heute Abend werde ich Birgits Schwester erreichen können und fürchte mich davor. Ich weiß fast nichts über diese Kirsten, denn das Verhältnis der beiden Schwestern war distanziert.

Als ich hinunterkomme, um Victor zu übernehmen, fühlt mir Patrick erschrocken die Stirn. »Anja, hast du Fieber? Du glühst ja!«

Es musste so kommen. Anständige Lehrer fehlen nie während der Schulzeit, kaum aber sind endlich Ferien, werden sie krank. Die einen nennen es Entspannungsdepression, die anderen Überforderungssyndrom. Bei mir trifft momentan beides zu.

Patrick nähert sich mit einem als unpräzise bekannten Ohr-Thermometer und stellt schon nach Sekunden eine erhöhte Körpertemperatur fest. »Überlass mir das Bärchen«, sagt er, »am Ende steckst du es an. Weiß der Teufel, was du gerade ausbrütest!«

»Ich liege noch nicht auf dem Totenbett«, sage ich, aber im Grunde möchte ich ganz gern mit einem Aspirin im Abseits verschwinden.

Manuel steckt den Kopf zur Tür herein. »Ich bin dann mal weg, wartet nicht mit dem Abendessen auf mich«, sagt er. »Anja, was ist mit dir?«

»Sie hat ausnahmsweise keinen Bock auf vollgeschissene Windeln«, sagt Patrick. »Wir gönnen ihr ein Stündchen auf ihrer Récamière.«

»Müßiggang ist aller Laster Anfang«, sagt Manuel und verschwindet.

Ich lege mich nicht aufs Sofa, sondern verziehe mich lieber gleich ins Schlafzimmer. Wie angenehm, dass Patrick sofort für mich einspringt. Was machen wohl die vielen Mütter, die von einer Grippe erwischt werden und keinen Mann haben, der zur Stelle ist? Wie würde ich mich verhalten? Da brauche ich gar nicht lange zu überlegen, für diesen Fall wurden die Großmütter erschaffen. Auch meine Mutter würde sicher alles stehen- und liegenlassen und herbeieilen; vielleicht wartet sie sogar darauf. Schon oft habe ich gehört, dass sich die Beziehung zwischen Tochter und Mutter verbessert, sobald die Tochter selbst ein Kind hat und ahnt, wie viel ihre Mama seinerzeit geleistet hat.

Es kommt selten vor, dass ich am helllichten Tag im Bett liege, nicht lesen mag, noch nicht schlafen kann, sondern döse und vor mich hin dämmere.

Abschnitte meines Lebens gleiten in buntem Wechsel über meine innere Mattscheibe. Die behütete Kindheit in der ländlichen Kleinstadt, mein lieber Papa, mit dem ich mich oft gegen die strengere Mama verbündet habe. Meine Mutter, die bügelte und gleichzeitig Märchen erzählte, wenn ich krank war, und das wohlige Gefühl, das ich dabei empfand. Die Studienzeit, die Freunde, das Berufsleben, die Reisen, die Ehe. Die Schuldgefühle. Es gibt mehrere Menschen, denen ich unrecht getan habe, vor allem jenen, die ich eigentlich liebte; Gernot und auch Birgit gehören dazu. Neid ist eine meiner Eigenschaften, mit der ich mir am meisten selbst geschadet habe. Und jetzt ein ganz neues Kapitel, das leider nicht ohne Altlasten begonnen werden kann.

Die beiden Aspirintabletten wirken schließlich, ich dämmere allmählich ein.

Als Patrick mit einem Kännchen Kamillentee hereinkommt, bin ich schon wieder in besserer Verfassung. »Heute Nacht schläft das Bärchen bei mir«, sagt Patrick. »Du bleibst einfach im Bett, bis es dir wieder gutgeht.«

»Schon wieder Bärendienst, das ist nicht gerecht«, protestiere ich pro forma. »Du tust viel mehr für ihn als ich. Und dabei bin ich diejenige, der man unseren Victor angedreht hat.«

»Ob du es nun glaubst oder nicht, aber ich bin dir dankbar dafür«, sagt Patrick. »Morgen muss ich allerdings mit Manuel in die Stadt. Er braucht für die Kreuzfahrt ein Paar neue Hosen und einen Blazer. Ich bin etwas ratlos bei der Auswahl, mal tragen sie ganz weite, dann wieder enge Hosen! Meinst du, dass ich den Kleinen hierlassen kann, oder soll ich ihn lieber mitnehmen?«

»Kein Thema«, sage ich.

Halb neun ist vielleicht keine verkehrte Zeit, um eine Karrierefrau anzurufen. Birgits ältere Schwester geht nach zehnmaligem Läuten an den Apparat.

»Ich habe Ihren Anruf schon erwartet«, sagt Kirsten. »Wie viel Geld soll ich Ihnen überweisen?«

Mit dieser Frage habe ich am allerwenigsten gerechnet. Ich erkläre ihr, dass ich demnächst von der Familienkasse Kindergeld erhalte.

»Es wird immer an die Person ausgezahlt, in deren Obhut sich das Kind befindet«, sage ich verlegen.

»Ah ja? Aber das wird nicht reichen«, sagt sie. »An welche Summe haben Sie gedacht?«

Darum gehe es doch gar nicht, sage ich etwas ungehalten, denn schon fängt es in meinem Kopf wieder an zu pochen. Birgit werde vermisst, sei vielleicht tot! Steffen liege schwer verletzt im Krankenhaus und sei nicht der leibliche Vater. Wie denn ihre Eltern reagiert hätten?

»Meine Mutter ist vor einem Jahr gestorben«, sagt Kirsten. »Ich hätte erwartet, dass Sie davon wissen. Mein Vater ist dement und lebt in einem Heim.

Ich bin somit die nächste Verwandte und werde mich in finanzieller Hinsicht nicht drücken.«

Ein zweites Mal betone ich, dass sich nicht alles um Geld dreht, sondern dass mir die Zukunft ihres Neffen Sorge bereitet.

»Neffe?«, wiederholt sie, als ob sie dieses Wort noch nie im Leben gehört hat. »Soll ich ihn etwa adoptieren? Wissen Sie, ich habe bewusst auf eine eigene Familie verzichtet, weil es mit meinem Beruf nicht zu vereinbaren wäre. Ich sehe keine Möglichkeit und auch keinen Grund, mich anders als finanziell für dieses Kind zu engagieren.«

Sie legt auf, und ich weine schon wieder. Die Kälte auf unserem Planeten ist trotz Klimaerwärmung manchmal unerträglich.

20

Patrick und ich diskutieren darüber, ob ich Steffen im Krankenhaus besuchen soll.

Er ist dagegen, ich bin dafür. »Ich kenne ihn schließlich schon lange«, sage ich. »Vielleicht durchschaue ich ihn, oder er verrät sich durch ein unbedachtes Wort. Die Polizei kommt anscheinend mit ihren Ermittlungen nicht richtig voran.«

»Und eine Lehrerin weiß immer, wie man alles besser macht«, sagt Patrick. »Aber tu, was du nicht lassen kannst. Er wird dir ja nicht gleich alle Knochen brechen.«

Gestern hat der Religionslehrer unserer Schule einen ökumenischen Bittgottesdienst für Birgit organisiert. Nachmittags um sechs versammelten sich einige Frauen, Schüler und auch bloß Neugierige zum Gebet. Wegen meiner starken Kopfschmerzen konnte ich mich nicht anschließen, aber Manuel war in der Kirche und hat uns davon erzählt. Der Gecko samt Frau sei erschienen, ebenso Anselm Schuster und ein paar andere Lehrer.

»Sie hatten ihr Foto aufgebahrt, und jeder steckte ein Lichtlein an«, sagt Manuel. Krampfhaft bemüht, die eigene Betroffenheit durch lockere Sprüche zu kaschieren, fährt er fort: »Und ein paar Klageweiber stimmten heiseres Geheul an.«

»Da lässt man seine Kinder extra nicht taufen, und schon rennen sie zu den Betschwestern«, brummt Patrick.

In der Zeitung wird die Bevölkerung erneut zur Mithilfe aufgefordert. Allerdings wird jetzt nicht nur nach Birgits Verbleib geforscht, sondern auch zu klären versucht, ob und wo Steffen in der Zeit nach dem 4. Juni gesehen wurde, im eigenen oder im Wagen seiner Frau.

»Weißt du überhaupt, wo dieses Krankenhaus liegt?«, fragt mich der besorgte Patrick.

Ich bin in der Pfalz aufgewachsen, Ludwigshafen gehört zu meinem Jagdrevier.

»Willst du vielleicht mitkommen?«, frage ich ihn.

Er schüttelt den Kopf und will lieber mit seinem Bärchen spazieren gehen. Eine Babyschale, um Victor vorschriftsmäßig zu transportieren, besitzen wir ohnehin nicht.

Aus vielen Fernsehfilmen habe ich gelernt, dass sich ein Polizeibeamter vor der Tür des Krankenzimmers postieren muss, wenn Fluchtgefahr besteht oder der Patient bedroht wird. Bei meiner Visite kann ich keinen Gorilla ausmachen, aber die Stationsschwester fängt mich ab.

»Die zwei Polizisten sind gerade abgeschwirrt, hier geht es zuweilen zu wie in einem Taubenschlag. Sie sind aber die erste private Besucherin«, sagt sie. »Herr Tucher wird sich freuen. Aber Sie dürfen ihn weder aufregen noch lange bleiben.«

Ich verspreche es, sie klopft an, ich trete ein. An Steffens Bett sitzt eine sehr junge Krankenschwester und betet.

»Haben Sie nichts zu tun?«, fragt ihre Vorgesetzte scharf, und die Pflegerin huscht hinaus.

Auf einen Blick wird mir klar, warum Steffen nicht bewacht werden muss, denn Fluchtgefahr besteht weiß Gott keine. Anscheinend müssen gleich mehrere schwere Verletzungen behandelt werden, eine Kopfbandage, Gipsverbände, Schläuche und ein Urinbeutel sind nicht zu übersehen. Der früher so schmucke Steffen im ausgeblichenen Klinikhemd gleicht einem traurigen Gespenst.

Ich begrüße ihn und halte ihm meinen Blumenstrauß unter die Nase; die Schwester kontrolliert die Tropfgeschwindigkeit einer Infusion und geht eine Vase suchen.

»Was machst du nur für Sachen, Steffen«, sage ich.

Er starrt mich dümmlich an. »Die Anja«, sagt er schließlich.

Ob er total verblödet ist? Ich versuche es noch einmal. »Hast du Schmerzen? Dröhnt der Kopf?«

»Alles mies.«

»Das tut mir leid. Wie konnte es bloß zu einem so schweren Unfall kommen?«, beginne ich in möglichst harmlosem Tonfall.

»Ist das schon wieder ein Verhör? Bist du im Auftrag der Bullen hier? Soll ich noch mehr unterschreiben? Willst du mir etwa auch den Mund mit Wattestäbchen ausputzen?«, schnauzt er mich an.

Die Polizei wisse überhaupt nichts von meinem Besuch, sage ich, und wir schweigen uns an. Die Atmosphäre ist feindselig. Zum Glück bringt die Pflegerin eine kitschige Vase, und ich bin kurzfristig beschäftigt. Mein Strauß aus Margeriten, Bartnelken und Rittersporn ist zwar wunderschön, aber Perlen vor die Säue geworfen, da er ihn keines Blickes würdigt.

Kaum hat die Schwester uns wieder verlassen, knurrt er mich an: »Also, raus damit! Was willst du von mir?«

Anscheinend ist ein Rest seiner Denkfähigkeit erhalten geblieben. Ich frage nach geplanten Rehamaßnahmen, dem Essen und den Ärzten, plaudere auch ein wenig über belanglose Dinge.

Er hört kaum zu, bis er plötzlich in ein weinerliches Lamento ausbricht: »Sie haben mir einen dubiosen Wisch vorgelegt, wonach Victor nicht mein Sohn sein soll, und behaupten, dass ich mit meinem Wagen absichtlich gegen die Leitplanke gedonnert bin. Außerdem heißt es, sie hätten in unserer blitzblanken Küche unter dem Herd und der Spülmaschine Blut gefunden. Ich kann das alles nicht glauben. Birgit ist spurlos verschwunden, die denken bestimmt, ich hätte sie umgebracht.«

Ich lüge jetzt ein wenig, denn bisher weiß zum Glück niemand, dass auch ich Vaterschaftstests machen lasse. »Das Kind ist seltsamerweise weder von dir noch von Gernot, das hat die Kripo bereits herausgefunden. Hast du schon einen Anwalt?«, frage ich.

Steffen versucht, sich ein Taschentuch vom Nachttisch zu angeln, es misslingt.

»Du bist an allem schuld, du falsche Schlange!« Er schneuzt sich in den Bettbezug. »Geh mir aus den Augen, bevor ich dir den Hals umdrehe! Ich will dich nie wieder sehen.« Zornig möchte er sich zur Wand drehen, was aber durch die Venenkanüle verhindert wird.

Ich reiße den Strauß aus der Vase, verschütte dabei das halbe Blumenwasser und beeile mich wegzukommen.

Bis zum Parkplatz sind es fast fünf Minuten, in denen ich möglichst klar zu denken versuche. Steffens letzte Worte gehen mir nicht aus dem Sinn: Sie sind eine eindeutige Anklage. Offenbar funktioniert seine Erinnerung in mancher Hinsicht durchaus, und er weiß sehr wohl, dass ich ihm den verhängnisvollen Gentest empfohlen habe.

Wo ich nun schon in der Nähe bin und einen Blumenstrauß zur Hand habe, will ich noch rasch meine Mutter besuchen. Lange war ich nicht mehr in meiner früheren Heimat – Dürkheim an der Weinstraße. Das fast mediterrane Klima zwischen Pfälzerwald und Rheinebene bekommt mir eigentlich besser als die sommerliche Schwüle der Bergstraße. Für die meisten meiner Kollegen ist das Idiom der Winzer und Bauern aus *Derggem an der Woischdros* weder verständlich noch melodisch, und doch bin ich gerührt, wenn mir wieder ein paar Worte zu Ohren kommen. Ich kaufe direkt an der Straße eine *Dud mit Pärsching*, eine Tüte mit Pfirsichen, die hier so köstlich reifen. Es klingt für mich wie Nektar und Ambrosia.

Etwas wehmütig komme ich am Elternhaus an. Der Vater fehlt mir sehr, der kläffende Dackel lebt nicht mehr, der krumme Feigenbaum im Vorgarten wurde abgehackt und durch eine langweilige Konifere ersetzt. Meine Mutter hat Besuch. Bestimmt der Hausfreund, geht mir durch den Kopf, aber dieser

Mann ist bloß ein Nachbar, der ihr gelegentlich im Garten hilft. Gerade bemühen sie sich, eine Spitzmaus aus einem Kellerschacht zu befreien, was nach fünf Versuchen auch gelingt. Erst nach einem zufriedenen *Alla Hopp* verzieht sich der Rentner, und ich bekomme endlich ein Glas Silvaner und eine Brezel.

Meine Mutter trägt einen engen rosa Pullover und schwarze Röhrenhosen, ihre Fingernägel sind trotz täglicher Gartenarbeit frisch lackiert. »Du kanntest meinen neuen Nachbarn noch nicht?«, fragt sie. »Ein sehr angenehmer Mann. Leider ist seine Tochter etwas aus der Art geschlagen, eine fromme Helene, möchte ich mal sagen. Aber als Krankenschwester ist sie vielleicht genau am richtigen Platz.«

Gebannt hört sie zu, was ich über den Besuch bei Steffen zu berichten habe.

»Mein liebes Kind«, sagt sie, »dein Besuch bei einem Mörder war völlig überflüssig und nicht ungefährlich. So wie ich den Fall beurteile, läuft es auf einen Indizienprozess hinaus.«

»Wieso?«, frage ich die Spezialistin, die sich fast jeden Abend einen Krimi reinzieht.

»Erstens hat Steffen seinen Gedächtnisverlust klug eingefädelt. Er kann nichts zur Wahrheitsfindung beitragen, weil er sich angeblich nicht erinnert. Zweitens hat die Sonderkommission bisher noch keine Leiche gefunden. Es könnte also schwierig werden, ihm etwas nachzuweisen, aber es ist anhand von Belastungsmaterial und Zeugenaussagen vielleicht doch möglich…«

»Miss Marple, an Ihnen ist mindestens eine Kriminalhauptkommissarin verlorengegangen«, sage ich. »Aber die Sache hat auch ein Gutes: Wir haben jetzt ein Baby im Haus. Patrick ist von dem Kleinen so angetan, dass er vielleicht selbst noch mal Vater werden will.«

»Papperlapapp – vielleicht und irgendwann«, sagt meine Mutter, »das ist in deinem Alter nicht die richtige Perspektive. Sofort anfangen! Wer kann schon wissen, ob es überhaupt noch klappt!«

»Soll ich Patrick etwa vergewaltigen?«, frage ich und stehe auf.

Zu Hause empfängt mich Heiterkeit. Weder Patrick noch Manuel fragt, warum ich so spät zurückkomme.

»Anja, was sagst du dazu, das ist neu!«, ruft Manuel begeistert. Er hat das nackte Baby auf eine Wolldecke gelegt und lässt einen Gummifrosch auf seinem runden Bäuchlein hopsen und quietschen.

Victor gluckst und lacht so herzlich und ansteckend, wie er das noch nie getan hat, und das Spiel soll endlos wiederholt werden. Angesichts dieser reinen Lebensfreude vergesse ich alle Sorgen.

»Und unser Schneck kann noch etwas«, sagt Manuel stolz. »Er dreht sich vom Rücken auf die Seite.«

»Das ist doch kalter Kaffee, das klappte schon letzte Woche«, behauptet Patrick. »Junge, du hast immer noch nicht für die Reise gepackt!«

Manuel wirft mir einen flehenden Blick zu. »Mein Vater meint, dass man drei Tage braucht, um eine Unterhose, ein Tanktop und ein Muscleshirt in den Seesack zu stopfen.«

»Du willst mich unbedingt blamieren«, sagt Patrick. »Diesen Luxusdampfer darfst du erst entern, wenn fünf Filipinos deine zehn Überseekoffer an Bord gehievt haben.«

Unsere gute Laune wird durch das Schrillen des Telefons verdorben. Ob ich morgen mit Victor aufs Polizeirevier kommen könne? Es gehe bloß um eine Speichelprobe und dauere nur wenige Minuten; die schriftliche Einwilligung des nominellen Vaters liege vor.

Offenbar taugt Steffens private Recherche nicht als Beweismittel. Pflichtgemäß rufe ich Gernot an, um ihn sowohl über meinen Besuch in der Klinik als auch über die Maßnahme der Polizei zu informieren.

»Man hat mich ebenfalls zum Gentest einbestellt«, sagt Gernot, »und ich bin sauer. Sie behaupten zwar, es sei eine freiwillige Aktion, aber wenn ich mich weigere, mache ich mich verdächtig. Was bleibt mir also anderes übrig?«

Das Geld für Gernots Genanalyse hätte ich mir sparen können, denke ich missmutig. Neu ist für mich allerdings, dass man meinem Exmann auf die Seitensprünge gekommen ist, wenn auch verspätet. Ob auch allen meinen Kollegen ein Abstrich der Mundschleimhaut entnommen wird? Die Mehrheit ist in den Sommerferien gar nicht im Lande. Trotzdem kommt jetzt endlich Schwung in die Angelegenheit: Wenn das Geheimnis um Victors unbekannten Vater erst einmal gelüftet ist, klärt sich vielleicht auch die restliche Situation.

Abends besucht uns Martina, Patricks Kusine. In der Urlaubszeit ruhen die Chorproben, so dass auch der wöchentliche Stammtisch nach der Singstunde ausfällt.

»Ich war lange nicht mehr bei euch«, sagt sie. »Nein, was ist der Victor doch für ein allerliebstes Kerlchen! Bei seinem Anblick kriegt man direkt Lust, wieder mit dem Brüten zu beginnen. Aber meine zwei Nervensägen sind jetzt einigermaßen selbständig, für meinen Mann ist dieses Thema abgehakt.«

»Habt ihr eigentlich noch ein Kinderbett?«, fragt Patrick versonnen, und ich wittere Morgenluft.

»Natürlich«, sagt Martina, ebenfalls ganz Ohr. »Braucht ihr am Ende bald ein zweites?«

»Nein, nein«, sagt Patrick hastig, »es ist nicht so, wie du gleich wieder denkst. Unser gnädigster Prinz Victor Augustus schläft ganz nach Belieben mal oben bei Anja, mal unten bei mir. Es wäre praktisch, wenn wir in jedem Stockwerk ein Bettchen für ihn hätten.«

»Wenn du es abholen kommst und vom Dachboden herunterschleppst – bitte sehr«, sagt Martina.

Wir sind schließlich wieder allein, aber in meinem Kopf arbeitet es. Mutterworte wirken oft erst spät, dafür aber nachhaltig. Heute kriege ich dich noch, denke ich und betrachte meinen Patrick mit begehrlichen Augen. »Trägst du mir bitte den Kleinen nach oben?«, frage ich listig, um ihn diskret in mein Reservat zu locken.

Nichtsahnend folgt er mir. Kaum aber ist Victor nach seinem Schlummertrunk eingeschlafen, verschwinde ich schnell im Bad und komme in Mutters transparentem Nachthemd wieder zum Vorschein.

Leider scheint das meinem Liebhaber noch nicht einmal aufzufallen; gedankenverloren blättert er in einem alten Katalog und betrachtet sich kopfschüttelnd, welche sportlichen Kleidungsstücke letztes Jahr modern waren. »Meinst du, Manuel kommt auf der Kreuzfahrt mit zwei Jeans und einer dunklen Hose über die Runden? Es widerstrebt mir sehr, ihm Sachen zu kaufen, die er später doch nicht anzieht.«

»Warum soll ein fast Sechzehnjähriger seine Garderobe nicht selbständig aussuchen? Und warum kümmert sich deine Frau nicht um Manuels Outfit? Schließlich hat sie ihn eingeladen!«

»Aber sie trifft ihn doch erst in Travemünde!«

»Stell dir vor, selbst dort gibt es Geschäfte. Und unterwegs kann man in jedem Hafen einkaufen.«

»Anja, ob du es glaubst oder nicht, aber diese irrwitzige Kreuzfahrt kostet mich schlaflose Nächte.«

»Die Nacht ist nicht allein zum Schlafen da«, sage ich kess und rücke ihm auf den Pelz.

Patrick lächelt milde. »Heute nicht, Liebling. Habe fertig, habe Kopfweh.«

Gern würde ich kontern: Habe Eisprung! Doch leider machte ich in früheren Zeiten schlechte Erfahrungen mit diesem Reizwort, weil es meinem Exmann zuverlässig die Lust vergällte. Als gebranntes Kind stelle ich mich jetzt diplomatischer an: »Mein armer Schatz! Ja, ich kann es nur zu gut nachfühlen: Berge an Wäsche, das Baby, die ewige Kocherei, der

Garten – und niemand merkt auch nur, was man den ganzen Tag über getan hat. Da braucht man wenigstens abends seine wohlverdiente Ruhe.«

Patrick nickt ganz ernsthaft, dann muss er schallend lachen und packt mich am Genick. »Ab in die Kiste, du kleines Luder.«

Am nächsten Morgen werde ich früh wach, Patrick schläft noch fest. Seine geschorenen Haare sind kräftig nachgewachsen, an den Schläfen zunehmend grau. Lange schaue ich ihn an und bin mir sicher, dass ich vorher noch keinen Mann so fröhlich geliebt habe wie meinen arbeitslosen Hausbesitzer.

Ich habe nicht erwartet, dass meine Mutter uns postwendend einen Gegenbesuch abstattet. Vielleicht hat sie ein schlechtes Gewissen, weil sie mir so penetrante Ratschläge gegeben hat; wahrscheinlich ahnt sie auch, dass man durch psychischen Druck oft nur das Gegenteil erreicht.

Sie hat ein Geschenk für Victor mitgebracht – ein uraltes, aber funktionsfähiges Hochstühlchen. In der Weinstube meiner Großeltern wurden jahrzehntelang die mitgebrachten Kleinkinder darin eingeklemmt und zum Stillhalten gezwungen. Nun, Victor kann noch nicht selbständig sitzen und Brei essen, aber das wird schon in einigen Wochen der

Fall sein. Bisher machte er rasante Fortschritte in seiner Entwicklung.

Nach wie vor begeistert sich meine Mutter für unser gutgenährtes Pflegekind, das sein neu erlerntes gickelndes Lachen jetzt andauernd ausprobiert. Anscheinend hat sie aus pragmatischen Gründen bei ihren Vorurteilen gegen Patrick ein paar Abstriche gemacht. Lächelnd schaut sie zu, wie er dem Kleinen die Flasche gibt, während ich Kaffee koche.

»Dein Vater konnte mit Säuglingen nicht viel anfangen«, erinnert sie sich. »Erst als du laufen und sprechen konntest, entwickelte er sich zum Bilderbuchpapa.«

Dann äußert sie den Wunsch nach einem kleinen Spaziergang, denn sie hätte seit vielen Jahren gern wieder mal einen Kinderwagen vor sich her geschoben. Also vertauschen wir die zugedachten Rollen – Patrick bleibt zu Hause, Mutter und ich ziehen mit Victor los.

Kaum sind wir auf der Straße, da packt sie mich am Arm. »Das ist ja hochinteressant, wie sehr der Kleine auf Patrick geprägt ist, fast wie ein Graugans-kücken auf Konrad Lorenz! Hast du nicht auch mal gelesen, dass Adoptivkinder mit der Zeit ihren Eltern immer ähnlicher werden? Wenn ich es nicht besser wüsste, könnte ich schwören, dass dein Freund der leibliche Vater von Klein-Victor ist. Die gleichen braunen Augen, die dunklen Haare und vor allem dieser überwältigende Charme!«

Ein klein wenig hat sie recht, aber der freundliche Mann von der kommunalen Müllabfuhr hat ganz ähnliche Merkmale aufzuweisen.

21

Patrick bringt Manuel nach Mannheim, um sein Söhnchen in den Zug zu setzen. Ich finde das völlig überflüssig, aber vielleicht fällt Vater und Sohn der Abschied schwerer, als ich es mir vorstelle. Seit Isa ausgezogen ist, sind die beiden ein eingeschworenes Männerteam; auch der Tod der kleinen Lenore wird sie fest zusammengeschweißt haben.

Manuel ist alles andere als unselbständig, er könnte durchaus auch ohne Eltern zurechtkommen. Jeden zweiten Tag betätigt er die Spül- oder Waschmaschine, er leert die Mülleimer aus, mäht gelegentlich den Rasen, kümmert sich oft um den kleinen Victor und verbringt seine Abende – wenn er nicht gerade als Babysitter eingesetzt wird – häufig in Gesellschaft seiner Freunde. Ich habe mich in diesem Alter sehr viel weniger an notwendigen Hausarbeiten beteiligt, mochte aber mit 16 nicht mehr mit Vater und Mutter in die Sommerfrische fahren. Manuel dagegen ist noch nie in den großen Ferien allein unterwegs gewesen. Das Verhältnis zu seinem Vater ist durch Respekt, Vertrauen und Kumpelhaftigkeit geprägt. Wobei mich eine übertriebene Großzügigkeit etwas irritiert: Abends kommt und geht Manuel, wie es ihm gerade passt.

Als ich noch mit Gernot verheiratet war, sind wir an freien Samstagen oft zum Einkaufen nach Mannheim gefahren. Bei Manuels Verabschiedung schoss mir der Gedanke durch den Kopf: Ich will mitkommen! Wenn der Junge endlich in der Bahn sitzt, könnten Patrick und ich ein wenig bummeln gehen, beim Italiener essen, ein Paar Schuhe kaufen und …

Noch bevor ich diesen Wunsch laut äußern konnte, meldete sich mein Verantwortungsbewusstsein: Wenn man ein Baby hat, kann man spontanen Gelüsten nicht so ohne weiteres nachgeben. Victor würde bald seinen Hunger anmelden und eine frische Windel brauchen. Abgesehen davon wollten sich Vater und Sohn vielleicht einmal ohne mich unterhalten.

Es ist nicht ganz einfach, einen Säugling mit neuen kulinarischen Genüssen vertraut zu machen. Auf Anraten meiner Mutter habe ich die Bananenscheibe mit der Gabel zu feinstem Mus zermatscht und einen ganz kleinen Plastiklöffel ausgesucht, aber Victor scheint überhaupt nicht zu begreifen, was ich vorhabe. Ich bändige mit der linken Hand seine fuchtelnden Ärmchen und versuche mit der rechten,

ihm winzige Mengen Brei einzutrichtern. Beharr-
lich schiebt Victor mit der Zunge alles wieder heraus, ich schabe das verschmierte Mündchen frei und
beginne das Spiel von vorn. Nach etwa fünf Minuten hat der Kleine ein Aha-Erlebnis, denn er
schluckt, und es scheint ihm zu schmecken.

Wir sind noch lange nicht fertig, als das Telefon
klingelt. Victor möchte jetzt gern weiteressen und
protestiert. Ich klemme mir den Hörer in die Hals-
kuhle und füttere weiter.

Patrick berichtet, dass Manuels Zug Verspätung
hatte. »Hoffentlich kriegt er in Hamburg den Anschluss nach Lübeck«, sorgt sich sein Vater.

»Victor isst gerade seine erste Banane«, sage ich
leicht genervt und erfahre, dass Patrick einen ehemaligen Kollegen am Bahnhof getroffen hat.

»Diesen armen Teufel haben sie gerade gefeuert«,
sagt er, »wir gehen noch ein Bierchen trinken, nur
damit du Bescheid weißt.«

Ich spachtele weiter Bananenbrei und denke dabei an meine Mutter, die sich stets über die Ausdrü-
cke »Bierchen«, »Weinchen«, »Schnäpschen« und
»Zigarettchen« mokiert hat. Wo sie recht hat, hat sie
recht.

Als das Kind satt und zufrieden auf seiner Patchworkdecke liegt, stelle ich mich darauf ein, dass aus
einem Bierchen mit dem armen Teufel wahrschein-

lich mehrere werden. Eigentlich wollte ich Victor in den Kinderwagen packen und spazieren gehen, aber draußen nieselt es.

Bei diesem trüben Wetter kommt mir Patricks Wohnzimmer recht finster vor, man könnte es an der Gartenseite durch eine gläserne Schiebetür erheblich aufwerten. Überhaupt würde ich es gern umgestalten und etwas freundlicher und moderner einrichten. Der schwarze Flügel und die dunkle Bücherwand aus Teakholz schlucken viel Licht. Ich stehe davor und ziehe wahllos hier und dort ein Buch heraus. Im hintersten Regal entdecke ich die Fotoalben und mache mich neugierig darüber her.

Warum hat die berühmte Sängerin ihr Album nicht mitgenommen? Betrachtet sie Patricks Haus immer noch als Zentrum ihres Lebens und als ihr eigentliches Heim? Ich blättere darin herum, und Schadenfreude regt sich. Auch die Diva war einmal ein pummeliges Kleinkind und ein molliger Teenager. Für ziemlich spießig halte ich die Fotos aus ihrer Kindheit und Jugend, da kann ich mit meinem eigenen Elternhaus mehr Staat machen. Das nächste Buch ist das dickste und zeigt Fotos der Familie Bernat aus glücklichen Tagen. Patrick und Isadora als strahlendes Liebespaar, auf dem Standesamt, auf Reisen und mit dem neugeborenen Sohn. Auf der letzten Seite ist Manuel schon fast ein Schuljunge und hält das kleine Schwesterchen im Arm. Fortsetzung folgt im nächsten Band, den ich ebenfalls anschauen will.

Man hat mir noch nie zuvor ein Bild von Lenore gezeigt. Auf einem der Fotos ist sie etwa vier Monate alt, liegt auf Victors bunter Decke und sieht ihm zum Verwechseln ähnlich. Erst nach längerem verblüfftem Hinstarren begreife ich endlich, was das bedeutet. Meine Mutter hatte leider mal wieder den Nagel auf den Kopf getroffen, als sie von Patricks und Victors Ähnlichkeit sprach.

Nun hatte ich gedacht, endlich den Mann fürs Leben gefunden zu haben, da komme ich schon wieder einer hinterhältigen Irreführung auf die Spur. Patrick hat mich von vorn bis hinten belogen. Natürlich hat er Birgit nicht bloß ein einziges Mal getroffen, natürlich hat er mit ihr geschlafen, natürlich ist Victor sein Sohn. Wie konnte ich mir nur einbilden, dass es die pure Herzensgüte war, die ihn ein fremdes Kind so uneigennützig und liebevoll aufnehmen ließ!

Nach dem ersten Schrecken schaue ich mir weitere Fotos von Leno an, denn die identische Pose auf der Spieldecke – zu Zeiten unserer Großeltern war es das Eisbärfell – könnte zu einer Sinnestäuschung geführt haben.

Leider ist auch auf vielen anderen Aufnahmen der Sachverhalt eindeutig: Victor und das verstorbene Mädchen gleichen einander fast wie Zwillinge. Kann es einen solchen Zufall geben?

Die Tatsache, dass Patrick und Birgit ein Verhältnis hatten, ist zwar kein echter Verrat, denn es fand noch vor meiner Ära statt. Doch wieso konnte er nicht genügend Mut aufbringen, mir klaren Wein einzuschenken? Was habe ich falsch gemacht, dass ich immer Pech mit den Männern habe? Oder bin ich es am Ende, die spinnt? Soll ich lieber keine große Szene machen, sondern erst einmal abwarten? Ich könnte einen weiteren Vaterschaftstest veranlassen, um erst nach hundertprozentiger Gewissheit mit Patrick abzurechnen.

Wie ein Tier im Käfig tigere ich durch Patricks Wohnung. Über den langen Flur ins Wohn- und Schlafzimmer, zurück in die Küche und bis in sein privates Reich. Früher war es einmal das Zimmerchen von Leno, aber kein Bild von ihr wurde in dieser Wohnung aufgehängt. Vielleicht ist die Erinnerung immer noch so schmerzlich, dass die Familie eine ständige Konfrontation nicht aushalten kann. An einer Pinnwand hinter Patricks Schreibtisch stecken Postkarten und Zettel mit Notizen, Telefonnummern und chemischen Formeln. Auf einem Papierfetzen ist zu lesen:

Allem kann ich widerstehen,
nur der Versuchung nicht.
Oscar Wilde

Das stammt von Birgit, denke ich sofort. Aussprüche englischer Autoren zitierte sie zwar am liebsten in der Originalsprache, aber für weniger polyglotte Mitmenschen mochte auch die deutsche Übersetzung genügen. Wie passend war dieser Ausspruch doch für eine Frau, die nicht einmal genau weiß, wer der Vater ihres Kindes ist. Und schon erscheint mir Birgit erneut als Feindin, obwohl ich ihr das Verhältnis mit Gernot verziehen habe.

Als ob das alles nicht ohnedies zu viel für meinen armen Kopf wäre, klingelt erneut das Telefon. Es ist die nette Dame vom Jugendamt. »Ich habe eine gute Nachricht«, sagt sie, »Sie werden demnächst entlastet! Eine Kusine von Frau Tucher will den kleinen Victor zu sich nehmen. Wahrscheinlich haben Sie Ihre Urlaubsreise zurückstellen müssen, doch jetzt können Sie getrost wieder Pläne schmieden.«

»Wieso, warum, wie kommt diese Kusine dazu?«, stottere ich.

»Frau Tuchers Schwester in Brüssel ist zwar die nächste Blutsverwandte, aber sie kann aus beruflichen Gründen kein Baby aufziehen. Sie hat jedoch mit ihrer kinderlosen Kusine Kontakt aufgenommen. Diese Frau bat um Bedenkzeit, hat aber inzwischen eingewilligt und wünscht sich gegebenenfalls eine spätere Adoption.«

»Was heißt gegebenenfalls?«, frage ich.

»Unter uns gesagt«, meint sie, »muss man damit rechnen, dass Birgit Tucher nicht mehr am Leben ist. Aber solange man keine Leiche gefunden hat, gibt es keine absolute Sicherheit. – Freuen Sie sich eigentlich gar nicht über diese positive Lösung, Sie wirken so bedrückt?«

»Wir haben den Kleinen ins Herz geschlossen«, sage ich.

Seit meiner Kindheit habe ich nicht so oft geweint wie in diesem Jahr.

Schließlich räume ich die Fotoalben wieder ins Regal, trage Victor nach oben in meine Wohnung und sperre mich ein. Wenn Patrick irgendwann zurückkommt, will ich ihn erst einmal nicht sehen. Am liebsten würde ich jetzt so lange Sudokus lösen, bis mir nur noch Zahlen vor den Augen flimmern, aber ich habe seit langem kein einziges Heftchen mehr im Haus. Also lege ich mich mit dem fröhlich krähenden Baby in mein großes Bett. Das Schlafzimmer war für mich stets eine Insel der Geborgenheit, wo ich in schweren Zeiten Zuflucht fand.

Victor tröstet mich auf seine Weise, patscht mir ins Gesicht und greift mir keck in den Mund. Er will spielen, gekitzelt werden, Spaß haben, auf den Bauch geküsst werden, und ich gehorche. Ich kann mir gar nicht vorstellen, mein heißgeliebtes Schätzchen wieder herausrücken zu müssen.

»Du kleiner Mistkerl«, sage ich. »Du wusstest es schon immer und hast es mir nicht verraten. Du warst vom ersten Moment an ein Papakind, ihr beide habt euch auf Anhieb verstanden. Und mich habt ihr für dumm verkauft!«

Victor grinst durchtrieben und kneift mir mit allen seinen schwachen Kräften in die Brust.

»Alter Busengrabscher«, sage ich.

»Rö, rö«, antwortet er.

»Und jetzt sollen wir dich wieder hergeben?«, frage ich ihn. »Kommt überhaupt nicht in Frage!«

Victor meint: »Agu!«

Plötzlich dämmert mir, dass unsere Chancen durch die neuen Erkenntnisse hundertprozentig gestiegen sind. Patrick als leiblicher Papa kann völlig legale Rechte geltend machen, er muss seine Vaterschaft allerdings erst noch nachweisen. Die Kusine ist dann abgehängt.

»Es hat doch alles zwei Seiten«, sage ich, löse den Pferdeschwanz und bette meinen Kopf in Position, damit unser Findelkind meine Haare verwuscheln kann. Dann setze ich mich wieder auf und schaue ihn lange an. Es ist seltsam, dass ich immer das Gefühl hatte, Victor sehe einer mir bekannten Person ähnlich, aber nie auf die einfachste Lösung kam. Goethe hat wieder einmal recht: *Warum in die Ferne schweifen? Sieh, das Gute liegt so nah.*

Wenn ich den Kleinen so näher betrachte, erkenne ich auch Birgits Schalkhaftigkeit wieder, ihre Grübchen und ihre Neigung zu übermütigem Lachen – jedenfalls in jener Zeit, als sie noch meine Freundin war. Victor ähnelt beiden Seiten: Patrick und Birgit.

Als es an meine verschlossene Tür klopft, fahren Victor und ich aus einem verträumten Dämmerzustand hoch. Nach sekundenlangem Zögern lasse ich Patrick herein, denn ich will nicht die Hysterische spielen, sondern ihn lieber auflaufen lassen. Weil ich fast nichts anhabe, krieche ich wieder zu Victor ins Bett.

Er setzt sich neben mich und streicht mir übers Haar. »Hattest du etwa Angst, so ganz allein?«, fragt er leicht verwundert, weil er nicht einfach eindringen konnte wie gewohnt.

Ich nicke matt.

»Kommt dir das Haus auch so leer vor ohne Manuel?«, fragt er.

»Victor hat mir ja Gesellschaft geleistet«, sage ich, »aber das hat leider bald ein Ende. Die Frau vom Jugendamt hat vorhin angerufen, Victor soll von Birgits Kusine adoptiert werden.« Nun muss er wohl Farbe bekennen, denke ich und beobachte Patrick sehr genau.

Er reißt die Augen auf, schnappt nach Luft, schweigt lange. »Das musst du mir genauer erklären«, sagt er schließlich.

Ich wiederhole die Worte der Beamtin, so gut ich kann.

»So mir nichts, dir nichts adoptieren? So einfach geht das bestimmt nicht«, meint Patrick. »Diese Kusine kennen wir doch gar nicht!«

»Das ist kein Argument«, entgegne ich.

»Nein, nein, nein«, ruft Patrick erregt, »daraus wird nichts! Die werden noch von mir hören! Ich lasse mir etwas einfallen, da kannst du ganz beruhigt sein.« Er schnappt sich den Kleinen und presst ihn an sich. »Stinkebärchen, du brauchst dir keine Sorgen zu machen! Wir überlassen unseren Victor Augustus nicht einfach einer wildfremden Frau!«

Jetzt wäre der richtige Moment für ein Geständnis, denke ich.

Aber Patrick schweigt und wiegt sein Söhnchen hin und her. »Hast du schon etwas gegessen?«, fragt er etwas unerwartet. »Ich habe jedenfalls Hunger.

Auf dem Mannheimer Markt gab es grüne Boh-
nen und Lammkoteletts, die werde ich jetzt mit viel
Knoblauch in der Pfanne braten. In den Ferien brauchen Lehrerinnen nicht nach Jil Sander zu duften.«

Mit solchen Worten kann sich jeder Mann bei mir
einschmeicheln, ich lächele wider Willen und freue
mich aufs Essen.

Inzwischen habe ich mich so weit gefangen, dass ich
einen Stoß Hefte in Angriff nehme. Man soll nicht
wie ein fauler Schüler bis zum letzten Ferientag damit warten. Als Patrick auf den Gong schlägt, habe
ich immerhin schon etwas rote Tinte verbraucht und
ein paar Fünfer ausgeteilt.

Nach dem letzten Bissen fragt mich Patrick, der
anscheinend weiterhin seinen Gedanken nachhing:
»Wie soll man sich das eigentlich vorstellen, wenn
die Polizei einen Gentest für nötig hält?«

Vor lauter Überraschung überspringe ich mehrere Gedankengänge und frage zurück: »Willst du
dich etwa freiwillig stellen?«

»Stellen? Wieso? Ich bin doch kein Mörder«, sagt
Patrick verwundert. »Ich wollte rein theoretisch
wissen, wie man so einen Test machen lässt. Aber so
etwas weißt du wahrscheinlich nicht, du Neunmal-
kluge!«

»Aber sicher, das sieht man doch in jedem besseren Polizeifilm! Der Kommissar entnimmt eine Speichelprobe und schickt sie an den Gerichtsmediziner; im Übrigen kann man auch privat ein Labor beauftragen. Es ist allerdings umstritten, ob ein Mann ohne Wissen und Einwilligung seiner Frau die tatsächliche Vaterschaft des Kindes aufdecken darf. Trotzdem wird es oft genug gemacht.«

»Und daraus resultieren mit Sicherheit schreckliche Tragödien«, meint Patrick. »Wie man es ja bei deinen Freunden erleben konnte.«

Wir sehen uns kurz und kritisch an, und ich hätte alles darum gegeben, die Gedanken meines Liebhabers zu erraten.

22

Heute ist Victor schon sehr früh wach geworden. Es ist ein strahlender Sommermorgen. Nachdem ich den Kleinen gefüttert und gewindelt habe, brühe ich mir einen Kaffee auf und setze mich im Bademantel auf den Balkon. Patrick scheint unten in seinem Reich noch zu schlafen, später wollen wir gemeinsam ein ausgiebiges Frühstück im Garten einnehmen. Aber diese erste Tasse muss ich sofort haben, sonst komme ich nicht in die Gänge. Es fehlt eigentlich nur noch die Zeitung.

Auf leisen Sohlen husche ich die Treppe hinunter und schleiche mich zur Gartenpforte an den Briefkasten. Gleich werde ich es mir so richtig gemütlich machen und noch ungewaschen die ersten Sonnenstrahlen genießen. Beinahe wie Urlaub in der Provence, denke ich. Dort lief ich oft im Schlafanzug, barfuß und mit einem Becher in der Hand in französischen Gärten herum. Gern machte ich mich etwas nützlich und klaubte verwelkte Oleanderblüten aus den nach Vanille duftenden Sträuchern.

Auch auf meinem Balkon riecht es jetzt verführerisch – das üppig wuchernde Alyssum duftet nach Honig, und die exotische Schokoladenblume macht ihrem Namen alle Ehre. Hier oben habe ich keinen Oleander, sondern fette rosa Begonien, die ich ebenso liebevoll von bräunlich verfärbten Blüten befreie. Auf Geranien habe ich ganz verzichtet, sie gehörten immer zu Birgit, die sogar ein Kaffeeservice mit Geranienranken besaß. Für die Teetassen bevorzugte sie ein Dekor aus Maiglöckchen. Schon seltsam, bei wie vielen Anlässen ich an meine Kollegin erinnert werde.

Meine eigene Tasse, weiß und ganz ohne Dekor, steht vor mir auf dem breiten Balkongeländer. Ich schlage die Beine übereinander und die Zeitung auf. Aktuelle Meldungen aus Politik und Wirtschaft sind mir durch die Nachrichten von gestern Abend bereits bekannt, ich blättere bis zum Lokalteil und stolpere über die fettgedruckte Überschrift: *Selbstmord des Tatverdächtigen.* Erschüttert ahne ich bereits, um wen es sich handeln muss. Nach den ersten erklärenden Sätzen wird es ernst.

Steffen T., der Ehemann der vermissten Lehrerin Birgit T., der seit einigen Wochen schwer verletzt in einer Ludwigshafener Klinik lag, offenbarte einer Pflegerin, dass er sich nunmehr an die Tatnacht erinnern könne und ein Geständnis ablegen wolle.

Auf Wunsch des Patienten informierte der dienst-
habende Arzt noch am späten Abend die Polizei.

Am frühen Morgen des nächsten Tages, noch vor
dem Eintreffen der Beamten, war Steffen T. jedoch
nicht in seinem Zimmer aufzufinden; er hatte sich
am Bettgalgen eines leerstehenden Nachbarraums
erhängt und konnte nicht mehr reanimiert werden.

Durch das Teilgeständnis, das er noch vor seinem
Ableben der Krankenschwester gegenüber abgelegt
hatte, könnte unter Umständen eine abschließende
Klärung des Falles erreicht werden. Im Mittelpunkt
steht nach wie vor die Suche nach der Vermissten.

Die Soko arbeitet im Augenblick fieberhaft an
weiteren Ermittlungen.

Ihr Tagesblatt wird regelmäßig über die neuesten
Erkenntnisse berichten.

Fassungslos möchte ich am liebsten mit der Zeitung
in der Hand nach unten rennen und Patrick wecken.
Inzwischen gehen wohl zwei Leichen auf mein Konto, obwohl Birgits Tod nicht mit Sicherheit bestätigt
werden konnte. Hätte ich mich in meiner großen
Wut und Eifersucht nicht in fremde Angelegenhei-
ten eingemischt und Steffen zu einem Vaterschaftstest überredet, dann würde Victor in einer intakten
Familie aufwachsen. Birgit hätte ihre helle Freude
an diesem entzückenden Kind, Steffen wäre niemals

ausgerastet und hätte keine Schuld auf sich geladen. Ich beschließe, alles an Victor wiedergutzumachen und ihm eine treusorgende Mutter zu sein.

Das Baby schläft und ahnt nichts von meinen schwermütigen Gedanken. Seine Bäckchen sind rund und rosig, die erhobenen Händchen liegen lose geballt auf dem Kopfkissen. Ein schlafendes Kleinkind gleicht einem Engel und wird selbst in der finstersten Seele Rührung und Beschützerinstinkte auslösen.

Die Frau vom Jugendamt hatte gesagt, dass sie sich recht bald melden würde, um den Kontakt mit Birgits Kusine herzustellen. Es ist höchste Zeit, dass Patrick Farbe bekennt, sonst drohen weitere Tragödien. Victor hat sich völlig an uns gewöhnt und wir uns an ihn.

Manchmal freue ich mich sogar, wenn meine Mutter anruft. »Hast du schon die Zeitung gelesen?«, fragt sie aufgeregt.

»Ja«, antworte ich, »es ist furchtbar!«

»Ich kann noch mit ein paar weiteren Details aufwarten«, sagt sie stolz. »Die Tochter meines Nachbarn – von der ich dir ja schon erzählt habe – arbeitet als Krankenschwester in der besagten Klinik. Ich hielt dieses bigotte Wesen immer für eine trübe Tasse, aber gerade so eine ist mitunter eine Meisterin im

Anbiedern. Anscheinend saß sie in jedem unbeobachteten Moment an Steffens Bett. Nun ja, zwei einsame Herzen, verstehst du. Ihr Vater verriet mir, dass sie aus einer anderen Klinik geflogen ist, weil sie unerlaubt missionierte. Allmählich übte sie auf diesen Steffen Tucher einen so starken Einfluss aus, dass er zu einem Geständnis bereit war. Bevor es aber dazu kam, hat er sich aufgehängt. Im Krankenhaus sind sie jetzt in großer Sorge, dass sie wegen Verletzung der Aufsichtspflicht belangt werden können, denn der Patient galt als depressiv. Andererseits war er nur bedingt in der Lage, sein Bett zu verlassen – da hält man es wohl nicht für nötig, ihn von früh bis spät zu überwachen.«

»Sollte er sich am helllichten Tag umgebracht haben, dann handelte das Personal trotzdem grob fahrlässig«, gebe ich zu bedenken.

»Es war bereits sehr spät«, sagt meine Mutter. »Die Polizisten wollten ihn erst am nächsten Morgen verhören. Die Nachtschwester schaut zwar immer mal in jedes Zimmer rein, aber sie muss sich schließlich um die ganze Station kümmern.«

»Fiel ihr das leere Bett nicht auf?«, frage ich.

»Der Patient hat einen uralten Trick angewendet, den man aus Gefängnisfilmen kennt. Die Bettdecke sah so aus, als habe sich eine Gestalt darin eingerollt.«

»Darauf bin ich auch einmal bei einer Klassenfahrt hereingefallen, als zwei Schülerinnen heimlich in der Disko waren«, sage ich. »Weißt du noch weitere Einzelheiten, die Steffen seiner Beichtmutter gestanden hat?«

»Viel habe ich leider nicht erfahren, die Pflegerin unterliegt ja auch einer Schweigepflicht…«

Mutter legt auf und ruft drei Minuten später wieder an.

»Anja, ich habe noch etwas vergessen. Bei der Hausdurchsuchung fand man ein Bahnticket. Nachdem Steffen den Wagen seiner Frau in einem See versenkt hatte, musste er ja irgendwie wieder nach Hause kommen. Das sind doch wohl genügend schwerwiegende Indizien!«

Es kommt mir fast wie ein Symbol vor, als am Horizont eine dunkle Regenwolke aufzieht. Ein Blick nach draußen zeigt mir, dass wir gestern Abend die Kissen auf der Bank und den Gartenstühlen nicht ins Haus gebracht haben. Es ist immer etwas eklig, wenn sie nass werden, tagelang trocknen müssen und muffig riechen. Ich stürze also das zweite Mal die Treppe hinunter, wecke dabei leider den verpennten Patrick und rette schleunigst Kissen, Tischdecke und Sonnenschirm.

»Du hast aber ein Tempo drauf«, sagt mein müder Freund und gähnt.

Die ersten Tropfen fallen, ich bin sekundenlang zufrieden mit mir. Aber bevor es richtig zu regnen anfängt, verzieht sich die obskure Wolke völlig unverrichteter Dinge.

»Das war mehr als überflüssig«, sagt Patrick, anstatt meine Geistesgegenwart zu bewundern.

Ich falle ihm um den Hals. »Steffen hat sich umgebracht«, schluchze ich und will getröstet werden.

Eigentlich müsste Patrick ebenfalls in Tränen ausbrechen, denn dieser Tod geht ja irgendwie auch auf sein Konto. Hätte er Birgit nicht geschwängert, wäre es nicht zu dieser Katastrophe gekommen.

Doch Patrick bleibt gelassen. »Er wird seine Gründe gehabt haben«, meint er. »Wer überbringt dir eigentlich am frühen Morgen solche Schreckensnachrichten?«

»Es steht in der Zeitung«, sage ich, »kannst es gleich selber lesen.«

»Nach dem Frühstück«, sagt er. »Und vielleicht sollten wir uns vorher die Zähne putzen.«

Derart auf meinen etwas anrüchigen Zustand aufmerksam gemacht, ziehe ich mich wieder in meine Gemächer zurück. Da ich das dringende Bedürfnis habe, über Steffens Suizid zu reden, rufe ich Gernot im Büro an, obwohl ich weiß, dass er das nicht leiden kann.

»Ich bin's, die Anja«, sage ich.

»Schon gut, ich habe die Zeitung gelesen«, sagt er kurz angebunden. »Ich rufe dich später zurück.«

Es bleibt mir also nichts anderes übrig, als mich zu duschen, zu kämmen und ordentlich anzuziehen.

Zur Belohnung erwartet mich ein gedeckter Frühstückstisch. Patrick liest mit gerunzelter Stirn den Zeitungsartikel, Victor träumt unter einem schattigen Baum, und eigentlich ist die Idylle perfekt, wenn auch trügerisch. So wundert es mich nicht, als nach meiner zweiten Tasse Kaffee Patricks Telefon klingelt. Es ist für mich, ein Anruf des Kommissars. Unter meiner Nummer sei ich ja leider nicht erreichbar gewesen, entschuldigt er sich.

»Was ist?«, fragt Patrick. »Schon wieder eine Hiobsbotschaft?«

»Weiß ich noch nicht«, antworte ich mürrisch, »aber ich soll möglichst bald zur Kripo kommen. Inzwischen kannst du dir ja mal Gedanken machen, was mit Victor wird.«

»Zu Befehl, Majestät«, sagt er. »Eigentlich hatte ich schon einen perfekten Plan ausgeheckt: Wir entführen den Prinzen und fliehen auf die Taka-Tuka-Insel.«

»Sehr witzig«, sage ich, gehe wieder nach oben und ziehe mich noch etwas anständiger an.

Bevor ich die Haustür hinter mir zuknallen kann, teilt mir Patrick eine viel läppischere Sorge mit: Manuel hat sich bisher noch kein einziges Mal gemeldet.

»Auf hoher See hat er vielleicht keinen Handy-Empfang«, sage ich. »Warte, bis sie einen Hafen anlaufen. Wenn das Schiff auf einen Eisberg gestoßen und abgesoffen wäre, hättest du es längst erfahren.«

Victors Schicksal steht nicht zur Debatte, das weiß ich, als ich das Zimmer des Kommissars betrete. Seine zusammengezogenen Brauen gleichen heute einem Stacheldrahtverhau. Dieser Mann ist auch nicht gerade glücklich über den Ausgang seiner Ermittlungen, denke ich. Er begrüßt mich kurz und wedelt dabei demonstrativ mit ein paar dichtbeschriebenen Blättern.

»Wir haben uns erlaubt, einen Brief zu öffnen, der für Sie bestimmt war«, sagt er. »Sie können mich also getrost zur Hölle schicken.«

Ich schaue ihn verständnislos an.

»Haben Sie schon die Zeitung gelesen?«, fragt er, und ich nicke.

»Herr Tucher hatte sich trotz einer Fülle von Indizien nicht zum Tathergang äußern wollen, bis ihn eine Krankenschwester – sagen wir mal mit nicht ganz korrekten Mitteln – unter Druck gesetzt hat.«

»Folter?«, frage ich.

»Um Himmels willen, nein!«, sagt er und lächelt matt. »Allenfalls durch massiven psychischen Druck unter religiösem Deckmantel. Jedenfalls hat sie einem ohnedies Verzweifelten über Gebühr zugesetzt. Nun, um die Sache abzukürzen: Herr Tucher hat einen Brief geschrieben und der Pflegerin zum Einwerfen übergeben. Sie nahm den verschlossenen Umschlag abends mit nach Hause, hatte aber keine Briefmarke zur Hand. Am nächsten Tag erfuhr sie vom Tod ihres Patienten und übergab das Schreiben mir – obwohl es an Sie gerichtet ist. Bitte lesen Sie!«

Wahrscheinlich bin ich blass geworden. Steffen hat mit blauem Kugelschreiber und sehr krakelig geschrieben, obwohl er eigentlich eine klare Handschrift hatte. Es ist ein längerer Brief ohne Anrede oder Gruß.

Ich habe sowohl meine Frau als auch dieses Kind geliebt, ich war ein glücklicher und stolzer Papa. Wenn Du mir nicht diese schrecklichen Zweifel eingeredet hättest, wäre ich es immer noch.

An jenem unseligen Abend hatte ich erfahren, dass Victor nicht mein Sohn ist, und glaubte natürlich, Gernot sei der Erzeuger. Ich wollte aus Birgit ein Geständnis herausprügeln, aber sie blieb stumm wie ein Fisch, wehrte sich nach Kräften und griff so-

gar zum Küchenmesser, das ich ihr nur mit Gewalt entreißen konnte. Irgendwie muss ihre Verletzung bei unserem Gerangel zustande gekommen sein. Sie blutete stark und schrie um Hilfe, das Kind brüllte noch lauter. Als ich Verbandszeug suchen wollte, rannte sie zum Auto und fuhr Hals über Kopf davon. Sie will nur Zigaretten holen, hoffte ich, denn die waren ihr ausgegangen. Aber sie blieb einfach weg, und das Baby schrie zum Steinerweichen.

Schließlich setzte ich mich in meinen Wagen, um Birgit zu suchen. Zuerst musste ich aber das brüllende Kind loswerden. Da ich der festen Meinung war, dass Gernot der Vater sein müsste, wollte ich Victor dort abliefern. Weil Dein sauberer Exmann aber nicht anzutreffen war, fuhr ich notgedrungen zu Dir. In diesem Moment bildete ich mir immer noch ein, dass Birgit nur etwas besorgen ging, aber mir schwante auf einmal, dass sie gar kein Geld bei sich hatte. Ich fuhr also wieder nach Hause und sah erleichtert, dass ihr Auto in der Einfahrt stand. Als ich den Schlag öffnete, hing sie blutüberströmt über dem Steuerrad. Und als ich sie herausziehen wollte, merkte ich, dass sie tot war, und geriet in Panik.

Schließlich habe ich das Auto in die Garage gefahren, Birgit in den Kofferraum gebettet, eine Schaufel und eine Tasche mit sauberen Kleidern eingeladen und bin losgebraust.

Irgendwo tief im Bayerischen Wald habe ich mei-
ne Frau begraben und ihren Wagen später in einem
See versenkt.

Wenn Du diese Zeilen liest, Anja, bin ich hoffent-
lich längst in einer anderen Welt. Du aber musst da-
mit weiterleben, dass Du eine glückliche Ehe zerstört,
ein Kind zur Waise gemacht und zwei Menschenle-
ben auf dem Gewissen hast.

Steffen Tucher

Meine Tränen fließen, vor mir liegt plötzlich eine Packung Papiertaschentücher, eine junge Frau bringt
mir ein Glas Wasser. Der Kommissar lässt mich nicht
aus den Augen, während er sagt: »Sie sind mit Recht
schockiert, Frau Reinold. Auch wir hartgesottenen
Burschen können nicht einfach zur Tagesordnung
übergehen, wenn es zu einer so schrecklichen Katastrophe kommt. Meines Erachtens kann man eine
Ehe allerdings nicht glücklich nennen, wenn mindestens drei Männer für die Vaterschaft in Frage
kommen.«

Nach anhaltendem Schniefen frage ich: »Glauben
Sie, dass dieser Brief der Wahrheit entspricht?«

»Im Wesentlichen schon, wenn wir auch manche
Dinge jetzt nicht mehr aufklären können. Steffen
Tuchers schwerer Autounfall war wohl bereits ein
Selbstmordversuch. Die Leiche seiner Frau wird

wahrscheinlich erst durch einen Zufall entdeckt werden, denn wir können nicht den gesamten Bayerischen Wald durchforsten lassen. Und wir werden auch kaum erfahren, ob es sich um einen tragischen Unglücksfall oder um ein Tötungsdelikt zum Nachteil von Frau Tucher handelt.«

»Spielt das überhaupt noch eine Rolle?«, frage ich.

Er zuckt die Achseln. »Sie können eine Kopie des Briefes mitnehmen, das Original muss vorläufig bei den Akten bleiben.«

Der Kommissar steht auf und reicht mir die Hand. Sein Gesicht bleibt unbeweglich.

Auf dem Rückweg fahre ich langsam an Birgits und Steffens Haus vorbei. Vor der Garageneinfahrt stehen seit Jahren Blumentöpfe auf einer niedrigen Mauer. Auch nach Birgits Verschwinden wurden die Geranien wohl von einer Nachbarin gegossen, denn sie sahen stets gepflegt aus. Heute kommen sie mir völlig vertrocknet vor, wahrscheinlich liegt es an der Urlaubszeit. Mir fällt ein trauriges Lied ein, das wir unlängst im Chor gesungen hatten:

Es fiel ein Reif in der Frühlingsnacht.
Er fiel auf die zarten Blaublümelein,
sie sind verwelket, verdorret.

23

Jahrelang haben die Tuchers in der Weststadt gelebt, und direkt vor ihrer Garageneinfahrt ist Birgit im Auto verblutet. Ein Mann winkt mir schon von weitem zu, ich erkenne den Kollegen Anselm Schuster, der sich ebenfalls hier herumtreibt. Ich halte an und steige aus, denn ich habe das dringende Bedürfnis nach Trost.

»Ein Unschtern schwäbte über ihrem Haus«, sagt Anselm pathetisch. »Dabei war d' Birgit so a fröhlichs Mädle!«

»Sie wird nie wieder lachen«, jammere ich. »Und ihr Mann hat sich erhängt, weil Birgit tot ist.«

Anselm umarmt mich auf offener Straße. Bei zu viel Mitleid fange ich bestimmt wieder an zu heulen.

Jetzt sagt er zu allem Überfluss: »Solle mir no a Schnäpsle trenga? Gega dr Tod isch bekanntlich a Kraut gwachsa!«

Das fehlt mir gerade noch. Doch bei der Gelegenheit frage ich ihn, ob auch er zum Gentest bestellt worden sei.

Ja, ja, sagt er grinsend, aber in diesem Punkt habe

er ein absolut reines Gewissen. Doch sei es schon verwunderlich, dass man das gesamte männliche Kollegium in Betracht gezogen habe! »Unser brave Schulmeischterin – *la maîtresse d'école*«, witzelt er, was ich pietätlos finde.

»Birgit war in der Tat eine Meisterin der französischen Sprache, aber bestimmt nicht eure Mätresse«, widerspreche ich. »Der Test diente nur zum Ausschluss einer vagen Theorie.«

»*De mortuis nil nisi bene*«, schiebt er schnell hinterher, nur um sein Latein unter Beweis zu stellen, und wir verabschieden uns.

Als ich in die Scheffelstraße zurückkomme, leert Patrick gerade einen Eimer mit kleingeschnittenen Holunderzweigen in die Biotonne. Bei meinem Anblick zieht er mich mit wichtiger Miene in den Garten. Dort hüpft mal wieder eine Amselfamilie auf dem Rasen herum. Die zwei Jungvögel, die man an den kürzeren Schwanzfedern erkennt, fliehen rasch ins Unterholz. Eigentlich bin ich an jeglichem Getier interessiert, aber gerade die Amseln vermehren sich hier so ungeniert, dass ich sie nicht mit der gleichen Begeisterung beobachte wie etwa einen Stieglitz.

»Du bist ja total am Boden zerstört, war es schlimm?«, fragt mich Patrick. »Mach dir nicht zu

viele Sorgen! Sehet die Vöglein auf dem Felde, sie
säen nicht, sie ernten nicht und…«

»Mir ist jetzt nicht nach biblischen Vöglein. Steffen hatte mir einen Abschiedsbrief geschrieben, der
es in sich hat.« Ich ziehe den kopierten Brief aus der
Tasche.

Patrick setzt sich auf die Gartenbank und liest.
»Klar, dass er die Schuld auf andere abwälzen will«,
meint er dann. »Aber du darfst dir diesen Schuh
nicht anziehen. Übrigens hat Manuel angerufen.«

»Na, wer sagt's denn. Alles okay?«

»*Shit happens*…, so begrüßte mich mein Sohn.
Keine Rede von Walen, Trollen, Islandpferden und
Geysiren, sondern nur von einem schrecklichen
Schicksalsschlag!«

»Nämlich?«, frage ich und hoffe sekundenlang,
Isadora sei in einen Vulkan gestürzt. Da erst bemerke ich das belustigte Funkeln in Patricks Augen.
»Manuels Schal hat es über Bord geweht.«

»Bestimmt hat er der Oma seines Busenfreundes
schon einen neuen in Auftrag gegeben. Und was
macht dein zweiter Sohn?«, frage ich streng.

»Meinst du Victor? Das Bärchen schläft den
Schlaf des Gerechten, denn es hat sich den Bauch
mit Banane vollgeschlagen. Zur Belohnung habe ich
Edward, Edward angestimmt, was ihm anscheinend
den Rest gegeben hat.«

Das finde ich gar nicht lustig. Ich singe Wiegenlieder von Schäfchen, Mondenschein und Blümelein, der alte Grizzlybär knödelt dagegen sein Junges mit einem totgeschlagenen Rotross in den Schlaf.

»Reg dich nicht auf«, sagt er. »Das ist eben der Unterschied zwischen Männern und Frauen – die einen singen süßlich wie die Engel, die anderen mit Saft und Kraft und Leidenschaft.«

Mir ist im Moment gar nicht nach munteren Reden, aber Patrick will wohl plaudern, um mich abzulenken.

»Und dann hat sich noch die arme Martina gemeldet. Sie war gestern mit den Kindern am Baggersee und hat ein Tretboot gemietet. Als sie wieder an Land kamen, war ihre Brieftasche weg; dabei war sie angeblich unter Kleidern und Handtüchern in einer Seitentasche des Rucksacks versteckt.«

»Das ist unerfreulich, aber soviel ich weiß, gibt es Schließfächer, wo man Wertsachen sicher verwahren kann.«

Der Bademeister habe gesagt, dass Diebstähle immer wieder vorkämen und er nicht für den Kram der Badegäste verantwortlich sei.

Patrick ist dadurch auf eine Idee gekommen. »Ich werde ein Patent anmelden: eine Badehose mit wasserdichtem Innentäschchen, das Platz für Personalausweis, Kreditkarte, Führerschein und Bargeld bietet und mit einem Klettverschluss befestigt werden kann.«

»Na, toll, und der schwere Schlüsselbund passt auch noch hinein. Außerdem gibt es so etwas bestimmt schon längst«, sage ich schlechtgelaunt und gehe ins Haus, um nach dem zweiten Sohn meines Vermieters zu schauen. Patrick hat bei dieser dezenten Andeutung keine Sekunde lang gestutzt, ich muss wohl eine härtere Gangart wählen.

Doch schon steht Patrick wieder neben mir. »Ich hatte einen Großonkel, der die meisten seiner Erfindungen patentieren ließ. Er war ein ziemlich guter Tennisspieler, zur damaligen Zeit noch ein elitärer Sport. Aber er ärgerte sich darüber, dass die Bälle schon nach kurzer Zeit ausgemustert wurden, und überlegte sich, was man damit anfangen könnte. Also erfand er eine Matratze aus gebrauchten Tennisbällen.«

»Genial! Wahrscheinlich wurde er Millionär wie Dagobert Duck.«

»Leider nicht, denn er fand keinen Produzenten.«

Allmählich reicht mir das Geplänkel. Wortlos gehe ich an Patricks Bücherschrank und ziehe das Album heraus. Hastig blättere ich die Seiten durch, bis ich fündig werde und ihm das bewusste Foto von Lenore unter die Nase halten kann.

Er lächelt schuldbewusst. »Ist es dir auch aufgefallen? Eine frappierende Ähnlichkeit! Schon als das Bärchen zum ersten Mal in meinem Arm lag, spürte ich tiefe, warme Zärtlichkeit. Es war, als hätte man mir Leno zurückgegeben. Und mit jedem Tag wird Victor ihr ähnlicher.«

»Ja, ja, die Stimme des Blutes«, sage ich ironisch. »Vielleicht solltest du mal ohne Umschweife zugeben, was es mit dieser Ähnlichkeit auf sich hat.«

Patrick sieht mich nachdenklich an. »Ich bin mir leider selbst nicht sicher, Anja.«

»Eine wichtige Sache zu verschweigen ist zwar keine Lüge, aber in einer Beziehung kann es sich verhängnisvoll auswirken. Nun, die Affäre mit Birgit war vor meiner Zeit, ich kann dir daraus keinen Strick drehen. Aber die Folgen…«

Patrick fällt mir ins Wort: »Wir haben keine Beweise. Es kommen noch zahlreiche andere Männer in Frage.«

»Mit Gentests habe ich Erfahrung, das kann ich jederzeit in die Wege leiten. Aber in diesem Fall spricht die frappante Ähnlichkeit eine klare Sprache.«

Er schweigt, grübelt. Es ist ihm alles wahnsinnig peinlich. »Anja«, meint er schließlich, »du bist mir entweder zu lahm oder zu fix. Bedenke doch, dass wir die ganze Angelegenheit mit äußerster Diskretion behandeln müssen. Es könnte den Jungen stigmatisieren, wenn es publik würde!«

»Victor hat bestimmt nur Vorteile, wenn seine Herkunft klipp und klar feststeht«, ranze ich ihn an. »Warum machst du eigentlich ein solches Theater darum, dass du sein Vater bist!«

Patrick wiehert auf einmal los. »Dunkel war deiner Rede Sinn, aber allmählich komme ich dahinter! Anja, ich bin bestimmt nicht Victors Papa, sondern wahrscheinlich sein Opa!«

Ich starre ihn an wie ein Gespenst. »Manuel?«

Er nickt: »Ich habe schon länger den Verdacht, aber ich traute mich nicht nachzubohren. Und sollte meine Vermutung aus der Luft gegriffen sein, würde ich Manuel mit Sicherheit verletzen. Vielleicht ist dein Vorschlag ganz schlau, klammheimlich einen Gentest machen zu lassen...«

»...und dein frühreifes Söhnchen erst in die Zange zu nehmen, wenn wir Gewissheit haben«, ergänze ich.

»...und er wieder zu Hause ist. Solche unerquicklichen Dinge kann man nicht am Telefon besprechen«, sagt Patrick, fast erleichtert über die bewilligte Schonzeit. »Aber sind heimliche Tests nicht strafbar?«

Da kann ich ihn beruhigen, fast auswendig leiere ich herunter: »Eine Untersuchung von DNA-Material eines Menschen ohne dessen Zustimmung verstößt zwar gegen das Recht auf Selbstbestimmung, ist aber nicht strafbar.«

Dann überlegen wir gemeinsam, wie wir vorgehen wollen. Manuel war damals noch keine 15, eine Lehrerin müsste bei sexuellem Missbrauch von Schutzbefohlenen mit einer Strafanzeige und sofortiger Entlassung rechnen. Wollen wir Birgits Ruf noch posthum ruinieren? Und wie soll Manuel weiterhin unsere Schule besuchen, wenn es sich herumsprechen würde? Man müsste ihn in ein Internat geben oder in die Staaten schicken.

»Viel zu teuer für einen arbeitslosen Opa, eher verbannen wir Manuel auf einen Bauernhof, wo er Schweineställe ausmisten muss. Aber vielleicht stimmt unsere Theorie ja überhaupt nicht«, sagt Patrick hoffnungsvoll, denn er will sich vor den Konsequenzen des Großvaterseins noch ein wenig drücken.

»Andererseits wird es keine Probleme geben, wenn du die Vormundschaft für dein Enkelkind übernimmst und wir Victor behalten dürfen«, sage ich.

»Isa wird ausrasten, wenn sie hört, dass sie Oma geworden ist«, sagt Patrick ein wenig hämisch. Und mir wird endlich klar, an wen mich dieses Kind von Anfang an erinnert hat: Nicht nur der verstorbenen

Lenore sieht Victor sehr ähnlich, sondern vor allem auch seiner Großmutter.

Gemeinsam suchen wir in Manuels Zimmer nach genetisch verwertbaren Zellen und finden eine Zahnbürste, ein Taschentuch, Kaugummi und einige Zigarettenkippen – alles in allem eine reiche Ausbeute. Per Internet bestelle ich die sterilen Wattestäbchen in Transporthüllen, um bei Victor einen Abstrich der Mundhöhle zu machen. Patrick ahnt nicht, dass ich sein Bärchen schon vor einiger Zeit für den gleichen Zweck bearbeitet habe. Da Manuel erst in zwei Wochen zurückerwartet wird, müsste das Ergebnis der Laboruntersuchung noch vorher eintreffen.

»Beruhigt es dich, wenn wir auch eine Probe von mir mitschicken?«, fragt Patrick, aber ich vertraue ihm und halte es für überflüssig, noch einen weiteren teuren Test zu bezahlen.

»Übrigens wollte dich dein Mann sprechen«, erzählt Patrick. »Wir haben sogar kurz miteinander geredet; er war sehr freundlich. Du kannst ihn heute Abend zu Hause erreichen.«

Dabei fällt mir ein, dass ich unbedingt die sympathische Françoise Hurtienne in Frankreich anrufen sollte, denn ich hatte ihr fest versprochen, sie auf dem Laufenden zu halten.

Françoise ist erschüttert über Birgits und Steffens

Tod. »Sie war eine wunderbare Freundin«, sagt sie. »Aber mit den Männern hatte sie Pech. Seltsam, wenn man so hübsch ist! Sie hat immer nach dem Richtigen gesucht und ihn anscheinend nicht gefunden.«

»Könntest du dir vorstellen, dass einer ihrer Schüler Victors Vater ist?«

Sie überlegt und hält es sogar für wahrscheinlich. Das erkläre endlich, warum sich Birgit über das erwartete Baby nicht freuen konnte, sondern sogar eine Abtreibung plante.

»Als Birgit davon sprach, dass sie den mutmaßlichen Kindsvater auf keinen Fall mit ihrer Schwangerschaft konfrontieren wollte, dachte ich natürlich an einen Priester oder einen verheirateten Mann, unter Umständen sogar an eine hochgestellte Persönlichkeit. Mir schwebte ein angesehener, älterer Herr vor, der einen Ruf zu verlieren hat. Aber so macht es natürlich viel mehr Sinn – ein Schüler würde sich eventuell damit brüsten, seine Lehrerin verführt zu haben. Und wenn der Sündenfall amtlich wird, dann ist es aus und vorbei mit dem deutschen Beamtenstatus.«

Wir nehmen beide an, dass Birgit noch einen Funken Hoffnung hatte, Steffen könnte vielleicht doch der Vater sein, sonst hätte sie sich von Françoise die Abtreibung nicht ausreden lassen. Je länger ich mich gedanklich mit Birgits letztem Jahr befasse, desto trauriger wird mir bewusst, wie sehr ich ihr ausgewichen bin und ein freundliches Wort oder gar Hilfsangebot versäumt habe.

Patrick schlägt vor, mit Victor einen Spaziergang zum Marktplatz zu machen und ein Eis zu essen. Er weiß, dass er mir damit eine Freude machen kann, und will wahrscheinlich ein Bier trinken. Es ist ein warmer Tag, in den Ferien sind die Einheimischen verreist oder im Schwimmbad, dafür treiben sich jetzt die Touristen im Park und in der Altstadt herum.

Und leider auch Mutter Natur. Unverhofft steht sie vor uns und guckt neugierig in den Kinderwagen. Victor hat gerade eine Löffelspitze Eis von mir erhalten, das Erste seines Lebens. Er sitzt aufrecht an ein Kissen gelehnt und betrachtet die Welt mit seinen großen dunklen Kulleraugen.

»Gratulation«, sagt Mutter Natur, »ein süßer kleiner Schelm. Ganz der Opa!«

Ob sie am Ende meint, Patrick sei mein Vater?

Wir nicken ihr freundlich zu und vermeiden tunlichst ein Gespräch. Als sie sich entfernt hat, ist Patrick leicht gekränkt. Es passt ihm nicht, dass man ihm sofort die Großvaterrolle zuweist. Zum Glück hat Mutter Natur keine Bemerkung über den bewussten Zeitungsartikel gemacht, wohl weil das Lehrerzimmer in den Ferien als Kommunikationszentrum wegfällt und sie das hiesige Blättchen nicht liest. Über kurz oder lang werden aber alle Kollegen die Sensation über Birgits und Steffens Tod zu hören bekommen.

Am Abend, gerade als ich beschließe, Gernot anzurufen, läutet mein Telefon. Patrick greift schneller zum Hörer als ich, aber offensichtlich ist es nicht mein Exmann. Trotzdem bleibe ich stehen und lausche, denn Patrick macht ein so erschrockenes Gesicht, dass ich hellhörig werde.

»Verstehe«, sagt er, »ja, ich bin im Bilde. Ganz klar. Nein, nein. So ist es nicht, da irren Sie sich. Erst einmal probeweise? Nach Teneriffa fliegen, ach so.«

Er macht mir ein Zeichen, dass er Papier und Bleistift brauche. Ich beeile mich und spitze weiter die Ohren, es scheint eine Frau zu sein. Patrick schreibt einen Namen und eine Telefonnummer auf. Die Unbekannte redet und redet.

Auf einmal richtet sich mein Held kerzengerade auf, und seine Stimme nimmt einen geradezu autoritären Klang an. »Ich fürchte, das hat im Augenblick überhaupt keinen Sinn. Der Kleine leidet an einer schmerzhaften Mittelohrentzündung und weint fast ununterbrochen. Der Kinderarzt meint, es könne chronisch werden, wenn es nicht restlos ausheilt. In diesem Zustand kann man Victor wirklich keine Reise zumuten, das wäre auch für Sie eine allzu große Belastung.«

Überzeugender hätte man nicht lügen können, ich bin richtig stolz auf Patrick. Offenbar hat er Birgits Kusine mit Diplomatie und Flunkerei abgewimmelt.

»Das haben wir ja gern, ein Baby im Urlaub erst einmal testen! Und wie kann man nur so unerfahren sein«, wettert er, »und mit einem kranken Kind ins Flugzeug steigen wollen! Noch dazu bei einer Mittelohrentzündung!«

Wir müssen beide ein wenig lachen, denn seit wir ihn bei uns haben, ist Victor noch keinen Tag krank gewesen.

Trotzdem kann ich nicht lange heiter bleiben, und aus reiner Gewohnheit schlage ich einen lehrerhaften Ton an: »Leider neigst du dazu, unangenehme Dinge zu verdrängen, aber aufgeschoben ist nicht aufgehoben. Die Frau vom Jugendamt, Birgits Schwester und ihre Kusine, Manuel und seine Mutter, die Polizei – mit allen müsste man endlich Tacheles reden.«

»Möchtest du etwa ein Finale mit Pauken und Trompeten?«, fragt er. »Ich habe – ehrlich gesagt – einen Heidenbammel davor.«

»Ach, mein armer Hasenfuß«, tröste ich. »Aber

wenn du endlich reinen Tisch machst, dann könntest du dich in einem Aufwasch auch gleich scheiden lassen.«

»Und wer wird mich dann ernähren?«, fragt Patrick. Dann beichtet er, dass er auf eine seiner Bewerbungen einen positiven Bescheid bekommen und einen Termin für ein Vorstellungsgespräch in Stuttgart erhalten hat. Wann das sei, will ich wissen und erfahre, dass der Termin längst verstrichen ist.

24

In den letzten Tagen haben wir fast unaufhörlich über Birgit und Manuel gesprochen. Patrick kann sich kaum vorstellen, dass sein halbwüchsiger Junge mit einer Lehrerin geschlafen hat. Die Initiative muss seiner Meinung nach von ihr ausgegangen sein, wohingegen ich bezeuge, dass Birgit eine verantwortungsvolle Pädagogin war und meistens Freunde oder Lover hatte, die älter waren als sie selbst; auf keinen Fall traue ich ihr eine pädophile Ader zu. Dabei verschweige ich, dass Birgit vor Jahren in übermütiger Ferienlaune behauptet hatte, dass man Fremdsprachen am besten im Bett lerne.

»Hätte ich doch Manuel die Nachhilfestunden gegeben!«, klage ich mich an. »Warum habe ich dir bloß meine Kollegin empfohlen, auch in diesem Punkt bin ich schuldig geworden! Mea culpa, mea maxima culpa!«

»Quatsch keinen lateinischen Mist«, sagt Patrick, »das Baby ist nun einmal auf der Welt.«

»Darauf bildet sich Françoise bereits etwas ein, denn sie hat die geplante Abtreibung verhindert.«

»In zehn Tagen ist Manuel wieder hier, allerdings erst am späten Nachmittag«, meint Patrick und schaut gedankenverloren auf die Uhr. »Natürlich wird er viel erzählen und dann seine Sara oder Julian besuchen wollen. Findest du es richtig, wenn wir den Ankunftstag verstreichen lassen und er erst einmal ausschlafen darf?«

»Das ist eigentlich dein Problem«, sage ich.

»Anja, ich möchte, dass du bei diesem unangenehmen Gespräch dabei bist«, bittet er. »Ich habe das Gefühl, dass ich sonst alles falsch machen werde.«

»Schatz, es ist nicht mein Sohn, außerdem bist du ein Stückchen älter und erfahrener als ich. Aber wenn du unbedingt willst, setze ich mich als Unparteiische in eine Ecke und sperre die Ohren auf. Sobald Blut fließt, hole ich den Verbandskasten.«

»Oder sollte man einen Psychologen um Hilfe bitten?«

»Am besten gleich noch den Pfarrer und den Gecko!«

Unser Ton ist vielleicht etwas lauter geworden, wir sind beide nervös, und Victor reagiert mit unmutigem Gezeter.

»Übrigens«, belehre ich Patrick, »neulich war eine Schülerin mit ihrer Mutter in meiner Sprechstunde. Da sprach doch diese Frau tatsächlich im

Beisein der Tochter über deren fragwürdige Eigenschaften, speziell über ihre Faulheit. Ich sollte das bestätigen, was ich natürlich nicht getan habe. Bereits während des Studiums habe ich gelernt, dass man in Gegenwart von Kindern nicht über sie reden darf. Und überhaupt soll man sich niemals einbilden, sie bekämen nichts mit, selbst die Kleinsten haben gute Antennen. Wir müssen Rücksicht auf Victor nehmen, er scheint Spannungen sofort zu wittern.«

»Jawoll, Oma Anja«, sagt Patrick.

»War das ein Heiratsantrag, Großväterchen?«, frage ich, und wir müssen lachen.

Victor hört mit seinem Lamento auf, schaut von einem zum anderen und kräht wie erlöst. Ich rümpfe allerdings die Nase, denn das Unbehagen hatte wohl eher seiner Verdauung gegolten.

Jeden Morgen lauern wir auf die Post, aber im Augenblick kommt sie unregelmäßig, denn auch Briefträger machen Ferien. Obwohl wir eigentlich wissen, dass es noch zu früh für die Nachricht des Labors ist, warten wir ungeduldig. Es könnte immerhin sein, dass unsere gesamten Spekulationen nichtig würden und die Frage nach dem unbekannten Vater neu zu klären wäre.

Diesmal sind alle möglichen Postkarten im Briefkasten: Freunde und Kollegen schicken Grüße aus aller Herren Länder. Auch Manuel und seine Mutter haben ein Foto ihres imposanten Schiffes ausgesucht und ein paar Worte hinzugefügt.

»Er hat eigentlich noch eine richtige Kinderschrift«, murmelt Patrick und erwartet meine Zustimmung.

»Eher eine Arztklaue«, finde ich. »Seinen letzten Satz kann ich überhaupt nicht entziffern.«

»Grüßt mir meinen kleinen Schneck«, liest Patrick kopfschüttelnd vor. »Meint er seine Freundin?«

»Die Sara bekommt sicher dicke Liebesbriefe«, behaupte ich. »Du nennst Klein-Victor meistens Bärchen, dein Sohn hat ihn Schneck getauft. Seltsam, dass man immer tierische Kosenamen verwendet.«

»Leno war mein Mäuschen«, sagt Patrick.

Sein Tonfall wird stets traurig, wenn er seine verstorbene Tochter erwähnt. Über ein neues Mäuschen in der Familie würde er sich wahrscheinlich noch mehr freuen als über sein Bärchen, hoffe ich, und was nicht ist, kann ja noch werden. Morgen will ich mir in der Apotheke einen Test besorgen, der ausnahmsweise nicht zur Klärung der Vaterschaft dienen soll.

»Demnächst lasse ich meinen Pferdeschwanz abschneiden«, verkünde ich, denn es soll sich einiges in meinem Leben verändern. »Vielleicht ist ein kurzer Haarschnitt ein Neubeginn.«

»Tu, was du für richtig hältst«, sagt Patrick, »aber ich werde meine Haare wieder wachsen lassen, für einen Hausmann ist ein Zopf goldrichtig. Einverstanden?«

Mir kommen seine Worte irgendwie prophetisch vor. Patrick trägt fast an jedem Finger einen Ring, ich vermeide auffälligen Schmuck. Unsere Rollen sind schon längst vertauscht – ich verdiene das Geld, er kümmert sich um Haushalt und Nachwuchs. Auch Isadora überweist einen monatlichen Betrag.

Der Schwangerschaftstest war positiv, aber noch schweige ich wie ein Grab und wage nicht, ein Freudengeschrei anzustimmen. Erstens ist dieses vorläufige Resultat noch wackelig, zweitens will ich abwarten, bis wir über Victors Herkunft Bescheid wissen.

Seltsamerweise habe ich das dringende Bedürfnis, meine Mutter anzurufen, doch was, wenn ich sie ein paar Wochen später enttäuschen müsste? Trotzdem, irgendwann halte ich es nicht mehr aus. »Mutter, es gibt etwas Neues«, beginne ich.

»Du bist schwanger«, antwortet sie.

Ich bin völlig verblüfft und kriege keinen Ton mehr heraus.

»Ich höre es deiner Stimme an«, erklärt sie, »aber

es ist sicher noch zu früh, um die frohe Botschaft an Tante Nelly weiterzugeben. Was sagt Patrick dazu?«

»Er weiß es nicht«, sage ich, »bis jetzt war ich noch gar nicht beim Arzt. Aber ich musste mit irgendeinem Menschen reden…«

»Und dieser Mensch ist deine Mutter«, sagt sie. »Seit deinem Abitur hast du mich nicht mehr so glücklich gemacht! Alle meine Freundinnen haben bereits Enkelkinder.«

Dann fängt sie an zu weinen, und ich verabschiede mich. Ob sie auf der Stelle Spielzeug kauft oder sich ein Glas Sekt genehmigt?

Gerade ist Manuel zurückgekommen, und bis jetzt ist immer noch keine Post eingetroffen. Natürlich weiß ich, dass ein Labor etwas länger braucht, wenn anderes Material als die bewussten Wattestäbchen eingeschickt wurde. Teurer ist es ebenfalls, doch das werde ich verkraften. Patrick hat seinen Sohn vom Bahnhof abgeholt, ich habe unterdessen den Tisch gedeckt und Victor gewickelt.

Der Zug scheint pünktlich gewesen zu sein, Patrick und Manuel laden das Gepäck aus dem Auto und nähern sich der Haustür. Der Junge sieht gut aus, von der Seeluft gebräunt. Ich verlasse meinen Ausguck und werde herzlich begrüßt.

»Wo ist der Schneck?«, fragt Manuel als Erstes, eilt ins Wohnzimmer und umarmt den Kleinen.

Patrick wirft mir einen vielsagenden Blick zu. Wir beobachten beide mit Argusaugen, ob man irgendwelche Schlüsse aus diesem Wiedersehen ziehen kann. Dann versammeln wir uns samt Victor-Augustus-Bärenschneck, der jetzt gelegentlich im Hochstühlchen sitzen darf. Wir löffeln Patricks berühmten Möhreneintopf und hören uns an, was der Kreuzfahrer alles zu erzählen hat.

»Da gab es eine Frau an unserem Tisch, die hat im Laufe ihres langen Lebens mehr Seemeilen hinter sich gebracht als der Kapitän«, sagt Manuel. »Hm, das schmeckt hier ja tausendmal besser als die schleimigen Austern, die mir Isa aufgezwungen hat. Gleich bei der ersten Mahlzeit habe ich zum Glück ein nettes Mädchen kennengelernt, sonst wäre es echt *boring* geworden. Christina und ich waren die einzigen Schüler an Bord.«

»Wie oft musste deine Mutter denn auftreten?«, fragt Patrick.

»Insgesamt viermal. – In den Nächten wurde es nie richtig dunkel«, fährt Manuel atemlos fort. »In Reykjavik haben wir in heißen Quellen gebadet und...«

»Wer ist wir?«, frage ich.

»Meine Freundin Christina und ich«, sagt Manuel treuherzig. Patrick schaut mich zum zweiten Mal bedeutungsvoll an. Sein Sohn, der reinste Casanova! Was wird Sara dazu sagen? Manuel plaudert, mampft, trinkt ein Glas Rotwein und will uns nach dem Dessert die Fotoausbeute zeigen. Während Patrick seinem Bärchen die Flasche gibt, decke ich den Tisch ab, und Manuel speist die Aufnahmen seiner Nordlandreise in den Laptop seines Vaters ein.

Kolonien von Seevögeln auf der Insel Grimsey langweilen uns mindestens zehn Minuten. Manuel zeigt uns Dreizehenmöwen, Papageientaucher, Küstenseeschwalben und Sturmvögel. Wenn man selbst nicht mitgefahren ist, interessiert man sich allerdings eher für menschliche Gestalten. Die Passagiere sind im Alter meiner Mutter, die Crew ist dagegen jung und dynamisch. Endlich erscheint das Foto eines rothaarigen Teenagers, auf das wir gespannt gewartet haben.

»Flotter Käfer«, sagt Patrick.

Manuel klickt schleunigst auf das nächste Foto, auf dem wir einen gewaltigen Wasserfall bestaunen sollen.

»Seid ihr intim geworden?«, fragt Patrick völlig undiplomatisch, und ich zucke zusammen.

Sein Sohn lässt sich jedoch nicht so schnell in die Karten gucken. »Wo denn? Schließlich musste ich die Kabine mit meiner Mutter teilen«, sagt er und erzählt übergangslos eine witzige Geschichte von Trollen und isländischem Bier. Dann wird er plötzlich unruhig, die restlichen Bilder spult er im Schnellgang herunter. Manuel verlässt uns, den Laptop nimmt er mit aufs Mofa.

»Das war die Pflicht«, sagt Patrick, »die Kür hat er sich wahrscheinlich für Sara und Julian aufgespart. – Nimmst du das Bärchen nach oben? Manuel wird spät heimkommen und will sicher noch mal richtig ausschlafen.«

Patrick hat offensichtlich das gleiche Bedürfnis, während mein frühes Aufstehen als Selbstverständlichkeit betrachtet wird. Als künftiges Muttertier murre ich jedoch nicht, sondern schnappe mir den prallen Victor und schleppe ihn die Treppe hinauf.

Falls wir nun wirklich im nächsten Jahr eine Familie mit zwei Babys würden, müsste man das Haus allerdings anders aufteilen. Auf jeden Fall möchte ich nicht mehr getrennt von Patrick schlafen. Die beiden Kleinen sollen ein gemeinsames Kinderzimmer bekommen, und Manuel muss dann seinem gefräßigen Schneck in aller Frühe die Flasche geben... Mit solchen Gedanken schlafe ich ein und werde erst um acht Uhr von Victor geweckt. Anscheinend braucht er sein rundliches Bäuchlein gar nicht mehr so oft zu füllen, denn er hat fast zehn Stunden Nachtruhe eingehalten. Doch kaum, dass er endgültig durchschläft, wird mich ein neuer Schreihals vor Tau und Tag aus dem Bett treiben.

Wie fast immer trinke ich meinen ersten Kaffee ohne Patrick, überfliege die Zeitung, beobachte dabei den Kleinen beim Spiel mit seiner Rassel und sehe fast zufällig, dass der Briefträger schon erstaunlich früh seine Runde dreht. Vor Postboten sollte man sich nie genieren, ähnlich wie Ärzte bekommen sie ihre Klientel in allen möglichen Lebenslagen zu Gesicht. Ich sause also im Pyjama hinunter und fange ihn an der Gartenpforte ab. Der erwartete Umschlag mit dem Vermerk »Streng vertraulich« ist endlich dabei.

Obwohl der Brief an Patrick gerichtet ist, öffne ich ihn sofort und ohne die geringsten Skrupel. Das Ergebnis habe ich befürchtet: Manuel ist mit 99,99%iger Sicherheit Victors Papa. Heute ist also der Tag, an dem wir meinen minderjährigen Schüler in die Mangel nehmen müssen – soll er in Gottes Namen noch hundert Jahre schlafen wie Dornröschen.

Die Ruhe vor dem Sturm hat schon bald ein Ende, Patrick stapft die Treppe herauf. Er riecht gut nach Verbene, begrüßt mich und Victor mit einem Kuss und sagt: »Erstaunlicherweise steht Manuel schon unter der Dusche. Ich geh mal schnell Brötchen holen. – Was machst du denn für ein bekümmertes Gesicht?«

Ich überreiche ihm das bedeutsame Papier, er liest und schluckt: »99,99% – ob man sich darauf hundertprozentig verlassen kann?«

»Nun glaub es doch endlich! Zweifel gibt es höchstens, wenn eineiige Zwillinge als Väter in Frage kommen.«

»Also doch. Na warte, Bürschlein, das gibt noch Ärger!«

»Nein«, sage ich. »Wahrscheinlich wird Mamas kleiner Mani noch viel ratloser sein als du.«

»Willst du ihn am Ende noch bedauern? Aber wenn ich es mir genau überlege...«

»...lag die Verantwortung einzig und allein bei Birgit«, sage ich. »Jetzt geh erst mal zum Bäcker, ich mache inzwischen das Frühstück.«

Nach dem Brunch – denn so müssen wir unser Gelage wohl nennen – wird es ernst. Victor ist eingeschlummert, der Tisch abgeräumt, es gibt keine Gründe, noch länger über norwegische Fjorde zu plaudern. Auf Geheiß ist uns Manuel ins Wohnzimmer gefolgt und sieht seinen Vater erwartungsvoll an. Er ist in bester Laune und erwartet vielleicht eine Erhöhung seines Taschengeldes, schließlich ist er vor kurzem 16 geworden.

»Es ist sehr wichtig, was wir jetzt besprechen müssen«, beginnt Patrick und macht seinen Sohn neugierig.

»Leg schon los, Paps«, sagt Manuel, streift die Flip-Flops ab und lümmelt sich aufs Sofa. Im Allgemeinen gibt er sich als Erwachsener und nennt seinen Vater beim Vornamen, heute fühlt er sich im Elternhaus wieder ganz als Kind. Ich sitze sehr aufrecht und steif in einem hohen Lehnstuhl und beobachte den Angeklagten. Mir fehlt bloß noch ein Talar.

»Hast du mit deiner Französischlehrerin geschlafen?«, fragt Patrick.

Manuel erschrickt und wird blass, stellt sich aber erst einmal dumm.

»Französisch haben wir bei einem gewissen Herrn Schuster«, sagt er.

Patrick reißt der Geduldsfaden. »Herrgott noch mal, du weißt genau, dass ich diese Birgit Tucher meine!«, brüllt er. »Leugnen hat im Übrigen gar keinen Zweck!«

»Und wenn schon«, protestiert Manuel, »das geht euch gar nichts an.«

Patrick zieht den Laborbrief aus seiner Hosentasche und überreicht ihn seinem Sprössling.

Manuel liest und versteht überhaupt nichts.

Nun schalte ich mich ein. »Manuel, du bist der Vater von Victor«, sage ich.

»Das glaube ich einfach nicht«, ruft er empört, »von einem Mal kann es nicht sein!«

Nun ist die Katze aus dem Sack, wir interpretieren diese Aussage als Geständnis. Patrick regt sich furchtbar auf. »Du warst noch keine 15!«, schreit er. »Warum hast du mir nichts gesagt! Ich hatte ja keine Ahnung!«

Viel diplomatischer als sein Vater ist Manuel offenbar auch nicht.

Er zitiert einen Satz, den er wohl von einem greisen Millionär an Bord gehört hat: »Der Kavalier genießt und schweigt.«

Ich kann nicht schnell genug eingreifen, der sanfte Patrick verpasst seinem Sohn eine saftige Ohrfeige. Manuel läuft zwar nicht auf und davon, wie ich befürchte, sondern schmollt eine Weile wie ein Kleinkind. Schließlich erhalten wir einen stockenden Bericht, wie es zum Sündenfall von Lehrerin und Pennäler kam.

Birgit Tucher hatte einen guten Draht zu ihrem Schüler, er lernte relativ eifrig, und nach der Stunde tranken sie oft noch Tee zusammen, aßen Madeleines, und die Lehrerin empfahl die Lektüre von Marcel Proust und Victor Hugo. Eines Tages erzählte Manuel von seiner Mutter, die gerade die Dorabella in Birgits Lieblingsoper *Così fan tutte* sang, und Birgit zeigte sich sehr beeindruckt. Aber was nützt eine berühmte Mutter, die das Haus verlassen hat? Auch mir hatte Manuel seine Verzweiflung angedeutet, als vor Jahren die kleine Schwester starb und die Mama sich absetzte. Birgit erwies sich als so einfühlsam und mitleidig, dass er mehr und mehr von seinen verletzten Gefühlen preisgab und am Ende in Tränen aufgelöst war.

Nun wiederum schien sie sich zu schämen, dass sie ihren Schüler in einen so aufgelösten Zustand versetzt hatte, nahm ihn in die Arme, herzte und küsste ihn. Vielleicht kannte sie keine andere Art, einen unglücklichen Mann zu trösten, vielleicht war es ein verschütteter Mutterinstinkt, der sie leitete.

Jedenfalls erwiderte der tränennasse Manuel irgendwann ihre Zärtlichkeiten, und das Tucher'sche Wohnzimmersofa wurde zum Schauplatz einer ebenso stürmischen wie ungeplanten Vereinigung.

»Wenn es herausgekommen wäre«, flüstert Manuel, »hätte man sie bestimmt ins Gefängnis geworfen. Ich habe geschworen, dass ich es niemals im Leben verraten würde!«

Offenbar war es tatsächlich bei diesem einen Mal geblieben. Birgit fürchtete, dass ihre Verfehlung ans

Licht kommen könnte, und verhinderte eine Wiederholung durch einen rigorosen Schnitt. Sie teilte ihrem Schüler schriftlich mit, dass er keine weiteren Nachhilfestunden mehr brauche, denn der Kollege Anselm Schuster habe Manuels Fortschritte über den grünen Klee gelobt.

»Wir haben uns nie wieder unter vier Augen gesehen«, sagt er. »Danach fingen ja auch bald die Sommerferien an.«

Plötzlich springt Manuel auf, und wir folgen ihm besorgt. Er eilt zum schlafenden Victor, reißt ihn aus dem Bettchen und presst ihn heftig an sich. Als sein müder Schneck zu quäken beginnt, legt er ihn wieder zurück, setzt sich daneben und schaut ihn unentwegt an. Patrick und ich lächeln uns mühsam zu, wir sind alle miteinander wie gerädert.

25

Im Chor proben wir seit vielen Wochen das Weihnachtsoratorium, und auch der erste Advent wurde bereits gefeiert, unser Aufführungstermin rückt näher. Victor wird immer niedlicher, eine Kreuzung zwischen Lehrerin und Schüler sei gar nicht das Verkehrteste, flüstert Patrick mir zu. Inzwischen bin ich rundlicher, und Manuel ist nachdenklicher geworden. Er scheint das heimliche Rauchen aufgegeben zu haben, vielleicht seinem Sprössling zuliebe. Computer und Mofas interessieren ihn auf einmal weniger, abends hockt er meistens zu Hause, spielt mit seinem Schneck, liest oder löst Sudokus; ich glaube, Sara hat ihm den Laufpass gegeben und sich Julian zugewendet, und Christina, seine Kreuzfahrt-Bekanntschaft, wohnt leider in Hamburg. Julians Großmutter strickte ihm einen neuen Schal aus Seidengarn, der allerdings schneeweiß ist und noch schneller schmutzig wird als sein Vorgänger.

Nach und nach kamen weitere Details seiner verbotenen Eskapade ans Licht. Anfangs brach es Manuel fast das Herz, dass er kein zweites Mal mit sei ner schönen Lehrerin schlafen durfte, aber er sah die Unmöglichkeit einer solchen Beziehung ein und tröstete sich mit der gleichaltrigen Sara. Als Manuel schließlich hörte, dass Birgit vermisst wurde, fuhr er aus Anhänglichkeit täglich mit einer Wasserflasche am Tucher'schen Haus vorbei und goss die Geranien, die leider während seiner Seereise fast alle vertrockneten; die Einzige, die am Leben blieb, schmückt nun unsere Fensterbank. Geranien überwintern in den hiesigen Zonen – falls man sie überhaupt ganzjährig durchfüttern will – üblicherweise im Keller, aber wir machten eine Ausnahme. Diese bekam einen Ehrenplatz und ist inzwischen so hoch geschossen wie ihre Artgenossen in südlichen Ländern, die das ganze Jahr über im Freien stehen.

Ich zeigte Manuel auch das sommerliche Foto, das Françoise mir geschickt hatte. Birgits rosa Muschelanhänger, den ich früher nie an ihr gesehen hatte, rührte ihn fast zu Tränen. Sowohl stolz als auch etwas verschämt gestand er, dass er dieses Schmuckstück Julians Oma geklaut und mit einem anonymen Gruß in Birgits Briefkasten geworfen habe. Sie hatte sein Geschenk zwar nie in der Schule, aber offenbar während ihres Aufenthaltes in Draguignan getragen.

Wir haben mit Manuel vereinbart, dass er sein Versprechen auch einhält: Niemand soll vorläufig erfahren, dass ihn Birgit verführt und zum Vater ihres Kindes gemacht hatte.

Außer Patrick, Manuel, Isadora und mir weiß nur die Frau vom Jugendamt Bescheid, und sie steht unter Schweigepflicht. Im Augenblick hat Victor den Status eines Pflegekindes, aber der Antrag auf Adoption ist bereits gestellt und hat Aussicht auf Erfolg. Birgits Kusine wurde zum zweiten Mal ein wenig belogen, sie glaubt nun tatsächlich, dass Patrick der Kindsvater ist, und macht keine halbherzigen Ansprüche mehr geltend.

Auch meine Mutter hält Patrick für einen Schwerenöter, billigt ihm aber mildernde Umstände zu. Schließlich verdankt sie ihm die Aussicht auf ein Enkelkind.

Vor etwa vier Wochen stand zum letzten Mal ein Artikel über den Fall Tucher in unserer Zeitung. Tief im Bayerischen Wald scharrte ein Jagdhund in einer mit Erde bedeckten Mulde und förderte einen Frauenschuh zu Tage. Die DNA-Analyse ergab, dass es sich bei der Leiche um Birgit handelte, wodurch der Fall nun endgültig abgeschlossen ist. Ich dagegen werde über meine fatale Verstrickung und den Tod unserer Freunde vielleicht nie hinwegkommen. Bei jeder Freistunde im Lehrerzimmer muss ich an Birgit denken und werde wehmütig. Mutter Natur sieht mir meine Trauer an der Nasenspitze an. Unlängst zitierte sie Stanislaw Jerzy Lec: Vor der Wirklichkeit kann man seine Augen verschließen, aber nicht vor der Erinnerung. Demnächst beginnt zwar mein Mutterschutzurlaub, doch Victors fröhliches Lachen wird mir meine tote Kollegin täglich ins Gedächtnis rufen.

Als die Gerichtsmediziner den Leichnam freigaben, konnte Birgit endlich bestattet werden. Es ging zwar nicht ganz so zu wie auf Lady Dis Beerdigung, doch auf dem Friedhof hatte sich eine ungewöhnlich große Menge versammelt – das gesamte Kollegium, die treue Freundin Françoise Hurtienne, Schüler, Eltern, gute Bekannte und auch uns völlig Fremde. Birgits Schwester ließ sich durch ihren Sekretär entschuldigen und schickte einen gigantischen Kranz, auf dessen Seidenband eine goldene Inschrift gedruckt war: »Für meine geliebte Birgit von ihrer Schwester Kirsten«. Unser Religionslehrer und der Gecko hielten je eine Rede, in der sie nicht von Mord, sondern von einem tragischen Unglück sprachen. Zum Schluss sang der Schulchor eine traurige französische Weise und auf meine Bitte das schottische Lied von Loch Lomond: »...me and my true love shall never meet again...«

Während der Trauerfeier saß ich mit Victor auf

dem Arm in der vordersten Reihe, schließlich ist die Tote seine Mutter; der Kleine liebt Musik und patschte beim Auftritt des Chores fröhlich in die Händchen. Manuel und Patrick hielten sich im Hintergrund. Gernot hatte zu meinem Ärger eine unpassend gekleidete Frau an seiner Seite, an der anderen meine Mutter.

In der jetzigen Jahreszeit lohnt sich eine Bepflanzung des Grabes nicht, es wurde mit Tannengrün und weißen Chrysanthemen geschmückt, aber im Frühjahr werde ich Maiglöckchen pflanzen.

Wo Steffen begraben wurde, wissen wir nicht. Niemand aus seiner großen Familie hat sich gemeldet oder gar nach Victors Verbleib gefragt; in ihren Augen wird das Kuckuckskind an allem Unglück schuld sein. Wahrscheinlich halten sie auch Birgit für eine Teufelin, die den Sohn und Bruder verhext und in den Wahnsinn getrieben hat.

Inzwischen stellt sich die Frage, ob das Tucher'sche Haus samt Inventar verkauft oder vermietet werden soll. Victor wurde beim Standesamt als gemeinsames Kind des Ehepaares Tucher eingetragen und ist somit wohl der Alleinerbe; auf der Sparkasse scheint Birgit ebenfalls etwas Geld angelegt zu haben. Wenn alle Probleme endgültig geregelt sind, ist Prinz Victor Augustus wohl reicher als wir alle.

Falls sich Patrick scheiden ließe, würde ich ihn gern heiraten. Mein Liebster denkt über eine zweite Ehe eher pragmatisch – sollte es für die Adoption wichtig sein, dann ist er dazu bereit. Das bereits heftig strampelnde Kind in meinem Leib ist ein Mädchen. Immer noch kann ich mein Glück kaum fassen und werde ausnahmsweise keinen Vaterschaftstest anleiern. Patrick beschäftigt sich – im Gegensatz zu mir – Tag und Nacht mit schönen Vornamen. Da seine Frau bei der Namensgebung von Lenore und Manuel das Sagen hatte, will er diesmal nicht wieder zurückstehen. Fast noch mehr als ich freut er sich auf unsere Tochter. Wenn wir zu den Chorproben fahren und uns keiner hören kann, singen wir aus voller Kehle: Jauchzet, frohlocket!

Zu meiner Überraschung erwies sich Patricks Frau letzten Endes als großzügig und hilfsbereit. Obwohl sie fast in Ohnmacht fiel, als sie die große Neuigkeit hörte, möchte sie gern für den Unterhalt ihres Enkelkindes sorgen, da Manuel wohl kaum dazu in der Lage ist. Demnächst kommt sie zu Besuch; unter Umständen werden wir sie sogar als Babysitterin einspannen, denn irgendwann möchte ich mit Patrick einen erholsamen Urlaub verbringen. Im Moment wäre mir sogar eine Woche im Wellnesshotel recht.

Ob man uns als Kuckucksnest oder als Patchworkfamilie bezeichnen soll, weiß ich nicht genau. Drei Generationen leben in der Scheffelstraße unter einem Dach – Vater Patrick, Sohn Manuel, Enkel Victor. Wenn im Frühling unsere kleine Tochter hinzukommt, ist sie Victors Tante. Für einen Außenstehenden herrschen undurchsichtige Verhältnisse. Es ist mir aber egal, was andere Leute denken könnten, denn ich bin so zufrieden und beschäftigt, dass ich keine Sudokus mehr anrühre.

Im Garten hat Patrick hundert rosa Hyazinthenzwiebeln gesetzt, die mit den bereits vorhandenen Tulpen zur Geburt unseres Kindes blühen sollen. Mir kommen bei dem Gedanken an diese Pracht einige Gedichtzeilen von Ricarda Huch in den Sinn:

Der Frühling kommt wieder mit Wärme
    und Helle,
Die Welt wird ein Blütenmeer.
Aber in meinem Herzen ist eine Stelle,
Da blüht nichts mehr.

Das Diogenes Hörbuch zum Buch

Ingrid Noll
Kuckuckskind

Ungekürzt gelesen von FRANZISKA PIGULLA

6 CD, Spieldauer ca. 410 Min.

Ingrid Noll
im Diogenes Verlag

Der Hahn ist tot
Roman

Sie hält sich für eine Benachteiligte, die ungerecht behandelt wird und zu kurz kommt. Mit zweiundfünfzig Jahren trifft sie die Liebe wie ein Hexenschuss. Diese letzte Chance muss wahrgenommen werden, Hindernisse müssen beiseite geräumt werden. Sie entwickelt eine bittere Tatkraft: Rosemarie Hirte, Versicherungsangestellte, geht buchstäblich über Leichen, um den Mann ihrer Träume zu erbeuten.

»Ingrid Noll, die nach dem Großziehen dreier Kinder plötzlich diesen flirrend bösen Erstlingsroman schrieb, erzählt mit unbeirrter Geradlinigkeit, immer stramm aus Rosis Sicht, von Mord zu Mord, und alles geht trotzdem gut aus, man möchte sich vor Lachen über so viel Abstruses wälzen und gleichzeitig was Wärmeres anziehen, weil es einen gründlich friert, so sehr blickt man in die Abgründe der frustrierten weiblichen Seele. Ein köstliches Buch darüber, wie Frauen über Leichen gehen, um den Mann ihrer Träume zu kriegen. Männer, hütet euch, Rosi Hirte steckt in uns allen!«
Elke Heidenreich

»Wenn Frauen zu sehr lieben… ein Psychokrimi voll trockenem Humor. Spielte er nicht in Mannheim, könnte man ihn für ein Werk von Patricia Highsmith halten.« *Für Sie, Hamburg*

Die Häupter meiner Lieben
Roman

Maja und Cora, Freundinnen, seit sie sechzehn waren, lassen sich von den Männern so schnell nicht an Draufgängertum überbieten. Kavalierinnendelikte und böse Mädchenstreiche sind ebenso mit von der Partie wie Mord und Totschlag. Wehe denen, die ihrem Glück in der Toskana im Wege stehen!

»Männer sind die Opfer in dem neuen Roman, einer witzig und temporeich geschriebenen Erzählcollage aus Kindheitserinnerungen, Vergangenheitsbewältigung, Liebesaffären und Morden an lästigen Zeitgenossen, die das Seelenheil der beiden Protagonistinnen und ihr beschauliches Frauenidyll in der Toskana zu zerstören drohen. Eine Geschichte voll Ironie und schwarzem Humor.« *Frankfurter Allgemeine Zeitung*

Die Apothekerin
Roman

Hella Moormann liegt in der Heidelberger Frauenklinik – mit Rosemarie Hirte als Bettnachbarin. Um sich die Zeit zu vertreiben, vertraut Hella der Zimmergenossin die ungeheuerlichsten Geheimnisse an. Von Beruf Apothekerin, leidet sie unter ihrem Retter- und Muttertrieb, der daran schuld ist, dass sie immer wieder an die falschen Männer gerät – und in die abenteuerlichsten Situationen: eine Erbschaft, die es in sich hat, Rauschgift, ein gefährliches künstliches Gebiss, ein leichtlebiger Student und ein Kind von mehreren Vätern sind mit von der Partie. Und nicht zu vergessen Rosemarie Hirte in der Rolle einer unberechenbaren Beichtmutter…

»Ihre mordenden Ladies verbreiten beste Laune, wenn sie sich daranmachen, lästige und langweilige Störenfriede beiseite zu schaffen.«
Anne Linsel / Die Zeit, Hamburg

»Ingrid Noll hat nicht nur ein einfühlsames Psychogramm abgeliefert, sondern auch einen spannenden Kriminalroman, der zudem unterhaltsam-ironisch geschrieben ist.« *Brigitte, Hamburg*

Der Schweinepascha

in 15 Bildern. Illustriert von der Autorin

Der Schweinepascha hat es gut,
weil dieses Faultier wenig tut,
auf eine Ottomane sinkt
und Mokka mit viel Sahne trinkt.

Der Pascha wird gefeilt, rasiert,
geölt, gekämmt und balsamiert.
Die Borsten werden blond getönt,
gebürstet und leicht angefönt.

Sechs Frauen hat der Schweinepascha, doch die sind
ihm alle davongelaufen – bis auf die letzte: Die macht
ihn zum Vater von sieben Schweinekindern.

»Doch eines Tages ist es vorbei mit dem Wohlleben,
denn von den sechs Haremsdamen des Schweinepa-
schas büchst eine nach der anderen aus... Ingrid Noll
legt mit diesem Büchlein den Beweis vor, dass sie nicht
nur entzückend dichten, sondern auch noch zeichnen
kann.« *Emma, Köln*

Kalt ist der Abendhauch

Roman

Die dreiundachtzigjährige Charlotte erwartet Besuch:
Hugo, ihren Schwager, für den sie zeit ihres Lebens
eine Schwäche hatte. Sollten sie doch noch einen ro-
mantischen Lebensabend miteinander verbringen können? Wird, was lange währt, endlich gut? Ingrid Nolls
Heldin erzählt anrührend und tragikomisch zugleich
von einer weitverzweigten Familie, die es in sich hat.
Nicht zufällig ist Cora, die ihren Liebhaber einst in
der Toskana unter den Terrazzofliesen verschwinden
ließ, Charlottes Enkelin...

»Räumt auf mit dem Klischee, dass alte Menschen nur
die Rolle: gutmütige, Geschichten erzählende Oma

oder verkalkter, problematischer Opa spielen dürfen. Bei Ingrid Noll dürfen die Alten sein, wie sie sind, sowohl, als auch und überraschend anders.«
Veronika Bock / Westdeutscher Rundfunk, Köln

»Ein wunderbar melancholisch-bitterer Roman, aufgemischt mit einer ordentlichen Prise Ironie.«
Nina Ruge / Freundin, München

Röslein rot
Roman

Annerose führt ein regelrechtes Doppelleben, wenn sie dem grauen Hausfrauendasein entflieht und sich in symbolträchtige Stillleben aus dem Barock versenkt: Prächtige Blumensträuße, köstliche Speisen und rätselhafte Gegenstände aus vergangenen Jahrhunderten entheben sie dem Alltag. Und wenn sie selbst kleine Idyllen malt, vergisst sie die Welt um sich herum. Doch es lauern Gefahren. In angstvollen Träumen sieht sie Unheil voraus, das sie womöglich durch mangelnde Zuwendung provoziert hat. Gut, daß Annerose Unterstützung durch ihre Halbschwester Ellen erhält, denn der Freundeskreis erweist sich als brüchig. Und dann liegt einer aus der fröhlichen Runde tot im Bett…

»*Röslein rot* hat das, was einen typischen Noll-Roman auszeichnet: schwarzen Humor, charmante Ironie, heitere Abgründigkeit. Die freche Geschichte hat Tempo und eine ungewöhnliche erzählerische Leichtigkeit. Ingrid Noll gehört zu den besten deutschen Erzählern.« *Der Spiegel, Hamburg*

Selige Witwen
Roman

Gute Mädchen kommen in den Himmel, Maja und Cora im Gespann kommen überallhin: Nicht nur in der Toskana gilt es so manche Schlacht um Villen und Vermögen zu schlagen. Auch in Frankfurt am Main ist das Pflaster hart: Die Freundinnen helfen anderen Frauen im Kampf gegen einen Zuhälter und einen Anwalt mit engsten Verbindungen zum Rotlichtmilieu. Durch spektakuläre Taten macht Maja auch auf Cora wieder Eindruck…

»Ein bitterböses und zugleich skurril-komisches Kammerspiel um die Abgründe der weiblichen Psyche.«
Dagmar Kaindl / News, Wien

»Die Unverfrorenheit, mit der Ingrid Noll ihre Mörderinnen als verfolgte Unschuld hinstellt, ist grandios. Was für ein subversiver Spaß!«
Wilhelmine König / Der Standard, Wien

Rabenbrüder

Roman

Der verträumte Paul und der jüngere, lebenslustige Achim sind Rabenbrüder, und auch in der Familie herrscht nicht ewiger Friede, als man sich zum Totenschmaus im Mainzer Elternhaus versammelt. Wie schon ein altes Sprichwort sagt: Wenn Gott mit dem Tod kommt, dann naht der Teufel mit den Erben!

»Familien sind teuflische Gemeinschaften. Besonders, wenn dabei Ingrid Noll die Hände im Spiel hat. Ingrid Noll erweist sich einmal mehr als Meisterin des schwarzen Humors: ein kriminelles Vergnügen.«
Annabelle, Zürich

»Die First Lady der deutschen Krimi-Autorinnen meuchelt sich mal wieder gründlich wie beim Frühjahrsputz durch leicht verwahrloste Verhältnisse. Rabenschwarz ist diese Geschichte, belebt von Aasgeiern, wie sie jeder in der Familie hat, der keine Feinde mehr braucht.«
Angela Wittmann / Brigitte, Hamburg

Falsche Zungen
Gesammelte Geschichten

»Die Zunge ist ein Dolch aus Fleisch«, sagt ein spanisches Sprichwort. Aber was geschieht, wenn Mutter und Sohn mit falschen Zungen reden und sich gegenseitig nach Strich und Faden belügen? Von seltsamen Müttern und merkwürdigen Männern handeln Ingrid Nolls gesammelte Geschichten.

»Auch in den kurzen Texten von *Falsche Zungen* findet sich diese Noll'sche Kunst: Mit der ihr eigenen Einfühlung entwirft sie bis in die Satzmelodie das Selbstbild ihrer handelnden Personen, deren Gedankengänge sich wie Perlen auf einer Schnur aneinanderreihen und keine andere als ebendiese Kette ergeben können.«
Mechthild Blum / Badische Zeitung, Freiburg

»Surrealistisch, aberwitzig, herrlich schwarzhumorig.«
Markus Thiel / Münchner Merkur

Ausgewählte Geschichten auch
als Diogenes Hörbuch erschienen,
gelesen von Cordula Trantow

Ladylike
Roman

Sich im Alter *ladylike* in sein Schicksal bescheiden? Von wegen. Lore und ihre Freundin Anneliese wollen mit 73 noch etwas erleben. Jetzt, wo Männer und Kinder glücklich aus dem Haus geschafft sind, gründen sie eine Frauen-WG. Und sie brechen noch einmal auf, zu einer Reise durch Deutschland.

Mit ihrem bewährten Humor zeigt Ingrid Noll, was das letzte Lebensdrittel an Überraschungen zu bieten hat. Dutt und Demut haben ausgedient. In ihren Sneakers sind die Seniorinnen aktiv. Und wenn sich die eigenen Kinder nicht um sie kümmern, dann lachen sie sich ein paar Studenten an ...

»Ihre Bücher werden von den Lesern geliebt für ihre Heimtücke, ihre Perfidie, ihre psychologische Raffinesse, ihren boshaften, staubtrockenen Witz. Und wenn ihre Protagonistinnen auch den Großteil ihrer Freizeit mit der Suche nach einem Märchenprinzen vergeuden: Durch das Abmurksen ihrer Mitmenschen wachsen sie über sich hinaus.«
Ruth Rybarski / profil, Wien

Auch als Diogenes Hörbuch erschienen,
gelesen von Maria Becker

Patricia Highsmith
im Diogenes Verlag

Werkausgabe in 32 Bänden. Herausgegeben von Paul
Ingendaay und Anna von Planta in Zusammenarbeit
mit Ina Lannert, Barbara Rohrer und Kate Kingsley
Skattebol. Jeder Band mit einem Nachwort von Paul
Ingendaay.

Bisher erschienen:
(Stand Sommer 2008)

Zwei Fremde im Zug
Roman. Aus dem Amerikanischen von Melanie Walz

Der Schrei der Eule
Roman. Deutsch von Irene Rumler

Das Zittern des Fälschers
Roman. Deutsch von Dirk van Gunsteren

Die stille Mitte der Welt
Stories. Deutsch von Melanie Walz

Lösegeld für einen Hund
Roman. Deutsch von Christa E. Seibicke

Der talentierte Mr. Ripley
Roman. Deutsch von Melanie Walz

Ripley Under Ground
Roman. Deutsch von Melanie Walz

Die Augen der Mrs. Blynn
Stories. Deutsch von Christa E. Seibicke

Der Schneckenforscher
Stories. Deutsch von Dirk van Gunsteren

Daraus die Story *Als die Flotte im Hafen lag*
auch als Diogenes Hörbuch erschienen,
gelesen von Evelyn Hamann

Ripley's Game oder Der amerikanische Freund
Roman. Deutsch von Matthias Jendis

Ediths Tagebuch
Roman. Deutsch von Irene Rumler